Se cacher pour l’hiver

SARAH ST VINCENT

Se cacher pour l'hiver

ROMAN

Traduit de l'anglais (États-Unis)
par Éric Moreau

J'AI LU

TITRE ORIGINAL
Ways to Hide in Winter

ÉDITEUR ORIGINAL
Melville House Publishing

Pour Margaret Rome

PREMIÈRE PARTIE

1

Les derniers chasseurs de cerfs de la journée repartis, j'ai fermé le magasin, compté la caisse en gardant un œil sur le parking de gravier, que la neige transformait en une étendue grise tachetée de blanc. On y avait abandonné une voiture quelques semaines plus tôt, une Subaru marron antédiluvienne qui disparaissait petit à petit sous un linceul immaculé et dont les pneus se dégonflaient. Un profond silence se déversait de la forêt, se frayait un chemin parmi les pins, glissait sur les ruisseaux gelés et cachés, dérivait sur les bourrasques. Les chasseurs le rapportaient sur leurs bottes, l'époussetaient de leurs casquettes, en gardaient les vestiges sur leurs lèvres et leurs doigts. Lorsqu'ils passaient commande, c'était d'une voix basse et bourrue, comme si les sons n'avaient plus leur place.

Sur la terrasse couverte, j'ai utilisé le vieux balai en plastique pour faire tomber la neige de la pancarte métallique avant de la rentrer. SANDWICHS, annonçait-elle. CRÈMES GLACÉES. CAFÉ CHAUD. Illustrée d'une grande tasse fumante et d'une main d'homme au pouce levé. La galerie, aux tables de pique-nique soigneusement calées sur le ciment inégal, était maculée de terre séchée, parsemée de tas de cendres aux endroits où les chasseurs s'installaient s'ils n'avaient pas envie de quitter le froid. Ils y fumaient, emmitouflés dans leurs vestes épaisses, le visage sans âge sous leur barbe. Ils restaient là quelques minutes ou quelques heures, à contempler l'ancienne fonderie au bas de la colline, exposée aux intempéries, sa fière cheminée de calcaire en ruine.

La forêt attirait aussi de rares randonneurs, les irréductibles, surtout des retraités disposant de tout leur temps, bien qu'il fût risqué de s'aventurer dans le parc naturel en cette saison. La végétation envahissait les chemins, la neige dissimulait les marquages, et il arrivait que les chasseurs – malgré leur prudence – se trompent en croyant tirer un cerf.

J'ai laissé la pancarte dans un coin et suis retournée derrière le comptoir. Dehors, la couche neigeuse s'épaississait ; il était vraiment temps que je rentre chez moi – j'aurais déjà dû partir des heures plus tôt, en fait. Du bras droit – mon bras valide –, j'ai pris sur la plaque chauffante la cafetière à moitié pleine et l'ai penchée au-dessus de l'évier, avant de m'interrompre. Les nuages semblaient emprisonner la lumière, refléter la clarté qui s'élevait de la neige et la renvoyer en boucle, prolongeant le crépuscule. Le vent agitait les cimes des pins, qui oscillaient, se courbaient et se redressaient sous l'emprise d'une force invisible, telles des plantes aquatiques.

La verseuse lourde dans ma main, je me suis appuyée sur le bord de l'évier. Le vent effleurait les pourtours de la bâtisse en gémissant. Je me suis mordillé la lèvre.

Le snack, étroit et tout en longueur, était établi dans une ancienne écurie édifiée en blocs de calcaire, sûrement extraits des carrières situées autrefois juste au bout de la route. Je suis sortie sur la terrasse et, adossée au mur sous le toit en bois, j'ai admiré les montagnes en buvant mon café. Plus bas, le sentier désert suivait un à-pic, passait devant la fonderie décrépite et le terrain de camping inoccupé, maigre portion de sa longue et majestueuse trajectoire qui court du Maine à la Géorgie. En contre-haut, les fenêtres du gîte d'étape de deux étages, plongées dans le noir, lui donnaient une allure sinistre. Le gérant était parti le matin même pour rendre visite à sa mère en ville, et l'on n'avait pas vu l'ombre d'un client depuis des semaines. Les bungalows d'été, plus en hauteur sur le coteau, étaient tout aussi vides, entourés d'imposants tas de bûches gelées. Vus du dessus, leurs toits, comme ceux du snack et du gîte, devaient ressembler à des îles perdues au milieu d'un fleuve d'arbres.

Un vent froid m'a caressé le visage, et une douleur, toujours la même, m'a foudroyé l'épaule. Une main enfouie dans ma poche, j'ai bu une autre gorgée. Un peu plus loin, sur la départementale, une voiture est passée, envoyant des vibrations dans l'air glacial et figé.

Puis le parc s'est de nouveau drapé d'immobilité. Même en 2007, ce coin restait coupé du monde, tapi dans les forêts oubliées de Pennsylvanie, perché à la pointe la plus septentrionale de la chaîne des Blue Ridge Mountains. Au temps de mon arrière-grand-père, les deux carrières grouillaient d'ouvriers, mais de nos jours elles n'étaient plus que deux lacs jumeaux où, si l'on s'était posté dans leurs profondeurs, on aurait pu apercevoir les jambes des nageurs et les fonds de canoës naviguant sans but. En été, du moins. En hiver, on serait pris au piège sous trente centimètres de glace et – la plupart du temps – j'étais la seule personne présente à des kilomètres.

Mon café terminé, j'ai écrasé mon gobelet dans mon poing et je suis rentrée, débarrassant au passage un cendrier sale d'une table. La porte a claqué derrière moi.

J'ai glissé mon livre de bibliothèque dans mon sac, puis d'un tour sur moi-même j'ai vérifié que j'avais bien tout éteint, le gril, la cafetière et la friteuse, qui laissait une odeur d'huile chaude sur ma peau. J'ai balayé du regard l'espace réduit, passant rapidement sur les reflets flous de la jeune femme aux coudes pointus qui pivotait avec moi.

Tout était déjà éteint, évidemment. Je n'oubliais jamais.

Alors que je cherchais mes clés dans ma poche, les gonds de la porte ont grincé. J'ai sursauté et fait volte-face, prenant conscience aussitôt que je bougeais beaucoup trop vite – grave erreur de ma part. Une douleur brutale et cinglante a jailli dans ma hanche et fusé dans mon bras, me transperçant comme un poignard.

Haletante, presque courbée en deux, j'ai fini adossée contre le gril et me suis trouvée face à un inconnu qui ouvrait des yeux comme des soucoupes.

« Ne criez pas ! Je suis désolé ! S'il vous plaît, ne criez pas. »

Il était grand et mince, vêtu d'un jean et d'une veste matelassée marron beaucoup trop large pour lui. Ses cheveux noirs dépassaient d'un bonnet sale, une écharpe couvrait son nez et sa bouche. Il levait ses mains nues devant lui comme pour se rendre.

« Qu'est-ce que vous voulez ? » ai-je demandé.

Ma hanche me lançait ; je l'ai saisie à deux mains pour appuyer sur le muscle qui étranglait l'os. Un voile de douleur, bleu et électrique, m'a troublé la vue, et l'espace d'une seconde, j'ai cru que j'allais devoir m'agenouiller.

Au-dessus du cache-nez, les yeux noirs de l'étranger s'écarquillaient de plus belle.

« Je suis vraiment désolé. Ça va aller ? »

J'ai hoché la tête au prix d'un effort considérable.

« J'ai vu que c'était allumé, a-t-il poursuivi, visiblement inquiet. Je pensais que votre magasin était ouvert.

— Ce n'est pas mon magasin. Et c'est fermé. » Tournée face à lui, j'ai repris mon souffle. « Qu'est-ce que vous vouliez ?

— Oh, rien, rien… Ne vous embêtez pas, je vous en prie. »

Il a baissé les bras, promené le regard alentour, semblé examiner les étagères de produits antimoustiques et de saucisses en boîte, le congélateur à glaces, le téléphone hors service depuis le feu de forêt.

« Je cherchais juste quelque chose de chaud à boire. »

Je lui ai lancé un long regard dubitatif, avant de me redresser lentement en me tenant toujours le flanc.

« Nous sommes fermés, ai-je répété.

— Je suis navré. Je vois bien que je vous ai dérangée. »

Il a reculé d'un pas, une main tendue dans son dos, cherchant la poignée à tâtons. Il avait un accent étranger ; ses mots, arrondis et hésitants, roulaient comme des billes.

« Je repasserai demain.

— Nous sommes samedi. Demain, ça ne sera pas ouvert. »

J'ai pris une grande inspiration. Il était très maigre, une vraie brindille, avec une voix haute et des sourcils arqués. Quand il bougeait, une odeur rance semblait émaner de sa veste en duvet.

« Vous avez besoin de quelque chose ?

— Oh non, je ne veux pas vous importuner. En fait, je cherche l'homme – le… la personne qui dirige le petit hôtel, un peu plus haut. Je me suis dit que vous sauriez peut-être où est ce monsieur. Ou cette dame. »

Il a tiré sur son écharpe, révélant des lèvres minces et des joues creusées, d'apparence famélique, voire fiévreuse. Il était jeune, m'a-t-il semblé – en tout cas, plus jeune que moi de quelques années. Vingt-cinq ans peut-être.

« Il est absent. Il ne sera pas de retour avant demain. »

L'étranger a médité ce renseignement en triturant les boutons de sa doudoune.

« Y a-t-il un autre endroit où loger ?

— Non. »

Je l'ai examiné de la tête aux pieds, piquée par la curiosité malgré moi.

« C'est un parc naturel, ici. Il n'y a rien à des kilomètres à la ronde. Il faudrait que vous alliez en ville. »

Il a froncé les sourcils, puis s'est légèrement incliné en arrière.

« Ah. » Une courte pause. « C'est-à-dire…

— Carlisle. C'est à une quinzaine de kilomètres au nord.

— Une quinzaine de kilomètres, a-t-il répété. D'accord. »

Par la porte-moustiquaire, je voyais la neige qui continuait à tomber, encore plus dru. Un filet d'air froid s'est faufilé jusqu'à moi, qui pressais toujours la main sur ma hanche comme pour y étouffer une voix.

L'étranger a jeté un coup d'œil par-dessus son épaule et, face à ce spectacle, frotté ses doigts nus comme pour se réchauffer. Tandis que je l'observais, ma conscience m'a travaillée. Je n'en ai pas moins été surprise de m'entendre proposer :

« J'ai une clé du gîte. Je devrais pouvoir vous laisser vous installer. »

Il s'est de nouveau tourné vers moi.

« C'est vrai ? Ce serait très aimable.

— Juste le temps que Martin revienne. Après, il faudra voir ça avec lui. Je ne suis pas sûre qu'il voudra ouvrir pour un seul client. »

La clé était suspendue à un crochet au-dessus de la vitrine à glaces, vide en cette saison, à l'exception d'un improbable bac de sorbet à la fraise, dans lequel je piochais de temps en temps quand je bouquinais au comptoir. Parfois, plusieurs jours passaient sans que personne n'entre. Le propriétaire du snack, homme placide et distrait parti depuis longtemps profiter de sa retraite en Caroline du Sud, enregistrait le plus gros de son chiffre d'affaires en été. Il me gardait durant les mois d'hiver plus par charité qu'autre chose. J'ai décroché la clé sans quitter l'étranger des yeux.

« C'est votre voiture, sur le parking ? »

Il a retiré son bonnet et l'a tenu entre ses mains, entortillant ses longs doigts dans la laine. Ses cheveux étaient aplatis et en bataille.

« Non, je… Je n'ai pas de voiture, à vrai dire.

— Vous êtes venu à pied ? »

Il avait de drôles de chaussures, qui ressemblaient à des chaussures de ville, mais bas de gamme et en caoutchouc, pourvues d'épaisses semelles et de lacets d'aspect fragile. Pas du tout adaptées à la randonnée, peut-être même pas à la promenade.

« Non, en stop. Ça aurait fait une sacrée trotte, sinon. »

Je me suis rendu compte que je fixais, paupières plissées, l'homme au visage singulier, et à l'accent encore plus singulier.

« C'est vrai.

— Mes bagages sont sur la terrasse, a-t-il indiqué, sans cesser de tordre son bonnet. Mais je vais les porter, bien sûr.

— D'accord. »

J'ai enfilé mon long manteau gris et l'ai boutonné. Il me restait de mon passage à l'université, encore chaud malgré les trous dans la doublure, que je n'avais jamais pris la peine de recoudre. D'ici quelques années, quand il serait trop miteux, j'envisagerais de le remplacer, mais en attendant, personne n'était là pour y prêter attention. Ma grand-mère, chez qui je vivais, voyait de moins en moins.

L'étranger avait en effet une valise de petite taille, bleue, à roulettes. Nous avons marché côte à côte jusqu'au chemin qui gravissait le coteau. Au-dessus de nous, le gîte d'étape dressait sa masse de brique solitaire. Jadis dortoir pour les ouvriers de la fonderie venus d'Irlande, d'Écosse et d'Allemagne, c'était à présent un établissement au confort minimal pour les foules de randonneurs qui empruntaient le sentier – le sentier des Appalaches, grâce auquel on connaissait notre existence, en été. J'ai ouvert la porte de l'entrée, remis des draps et des serviettes à l'homme, avant de lui montrer où inscrire son nom dans le registre.

« Vous pourrez payer Martin demain. C'est le gérant. Il y a des chambres avec un lit de camp, choisissez celle que vous voulez.

— Merci », a-t-il dit, mais je m'éloignais déjà du pas lourd de mes grosses chaussures, pour rentrer chez moi.

Le lendemain matin, des nuages cachaient le soleil et rendaient la clarté d'un gris blafard. Il neigeait encore. Je me suis enroulée dans les draps froids, rassemblant les couvertures autour de moi. À cause des cachets, j'oubliais parfois où j'étais au réveil, et je passais un long moment de confusion à scruter les taches au plafond. Ce sentiment ne s'attardait jamais très longtemps. Tout finissait par me revenir, mais pas forcément d'un coup.

Toujours enveloppée dans les couvertures, je me suis redressée contre le mur sur mon matelas posé à même le sol et j'ai attendu que le flou se dissipe. Par la fenêtre, je distinguais le pré où paissaient des vaches au poil brun frisotté, l'entaille morne creusée par la Route 233, le cimetière familial et sa rangée de pierres tombales de guingois. C'était dimanche, et quelque part au-delà des pâturages une cloche carillonnait. Une carriole à cheval est apparue sur la chaussée, puis s'est éloignée au son cadencé des sabots. *Sûrement une famille de mennonites qui se rend à l'église de Walnut Bottom, quelques kilomètres plus à l'ouest*, ai-je songé en serrant une couverture sous mon menton. Parfois, je me demandais s'ils étaient aussi fervents qu'ils en avaient l'air, ces hommes aux chapeaux noirs sévères, ces femmes aux robes monotones et aux cheveux ramassés dans des filets rigides. Peut-être faisaient-ils les choses de la même façon depuis toujours par simple habitude, ce pourquoi ils se donnaient la peine d'atteler leur buggy tous les dimanches, même en hiver.

À part eux, pas une âme ne semblait s'activer dans les environs. Même les vaches étaient allongées, suivant du regard le chariot qui disparaissait à l'horizon. Les voies de chemin de fer près de la maison étaient silencieuses, s'étirant à l'infini vers l'est et l'ouest.

En bas, il y a eu des pas traînants, une toux, un robinet qui coule. Je me suis représenté ma grand-mère devant l'évier, en robe de chambre, remplissant son verre d'eau avant de retourner se coucher. Peu après, sans surprise, les pas ont battu en retraite. Dehors, un chien a aboyé, comme s'il avait vu un étranger, puis s'est arrêté.

L'étranger. En me frottant les yeux, je me suis levée pour aller à la salle de bains au bout du couloir, où j'ai tourné le bouton de la douche. *S'il est encore dans la montagne*, ai-je pensé tandis que l'eau crépitait sur ma peau, *il y est seul, sûrement sans rien à manger*. Le coin cuisine dérisoire de Martin contenait rarement autre chose que du pain et du lait et, à cette heure, les chasseurs seraient déjà transformés en masses inertes camouflées dans la forêt. Quant à Martin, il allait passer la journée à jouer au rami à la maison de retraite United Methodist de Carlisle, et ne rentrerait que le soir.

J'aurais pu l'appeler, le prévenir qu'il avait un client.

Au lieu de cela, j'ai sauté dans la Jeep et pris les routes en lacet qui menaient vers les hauteurs.

Qui était cet étranger ? Était-il grec, russe ? Je n'avais jamais rencontré de Grecs ou de Russes à part le propriétaire du *diner* de Carlisle, mais aucune autre suggestion ne me venait. Il était marié, apparemment – j'avais aperçu une alliance en or à son doigt –, mais seul. Seul dans la Pennsylvanie rurale, en pleine forêt. Au milieu d'un parc naturel établi autour de vieilles carrières inondées et d'une fonderie désaffectée. Dans un gîte d'étape vide à côté d'un petit magasin-snack où l'on ne vendait pas grand-chose de plus que du bois de chauffage et des haricots en boîte. Un lieu isolé de tout, où même le téléphone et les câbles électriques n'étaient pas fiables à cause de l'incendie qui avait ravagé le versant quelques mois plus tôt. Ça me dépassait.

Il n'y avait aucune raison de venir ici en décembre, sauf si l'on cherchait un endroit tranquille pour la chasse au cerf.

La réception de la radio s'est dégradée à mesure que je grimpais la pente abrupte, traversant les bosquets de pins vivants, et, à quelques centaines de mètres, les zones brûlées. Des bouleaux et des érables, aussi. Quelques chênes rouges. Les érables me faisaient toujours penser aux deux arbres du jardin derrière chez ma grand-mère – ceux que mon père avait plantés à la naissance de mon frère et moi. C'est mon frère qui m'avait appris à entretenir une voiture comme celle-ci, ou plutôt, qui m'avait laissée regarder quand il montrait comment faire à ses copains. Le reste, j'avais fini par le comprendre toute seule. J'ai écouté le bourdonnement du moteur dans les virages, les murmures de la neige et de la glace cédant sous mes roues.

Quand je suis arrivée sur le parking, l'étranger était assis sur la terrasse du snack. Même bonnet sur la tête, même écharpe fauve couvrant le bas de son visage. Il admirait, m'a-t-il semblé, les longs vallonnements montagneux nimbés de brume. Il avait sursauté à l'apparition de la voiture et s'était levé d'un air inquiet, comme prêt à s'enfuir. Mais lorsque j'ai claqué ma portière et approché d'un pas lourd, il m'a reconnue et s'est rassis, osant même un petit signe de la main.

« Salut, ai-je lancé d'un ton neutre, avant d'essuyer mes chaussures sur le ciment et de sortir ma clé.

— Bonjour ! »

Ses yeux n'avaient plus l'air fébriles, mais curieux, presque joyeux.

« Il y a un problème ? Je croyais que votre magasin était fermé, aujourd'hui.

— Ce n'est toujours pas mon magasin. » Le verrou s'est ouvert dans un cliquetis sourd rassurant. « Et en effet, c'est fermé, mais je me suis dit que vous auriez faim. »

À l'intérieur, j'ai laissé tomber mon manteau et mon livre par terre. Les néons se sont allumés dans un vacillement bourdonnant.

« Qu'est-ce que vous voulez ? »

Il m'a emboîté le pas, l'air hébété, comme un loup affamé mais courtois.

« Oh, ce n'est pas la peine. Je n'ai besoin de rien. »

Je suis passée derrière le comptoir et j'ai croisé les bras sur ma poitrine, tâchant de chasser les vestiges de ma torpeur, tout en inspectant ce que j'avais sous la main.

« Un sandwich à l'œuf, ça vous va ? Je ne pourrai pas faire beaucoup plus élaboré. »

Il est resté près du seuil, hésitant.

« Bon, si vraiment ça ne vous dérange pas. Je veux bien.

— Si ça me dérangeait, je ne vous aurais pas proposé, ai-je rétorqué d'un ton bourru, en tournant le bouton du gril. Café ? Thé ?

— Du thé, oui, ce serait formidable. »

Il avait retiré son bonnet en me fixant du regard, formulait ses réponses avec soin.

« Merci.

— Le sucre est par là-bas, à côté de la porte. Je vais ouvrir une brique de lait. »

J'ai pressé l'interrupteur de la cafetière, qui servait aussi de bouilloire, et j'ai pris deux gobelets en polystyrène dans la pile. J'ai soigneusement raclé le gril une fois chaud, même si ce n'était pas nécessaire. Je sentais l'inconnu derrière moi, qui m'observait, et j'ai songé que mes gestes devaient donner l'impression d'une agitation méthodique, un enchaînement hâtif mais millimétré – pousser, récurer, soulever et retourner –, comme si l'on m'avait programmée. Un peu gênée, j'ai ralenti.

« Vous venez de Russie ? ai-je demandé du ton le plus détaché possible.

— Pardon ? Oh... non. » Il s'est éclairci la gorge. « Enfin, pas tout à fait.

— C'est-à-dire ?

— Ma famille est russe. Mais moi je viens d'Ouzbékistan. » Il a marqué une pause. « C'est en Asie centrale.

— Je sais où ça se trouve. » Les œufs se sont cassés sans bavure. « Je vois à peu près, en tout cas.

— C'est vrai ? »

Je me suis tournée vers lui, un sourcil haussé.

« Oui, c'est vrai. »

Quelques années plus tôt, j'avais punaisé un planisphère au mur de ma chambre, chez ma grand-mère, pour marquer les endroits où l'armée envoyait le régiment de mon frère. Au fil du temps, je m'étais aperçue que j'avais commencé à mémoriser le réseau de fleuves, d'océans, de frontières, tous ces endroits lointains réduits à de simples taches bleues et grises.

« Vous pouvez vous asseoir, hein. Il y a un tabouret quelque part par là. »

Les blancs d'œufs crépitaient et grésillaient dans l'huile. J'ai beurré deux moitiés de muffin avec la spatule, avant de les poser sur des assiettes en carton. J'ai déballé les portions de fromage, servi le thé, fait glisser les œufs au plat sur les muffins et tout mis sur le comptoir.

« Tenez.

— Oh, c'est trop.

— Il y en a un pour moi. »

Il a rapproché le tabouret, pincé les bords de son muffin du bout des doigts et étendu une serviette en papier sur ses genoux, puis attendu que je prenne une bouchée avant de commencer. Pendant que nous mangions, inclinés l'un vers l'autre, je me suis efforcée de ne pas l'examiner de trop près, cet étranger qui était, pour le coup, bien étrange.

« Et vous ? » Il a avalé une gorgée de thé corsé, avant de se tamponner les lèvres poliment. « Vous venez d'où ? »

J'ai changé de position et calé mes pieds sur la tranche d'une étagère, sous la caisse enregistreuse.

« Je suis d'ici.

— Où ça, ici ? »

J'ai fait un geste vers l'arrière.

« De la vallée. Centerville. C'est une petite bourgade – il n'y a que quelques maisons, en fait. Avec une caserne de pompiers, une épicerie et une bibliothèque. C'est à peu près tout. »

Le thé m'a réchauffé le ventre. À travers la vapeur qui s'échappait de mon gobelet, j'ai observé l'inconnu qui, penché au-dessus de son assiette, me donnait à voir la ligne élégante de ses cheveux. La même odeur un peu rance émanait de sa veste, et je me suis demandé s'il avait dormi dedans. Puis un doute m'a poussée à vouloir en savoir plus.

« Il y avait du chauffage, cette nuit ?

— À l'hôtel ? » Il s'est de nouveau tamponné la bouche. « Un peu, je crois. Pas beaucoup. Mais j'avais des couvertures, alors ça allait.

— Je suis désolée. » J'ai fermé les yeux et porté mon thé à mes lèvres. « Je vais y remédier.

— Ce n'est pas grave. Je vais sûrement repartir avant ce soir. »

Il me regardait d'un air curieux. Je portais un gros sweat-shirt à capuche et un jean d'homme, j'avais les cheveux ramassés en un chignon grossier qui se défaisait déjà, et ma bouche dessinait probablement le pli sévère et distant que je remarquais depuis quelque temps quand je passais devant un miroir ou une vitrine. D'où venait-elle, cette expression triste et figée ? Je n'étais pas malheureuse.

Il s'est soigneusement essuyé les doigts dans une serviette.

« Puis-je vous demander comment vous vous appelez ?

— Moi ? Kathleen.

— Kathleen… c'est joli. Moi c'est Daniil. » Il a tendu le bras avec précaution et courtoisie par-dessus les assiettes, et nous nous sommes serré la main. « Merci pour le petit déjeuner.

— Il n'y a pas de quoi. Je vais vous laisser de la soupe, que vous pourrez réchauffer au dîner, si vous êtes encore là. Nous n'avons pas grand-chose d'autre, en ce moment.

— Merci ». Il a hoché la tête. « Ce serait très aimable.

— Après, je vais rentrer. Quand j'aurai allumé le chauffage.

— Oui, bien sûr. Merci. »

Dans les placards, j'ai retrouvé des conserves de bœuf en ragoût, si poussiéreuses que j'ai contrôlé sur chacune la date de péremption. Il m'a tendu deux billets froissés manifestement passés entre d'innombrables mains, puis il a compté un dollar en petites pièces. Ensuite, presque timidement, il s'est levé en laissant pendre contre sa jambe le sac que je venais de lui remettre.

« Ça vous fait mal ? a-t-il demandé en se touchant la taille.

— Quoi donc ?

— Votre... votre hanche. Hier, j'ai eu l'impression qu'elle vous faisait souffrir. »

Je me suis figée, debout derrière la caisse, son argent dans la main.

« Non, ai-je répondu après un court silence. Je n'ai pas mal.

— Oh. Tant mieux. Ce matin, vous aviez l'air... » Il a marqué un temps d'hésitation. « Il m'a semblé que vous aviez des difficultés à marcher, quand vous êtes sortie de la voiture. »

Le feu m'est monté aux joues ; je le sentais. J'ai pincé les lèvres.

« Non, ai-je répété, d'une voix douce mais ferme. Ça va très bien.

— D'accord, d'accord, a-t-il ajouté en hâte, acquiesçant d'un air gêné. Excusez-moi. En tout cas, merci encore. C'était très gentil de votre part. »

Il s'est raclé la gorge et je l'ai regardé sans répondre.

« Allez, bonne journée, comme on dit. »

Les paupières plissées, je l'ai observé qui repartait, son sac de conserves cognant contre la porte alors qu'il la rabattait. Je suis restée là un certain temps, à pianoter sur le Formica. Puis j'ai fermé le magasin – je n'avais aucune raison de m'attarder – et j'ai regagné ma voiture pour prendre la direction de la ville. Je ne m'y rendais jamais avec plaisir, mais j'avais des choses à faire – acheter des provisions, récupérer les médicaments de ma grand-mère, toutes les menues tâches qui rythmaient nos vies comme la trotteuse d'une horloge.

J'ai enfoncé l'accélérateur et laissé les pneus se caler dans les ornières cachées sous la neige, qu'on n'avait toujours pas déblayée. La route serpentait à travers les arbres, blanche et lisse, tel un chemin de conte de fées. La forêt a semblé m'envelopper lorsque j'ai allumé mes phares. Cet endroit possédait une indéniable puissance, une sorte de majesté. J'ai tenté de m'abandonner à cette impression au milieu des arbres qui défilaient, denses et immobiles, muraille de colonnes brunes élancées.

Une trouée est apparue, longue bande déserte creusée de deux sillons, qui menait à l'un des lacs. Elle a disparu presque aussitôt, simple éclaircie fugace à ma droite. J'ai ralenti et l'ai observée dans mon rétroviseur.

Sur un coup de tête, je me suis rangée sur le bas-côté.

Le parc comptait donc deux lacs, Laurel et Fuller. Quand j'étais petite, des scories bleues et vertes de la fonderie s'échouaient encore sur le sable qu'on y avait apporté par camions. Mon frère et moi longions le rivage pour les ramasser, ainsi que des cailloux, des coquilles d'escargot et des fragments de charbon luisant. Laurel, le moins profond des deux, attirait une foule nombreuse en été – jeunes enfants accompagnés de leurs mères, scouts, équipes de softball, pêcheurs. On y trouvait des aires de pique-nique couvertes, des barbecues, des braseros. Nous y avions organisé le vin d'honneur de mon mariage, en plein air, au soleil. Au milieu de hordes d'inconnus qui batifolaient joyeusement.

Fuller était très différent : plus étroit, plus profond, plus sombre, encerclé de pins. C'était sur ses bords qu'à seize ans je m'étendais sur le sable, tard le soir, longtemps après la fermeture du parc, pour contempler l'immensité impassible du ciel étoilé. C'était là que j'amenais des amis, ceux qui étaient capables de supporter le silence. Parfois, des coyotes hurlaient, ou un petit animal nocturne remuait dans le sous-bois, mais à part ces rares exceptions, il y régnait un calme absolu. En journée, les lieux étaient tout aussi paisibles. Très peu de nageurs y venaient. Le lac était trop isolé, trop froid, d'une indifférence et d'une beauté immuables trop intimidantes.

Mon livre à la main, je me suis enfoncée dans la forêt en direction de Fuller, fermement emmitouflée dans mon manteau, et j'ai descendu la pente douce jusqu'à ce qu'apparaisse une percée entre les arbres. Juste derrière s'étirait la vaste étendue blême du lac, couverte d'une couche de glace marbrée de neige qui scintillait sous le ciel morne. Les pins entouraient ce néant telles des sentinelles aux aguets, formant une masse obscure et imposante qui se poursuivait plus haut sur la montagne.

Je me suis dirigée vers les deux tables de pique-nique près de la berge. D'une main gantée, j'ai balayé la neige qui tapissait un des bancs, puis je me suis assise, avant d'ouvrir mon roman. Les pins s'élançaient si haut qu'ils paraissaient s'incliner pour se rejoindre à leurs cimes.

Le vent agitait les pages, les arrachait à mes doigts. J'ai refermé mon livre et me suis levée pour aller vers le lac, qui semblait m'appeler, sa blancheur vierge m'attirant comme un aimant. La glace était-elle épaisse ? Je n'avais jamais vu personne patiner ici, mais ça ne voulait rien dire. À part les chasseurs, pas grand monde ne se risquait à emprunter les virages abrupts de la route de montagne. Pas en décembre.

Après m'être approchée du bord avec prudence, j'ai touché la glace du bout du pied, et ma poitrine s'est comprimée.

Peu importait ce que les autres pensaient voir en me regardant. Je ne boitais pas.

J'ai relâché mon souffle. Les coups de fouet de l'air froid dans mes poumons me rendaient plus attentive que d'habitude aux mouvements et aux moindres bruits pouvant survenir autour de moi.

Hésitante, j'ai posé un pied sur la glace, puis j'ai fait un pas. La surface était ferme et donnait l'impression d'exercer une pression sous mes talons. La brise s'est insinuée dans mes vêtements, et tout en frissonnant, j'ai senti quelque chose en moi vriller, comme de vieilles lianes mortes et entortillées qu'on serrerait de toutes ses forces.

Non, je ne boitais pas.

J'ai fait un autre pas, les coudes ramenés contre les flancs. Un crissement étouffé s'est fait entendre lorsque la neige s'est tassée sous mes semelles, transformée en empreintes, mais sinon il régnait un silence absolu.

J'ai regardé au loin par-delà l'étendue grise. Notre mariage, à Amos et moi, avait eu lieu dans une chapelle de cette montagne, St Eleanor Regina – petit édifice en bois délabré se dressant dans une clairière, pourvu de quelques fenêtres pour laisser entrer la lumière du soleil, où un prêtre officiait tous les quinze jours.

C'était ce que j'avais demandé.

J'ai frotté un pied contre la surface. L'impression de torsion s'est accrue en moi, comme si une friction trop vive allait créer des étincelles.

Je me suis immobilisée.

Puis je me suis remise à marcher droit devant, presque en courant, martelant la glace de mes pas. Respirant fort, j'ai levé mes grosses chaussures, l'une après l'autre, projetant des giclées de neige derrière moi. La sensation de brûlure, de contraction, s'est poursuivie, a comprimé mon cœur et m'a fait trébucher. Mon genou a heurté vivement la glace, et j'ai poussé un petit hoquet d'effroi, mais j'ai continué. Sans cesser de déraper et de me rattraper, je me suis éloignée à quinze mètres de la berge, à trente, à soixante, toujours plus loin.

Très vite, j'ai atteint le centre du lac.

Je me suis arrêtée, pantelante. La glace m'entourait de toutes parts, dans un rayon d'une centaine de mètres ou plus jusqu'au rivage.

Le froid m'avait fait couler des larmes, que j'ai essuyées vivement d'un revers de la main, les jambes tremblantes, en faisant mine de ne pas sentir le feu dans ma hanche et les élancements à mon épaule, où l'on m'avait placé des broches. Mon souffle formait de la buée devant ma bouche.

Quand j'ai bougé sur mes appuis, le lac a grincé. Comme parcourue par une décharge électrique, j'ai filé vers un endroit où la glace me paraissait plus épaisse, et, les bras croisés, j'ai écouté ma respiration affolée.

Devant moi, l'espace était désert, aussi figé et désolé que la surface de la lune. La tête penchée en arrière, j'ai observé le ciel, ainsi que les pointes sombres et irrégulières des arbres.

De la sueur poissait mes tempes et ma nuque, je sentais les battements sourds du sang dans mes veines. À la fois nauséeuse et grisée, je me suis laissée tomber à genoux sur une fine couche de neige, avant de m'asseoir, sans me soucier que mon jean finisse trempé.

Jamais je ne saurais vraiment d'où me venaient ces coups de folie. La plupart du temps, ces quatre dernières années, j'avais eu l'impression d'être enveloppée d'un brouillard de peur, d'une frayeur diffuse qui crépitait et bourdonnait en fond sonore, me faisant tressaillir quand j'allumais la gazinière, conduisais sous la pluie ou montais à l'échelle pour réparer la gouttière. Pourtant, de temps à autre, je me précipitais vers le danger comme si je ne voulais rien d'autre, ne pouvais être vivante qu'en des instants aussi fulgurants et violents que celui qui m'avait le plus terrorisée.

Constatant que la surface restait robuste, je me suis peu à peu détendue et me suis aperçue que je retenais mon souffle. Au bout de quelques minutes, je me suis allongée sur le dos pour contempler le ciel.

Ça va, ai-je pensé, en attendant que mon cœur affolé se calme.

La montagne, je l'imaginais sans mal, n'avait jamais été un lieu hospitalier, balayée qu'elle était par les blizzards en hiver, assaillie par une chaleur humide et des nuées de moustiques en été. Je comprenais pourquoi mon arrière-grand-père y avait souffert quand il travaillait à la carrière, et pourquoi les prisonniers incarcérés plus tard dans le camp situé un peu plus en aval en avaient probablement bavé eux aussi. Même si, ai-songé étendue là, ils n'étaient peut-être pas mieux lotis là d'où ils venaient. Quoi qu'il en soit, ces prisonniers étaient partis de chez eux depuis longtemps, et plus grand monde n'y pensait. Cachés durant leur vie, et presque autant dans la mort, oubliés de tous sauf de quelques retraités qui jugeaient utile de s'intéresser à ce sujet, et qui montaient dans le parc les jours de beau temps pour poser mille questions aux gardes forestiers – en vain, ceux-ci n'en sachant apparemment pas plus que quiconque.

J'ai ramassé une poignée de neige, l'ai écrasée dans ma main.

Par moments, les journées semblaient filer trop vite, les unes après les autres, comme des bateaux en papier dégringolant dans une cascade, jusqu'à ce qu'un matin – ce matin-là –, je me réveille dans le froid chez ma grand-mère à vingt-sept ans, seule, recroquevillée sous les draps tel un animal en hibernation. J'ignorais comment c'était arrivé, comment il se faisait que je sois soudain si vieille, les années s'écoulant entre mes doigts sans que je puisse les retenir. Nue devant le miroir avant d'entrer dans la douche, je ne m'étais presque pas reconnue, le visage crispé par les soucis, tremblante des pieds à la tête, serrant mes bras autour de moi pour me réchauffer.

Elle n'a jamais su allumer correctement le poêle à bois, ma grand-mère.

J'ai contemplé l'immensité grise. Plus je l'observais, plus elle paraissait gagner en profondeur, dévoiler un discret camaïeu, les nuages se fondant les uns dans les autres de façon quasi imperceptible. J'ai attendu de voir si un oiseau ou un avion allait traverser le ciel, si quelque chose allait rompre cette immobilité, mais rien ne s'est produit. J'étais seule, aussi seule que je pourrais jamais désirer l'être.

Si je passais à travers la glace, personne ne s'en apercevrait. Je disparaîtrais dans l'eau et ce serait fini. Peut-être me retrouverait-on au printemps, peut-être pas.

Un sentiment étrange m'a envahie à cette pensée, mais je n'ai pas bougé. Au-dessus de moi, l'espace demeurait vide, comme si le ciel précédent avait été effacé.

J'ignore combien de temps s'était écoulé lorsque j'ai entendu du bruit dans la forêt. Ce fut trois fois rien – un discret bruissement suivi d'un petit craquement –, mais suffisant pour que je recouvre mes esprits et fouille les environs du regard.

Après avoir roulé sur le côté, je me suis redressée et me suis relevée lentement. Quoi que j'aie cherché à prouver, c'était fait. Je n'avais aucune raison de m'attarder.

J'ai rebroussé chemin avec précaution, en longeant mes propres traces de pas dans le fin manteau neigeux, tâchant de ne pas m'appesantir sur le fait que les empreintes de gauche s'étiraient légèrement. Mon souffle s'est encore accéléré à cause de l'effort, et je me suis inclinée en avant, prenant pour la première fois la mesure de la distance que j'avais parcourue à l'aller. D'ici, les tables de pique-nique paraissaient à peine plus grandes que des jouets.

Quand enfin j'ai atteint le sable, j'ai poussé un vif soupir, pantoise. Je suis restée courbée quelques instants, les mains sur les genoux, le ventre parcouru de fourmillements. Mon esprit semblait se reconstituer, rassembler ses morceaux éparpillés çà et là.

Tu parles d'une connerie.

Je suis restée ainsi un moment, la tête ballante, ressentant concrètement le poids de mes chaussures dans la neige. Puis je me suis redressée en m'appuyant sur mes cuisses, ignorant les élancements douloureux qui se répandaient dans mes os, l'engourdissement qui figeait ma peau exposée au froid. Je suis retournée d'un pas chancelant à la Jeep, où j'ai monté le chauffage à fond, et je me suis agrippée au volant, sur lequel j'ai posé ma tête. Puis j'ai démarré et repris ma route vers le nord à travers la forêt, qui se clairsemait avant de déboucher sur les contreforts.

En ville, j'ai fait mes courses sans rien changer à mes habitudes.

« Mamie », ai-je appelé quand je suis rentrée à la maison ce soir-là, en poussant la porte fermement contre l'encadrement.

Enfoncée dans son gros fauteuil orange, tournée vers l'autre bout de la pièce, elle braquait les yeux sur la télé même si elle ne voyait sûrement guère plus qu'un grand flou lumineux. On diffusait *Le juste Prix*, comme à longueur de temps, semblait-il. Une candidate, une brune d'une quarantaine d'années, venait de deviner le prix d'une lessive et faisait des bonds devant les caméras, les mains plaquées sur la bouche, folle de joie. Une volute de fumée de cigarette s'élevait au-dessus de la tête de ma grand-mère.

« Elle est où, la boîte à couture ? lui ai-je demandé.

— Dans le placard de la cuisine. Au-dessus du vieux micro-ondes. » Elle ne s'est pas retournée. « Tu en as besoin pour quoi ?

— Mon manteau est déchiré. »

J'avais toujours mal un peu partout, mais, d'un pas aussi régulier que possible, je suis allée à la cuisine au fond de l'ancienne ferme, où j'ai ouvert le placard étroit. La boîte à ouvrage – en fait une boîte de biscuits en fer-blanc où s'entrechoquaient des tas de boutons – était bien là, d'un vert terni par la rouille. Je l'ai montée dans ma chambre et me suis assise lourdement sur mon matelas.

« Beth a téléphoné, a braillé ma grand-mère depuis le rez-de-chaussée.

— D'accord », ai-je répondu, en ramenant mes genoux contre ma poitrine, avant de m'adosser au mur.

Il ne faisait pas beaucoup plus chaud là-haut que dehors. J'ai enveloppé mes épaules d'une couverture et jeté un coup d'œil à l'espace vide, aux piles de livres et aux vêtements pliés dans les coins, au planisphère. *Il faut que je lui réexplique comment on rallume le poêle*, ai-je pensé en me mettant en quête d'une aiguille.

Mais quand j'ai fini par en trouver une, je me suis de nouveau calée contre le mur et j'ai fermé les paupières. C'était fou tout ce qu'on pouvait faire sans que personne ne soit au courant, ces actes qui ne laissaient aucune trace, auxquels nous-mêmes nous avions du mal à croire.

À la tombée de la nuit, j'ai éteint, je me suis mise en chien de fusil et j'ai passé la main sous le matelas pour chercher à tâtons le sachet en papier qui y était caché. Après avoir saisi deux comprimés ovales du bout des doigts, je les ai glissés dans ma bouche et les ai gardés sur ma langue quelques instants avant de les avaler à sec. Hormis une légère amertume, ils n'avaient aucun goût.

Il m'est soudain venu à l'esprit que je n'avais pas allumé le chauffage pour l'étranger. Mais alors que cette pensée faisait son chemin, le lourd rideau rouge s'est abattu sur moi, m'écrasant de tout son poids, et m'a plongée dans le sommeil.

2

Le lendemain matin, le ciel était plus clair ; dans la salle de bains, alors que le soleil pointait au-dessus de l'horizon, j'ai palpé le genou que je m'étais cogné contre la glace. Un vilain hématome s'était formé, douloureux au toucher, un petit rien. Je me suis habillée, couvrant ainsi mes vieilles cicatrices, avant de tourner le dos à mon reflet et d'éteindre la lumière.

Je suis sortie chercher le courrier, nourrissant comme chaque fois l'espoir qu'une carte postale de mon frère m'attendait. Il avait quitté la vallée depuis des années, après avoir épousé une Texane rencontrée pendant ses classes, puis, après des affectations dans des bases militaires aux quatre coins du pays, l'armée avait finalement envoyé son régiment à l'étranger. Je trouvais parfois un message de sa part parmi les factures et les enveloppes de jeux-concours, mais pas souvent. Son écriture était inclinée et espacée, comme s'il rédigeait ses mots en courant. C'était peut-être le cas.

La boîte aux lettres était vide.

La clarté perçait tout juste les nuages quand j'ai pris la voiture pour me rendre à la station-service, à huit kilomètres de la maison. De si bonne heure, on n'y croisait que des routiers, qui, une tasse de café fumant à la main, discutaient adossés à leurs bahuts. Il m'a semblé reconnaître l'un d'eux, avec qui j'étais au lycée – et aussi en primaire, d'ailleurs. De forte corpulence, il avait le teint blafard et le visage rondelet, les cheveux coiffés en brosse. Si mes souvenirs étaient bons, son père lui aussi camionneur avait conduit des semi-remorques pour une entreprise de chips établie à Hanover, pas très loin d'ici. John, le fils, avait toujours eu une grosse voix rauque et un comportement affectueux évoquant presque celui d'un chien ; il adressait systématiquement un mot aimable au premier venu. Nous avions fait notre confirmation à la même église, dans un passé lointain, comptant parmi les seuls enfants catholiques de la région, nos familles tenant le coup contre vents et marées au milieu des sévères presbytériens irlando-écossais et des fervents luthériens. Je me rappelle encore m'être agenouillée à côté de lui lors de notre première communion, de lui avoir envié ses genoux sales et ses souliers râpés, moi qui me sentais si bête dans ma robe blanche.

Je suis entrée dans la station-service le plus vite possible, les yeux braqués droit devant moi. Les routiers m'ont observée, avant de baisser la tête sur leurs tasses. Seul John a continué à suivre mon mouvement, et j'ai croisé son regard par inadvertance. Déroutée, je lui ai adressé un signe de tête, qu'il m'a rendu, affichant le même petit sourire timide et prudent que tout le monde depuis l'accident. Certains se souvenaient des rumeurs, qui les mettaient visiblement mal à l'aise, les autres ne savaient juste pas quoi dire. Ça n'avait aucune importance ; je ne leur en voulais pas. Plus maintenant. Après tout, j'étais comme eux. Peut-être n'y avait-il rien à dire.

Alors que je gravissais la montagne, les rayons du soleil filtraient à travers les arbres, alternance fugace d'ombre et de lumière sur ma vitre. La base des troncs était encore noircie par endroits, mais les branches se hissaient vers le ciel, hautes et fières, comme s'il n'y avait jamais eu d'incendie. Un peu plus loin, j'ai dépassé la plaque commémorative bleue et or dédiée à trois filles disparues jadis, tache sombre baignée de lumière à contre-jour. Il m'arrivait de me demander qui en assurait l'entretien. Ce panneau aux phrases courtes et sobres se dressait là depuis plus de soixante-dix ans, et pourtant, jamais il ne penchait, jamais il ne ternissait. *Ce doit être un retraité prévenant*, présumais-je, quelque fermier vieillissant qui sortait très tôt en catimini pour repeindre les lettres dorées et rentrait vite avant que quiconque ait pu découvrir ce curieux élan de gentillesse anonyme, cette empathie pour les victimes d'un drame si ancien.

La terrasse du snack était vide, ce qui m'a procuré une petite satisfaction lorsque je me suis engagée sur le parking. Quelques minutes plus tard, j'étais installée à une des tables poussiéreuses, les pieds relevés sur une chaise, à essayer de retrouver ma page. Martin, ai-je constaté, était revenu de Carlisle ; un bric-à-brac de pièces métalliques encombrait l'arrière de son break. Je me suis demandé s'il avait déjà croisé l'étranger – à supposer que ce dernier soit encore là.

Je n'avançais pas vite dans mon roman. Même dans le calme absolu du magasin, j'éprouvais parfois des difficultés à suivre l'intrigue, ce qui me laissait perplexe. Pendant mes années d'études, je lisais les livres à la chaîne, j'en consommais des dizaines, comme on alimente un feu. Avec Beth, ma meilleure amie, nous avions vécu en colocation quelque temps, deux femmes mariées, éloignées provisoirement de leur moitié, et à nous deux, nous avions dévoré un nombre incalculable de bouquins. Mon mari, qui à l'époque était vivant et travaillait à cinquante kilomètres de là, à Mechanicsburg, préférait que je ne sorte pas, et celui de Beth avait du mal à joindre les deux bouts avec son petit salaire de sous-officier. Nous passions donc notre temps à lire, parfois tellement prises par nos conversations, par ces possibilités d'explorer des idées sans personne pour nous dire que nous avions tort, que nous en oubliions de manger. La plupart du temps, c'était elle qui avait l'audace de se lancer, et je me rappelle nos éclats de rire quand nous émettions une suggestion si osée que nous en restions médusées, jetant des coups d'oeil autour de nous comme si on risquait de nous surprendre.

C'était une des seules à qui je pouvais encore parler longuement sans perdre ma concentration, même si les mois passant j'éprouvais de moins en moins le besoin d'avoir des discussions avec qui que ce soit. *Il y a de nombreux avantages*, songeais-je, *à mener une vie calme, à se suffire à soi-même.*

Vers midi, la silhouette sèche et nerveuse de Martin est apparue devant le gîte. Il portait une brassée de branchages, et de sa main libre il m'a fait signe de le rejoindre. J'ai posé mon livre et gravi la pente.

« Bon ! » s'est-il exclamé en jetant les branches près de la vieille souche qui lui servait de billot. Il était petit, pourvu d'un visage étroit et anguleux qui aurait dû être laid, mais qui, pour une raison ou une autre, ne l'était pas – ou alors je n'y prêtais plus attention depuis belle lurette. Il y avait quelque chose de curieusement magnétique dans l'expression exubérante qu'il affichait toujours, une vivacité joyeuse qui semblait émaner de sa peau. « Tu ne devineras jamais ce que j'ai dans mon coffre.

— En effet, c'est très peu probable. » Il a sorti une hachette de son manteau et en a évalué le tranchant avec le pouce. « Qu'est-ce qui s'est passé ? Ta voiture en a bouffé une autre ?

— Très drôle. Je ne vais pas te dire ce que c'est, en fait. Par contre, je peux t'assurer que ça sera génial quand je l'aurai fabriqué. Et je n'exagère pas. Du genre phénoménal. »

Il s'est penché, a tiré une branche sur la souche pour la débiter tout en s'interrompant pour me sourire.

Puis il a envoyé le petit bois rejoindre un tas.

« Alors pour une raison mystérieuse, je n'ai pas le droit de savoir ce que c'est, c'est ça ?

— Tu verras bien. Tu peux toujours tenter de deviner, si ça t'amuse, mais ça m'étonnerait que tu trouves. »

Il a pris une autre branche et l'a brisée en morceaux avec les mains.

J'ai jeté un coup d'œil vers le break.

« Vas-y ! » Il s'est esclaffé, son sourire révélant deux dents grises parmi les blanches. « Devine.

— Je sais pas, moi, une presse d'imprimerie médiévale ?

— Quoi ? Fais un effort, c'est pas une vraie suggestion. Essaie encore.

— Une grande roue ?

— Bon, d'accord, grosse maligne, tu ne veux pas jouer le jeu. C'est pas grave, ce sera fini dans pas longtemps. Bon sang, a-t-il poursuivi, sa hachette cognant contre la souche, j'aurais bien aimé l'inventer, ce truc. J'ai bien failli ! Un des plans que j'ai dessiné l'hiver dernier était vraiment pas loin.

— À ce propos, qu'est-ce qu'il est devenu, ton barbecue ? Celui que tu as fabriqué dans un vieux baril d'essence ?

— Ça ? Tu as un train de retard. Je l'ai filé pour la tombola de l'église, la semaine dernière.

— Comme lot ? » J'ai relevé la tête. « Après tout le travail que ça t'a demandé ?

— Ben oui ! T'inquiète, j'en construirai un autre, il sera encore mieux, si ça se trouve. Faut bien s'occuper. »

Il m'a fait un clin d'œil.

« Alors, comment va ton ami ? »

Je lui ai tendu une branche, humant le parfum riche et rassurant du noyer noir.

« Quel ami ?

— Le Russe, là. Le type bizarre.

— Ah, chouette, tu l'as rencontré. J'avais peur qu'il file sans payer. »

En vérité, je ne m'étais pas inquiétée. D'où qu'il sorte, cet homme m'avait donné l'impression d'être honnête, même si j'avais conscience qu'un inconnu débarquant si soudainement pouvait tout aussi bien disparaître sans crier gare.

« Non, il a décidé de rester un peu. Il randonne dans le coin, si j'ai bien compris, et il m'a dit qu'il était ravi de profiter du calme. Je lui ai assuré que si c'était le calme qu'il cherchait, il allait être servi. »

Martin s'est redressé.

« Il est avocat, à ce qu'il m'a dit.

— C'est vrai ? »

Je me suis représenté le grand étranger filiforme debout devant la porte, le visage à moitié caché sous son écharpe, son bonnet dans les mains.

« Pourquoi je te mentirais ? » Il a ramassé son petit bois et porté l'index à un chapeau imaginaire. « Merci pour ton aide », a-t-il conclu avant de repartir vers le refuge, ses jambes arquées lui donnant une démarche légèrement chaloupée.

« À plus, Martin. »

Le sourire aux lèvres, j'ai redescendu le coteau. J'aimais bien Martin – jamais il ne m'avait posé la moindre question personnelle, et je lui rendais la pareille. C'était là un genre d'amitié qui me convenait à merveille.

Dans le magasin, j'ai déballé le sandwich que je m'étais acheté à la station-service et l'ai mangé debout. Sur le congélateur à glaces, il y avait un vieux radiocassette ; on ne captait aucune station si haut dans la montagne, mais le lecteur fonctionnait très bien. J'ai sélectionné un album dans la pile cachée sous le comptoir, ouvert le boîtier fendu et monté le volume. Une voix de femme a envahi la salle. Accompagnée par ses intonations plaintives, j'ai rempli un seau en plastique et attrapé un balai à franges pour effacer avec zèle poussière et empreintes de pas à grands jets d'eau. Patsy Cline. J'ai essoré le balai, et je l'ai ensuite passé partout méthodiquement, sous les étagères et dans les encoignures. Au moins, il faisait bon dans le snack, chauffé par le gril et le bruyant radiateur électrique installé contre le mur du fond. Une fois le premier côté terminé, j'ai enclenché la cafetière filtre, puis, adossée au bar, j'ai humé l'odeur forte du café au son de Patsy qui chantait sa somptueuse tristesse, son plaisir mélancolique. Puis j'ai rempli le seau de nouveau et repris mon nettoyage en fredonnant, m'abandonnant au rythme simple de ma tâche, mon corps se décrispant petit à petit.

« *Folie,* ai-je chanté avec Patsy, laissant ma voix se répercuter dans les rayons déserts cependant que les choristes l'accompagnaient de leurs *ah, ah, ahhhhh. C'est de la folie de me sentir si seule*... » Les franges humides du balai bougeaient en cadence.

« Excusez-moi, c'est votre livre ? »

J'ai fait volte-face. L'étranger se tenait sur le pas de la porte, vêtu de la même veste, le même cache-nez serré sur la bouche, un gros livre dans les mains. Il avait les yeux qui brillaient.

J'ai éteint la musique et l'ai observé d'un air circonspect, interloquée par son apparente capacité à surgir de nulle part.

« Ah oui, c'est à moi, ai-je répondu, laconique. Je l'ai laissé sur la terrasse ?

— C'est là que je l'ai trouvé, oui. » Il a examiné la couverture d'un air songeur, baissé son écharpe et caressé du pouce les caractères gaufrés du titre. « C'est vrai ? C'est ce que vous lisez ? »

Je me suis penchée pour soulever le seau d'eau sale, en tâchant de ne pas montrer que cet effort m'était difficile.

« Oui, c'est le mien. » Puis j'ai haussé un sourcil. « Pourquoi ? Je n'ai pas une tête à lire des livres ?

— Oh. » Il a posé le roman sur le comptoir et frotté ses mains gantées l'une contre l'autre. « Excusez-moi, je me suis mal exprimé. C'est que c'est un très bon livre. Je ne m'attendais pas à ce que vous lisiez quelque chose comme ça. » Il a grimacé. « Désolé, c'est parce que, en fait… vous savez, c'est un roman russe, et…

— C'est bon, c'est bon. Je comprends ce que vous voulez dire. »

J'ai vidé le seau, dont l'eau s'est déversée en cascade marronnasse, puis je suis allée derrière la caisse et j'ai glissé le livre sur l'étagère cachée, où il ne pourrait plus le voir.

Les mains croisées, il a parcouru le magasin d'un regard hésitant. Il avait un air légèrement contrit, même si – comme je m'en étais souvenue sur le tard – c'était moi qui l'avais laissé grelotter une deuxième nuit dans une chambre sans chauffage.

« Vous désirez quelque chose ? lui ai-je demandé, en m'efforçant d'avoir un ton, si ce n'était amical, un peu moins hostile. Un café ?

— Non, non… Merci. J'ai oublié mon portefeuille là-haut, au… » Il a fait un geste vers le haut de la côte. « Pas l'hôtel. Comment vous dites ?

— Le gîte. » J'ai saisi la verseuse. « Ce n'est pas grave, prenez-en quand même. Ce que je n'ai pas bu à la fin de la journée, ça finit dans l'évier, de toute façon. »

J'ai posé une tasse sur le comptoir et la lui ai remplie. Après avoir brièvement levé les yeux vers moi, il est venu s'y réchauffer les mains.

Constatant qu'il n'avait pas l'intention de repartir, j'ai conclu que – une fois n'étant pas coutume – j'allais devoir faire la conversation.

« Hmm... Vous avez fait une randonnée, alors ? »

J'ai jeté des coups d'œil un peu partout en quête d'une tâche pour m'occuper.

« Pardon ? Oh, non. Ça me plairait, mais ça ne me réussit pas de rester dans le froid trop longtemps. Je me suis juste un peu baladé, quoi. »

Il a bu une gorgée et grimacé. J'ai poussé vers lui le grand sucrier en verre, qu'il a incliné avec précaution, en observant le sucre se dissoudre dans le café.

Une particularité de son visage – l'écart de ses yeux, peut-être, ou la ligne délicate de sa mâchoire, dont les os évoquaient ceux d'un oiseau – attirait presque irrémédiablement mon regard. Déconcertée, je me suis détournée et ai décidé de nettoyer la cafetière, qui pourtant était encore brûlante.

« Vous êtes vraiment dans un bel endroit, a-t-il déclaré derrière moi. Le parc, j'entends.

— C'est également mon avis », ai-je rétorqué en mouillant une serviette en papier.

C'était, à vrai dire, un lieu si magnifique que mon âme tout entière semblait y être liée, même si je n'allais pas l'expliquer à un inconnu.

« Il n'y a que vous qui travailliez ici ? »

J'ai sorti le filtre usagé et essuyé le métal terne à l'intérieur de la machine. « J'en ai bien l'impression, oui.

— Ah, d'accord. » Il y a eu un court silence. Je l'ai imaginé qui examinait de nouveau l'espace exigu, puis il a repris : « Ça fait longtemps que vous vivez ici ? »

J'ai haussé les épaules et continué à lui tourner le dos en m'appliquant à frotter une tache.

« Ça dépend de ce que vous entendez par longtemps, je suppose.

— Un an ou deux ?

— Dans ces eaux-là.

— Oh ? Plus que ça ? »

J'ai briqué plus fort.

« Je ne sais pas trop. Peut-être.

— Depuis la fin de vos études ? »

Je me suis immobilisée et j'ai contemplé mon reflet sur la surface rayée de la cafetière.

« Martin m'a dit que vous étiez avocat ? ai-je dit au bout d'un moment, avant de me retourner et de jeter la serviette. C'est vrai ? »

Il m'observait.

« Martin, c'est l'homme que j'ai rencontré au gîte ?

— Oui. »

Il a souri, même si je ne voyais pas en quoi c'était amusant.

« D'une certaine façon, je suis avocat, oui. Je l'étais en Ouzbékistan, mais ça m'étonnerait que ça me soit très utile ici.

— Pourquoi vous êtes là, alors ? »

Ce fut mon tour de l'observer par-dessus le bord de ma tasse en buvant une gorgée.

« En Amérique, vous voulez dire ?

— Oui. »

De fines rides se creusaient aux coins de ses yeux, et un poids semblait peser sur ses sourcils, comme s'il passait le plus clair de son temps à réfléchir à des problèmes ne pouvant être résolus qu'au prix de grandes difficultés.

« Je suis étudiant, a-t-il indiqué simplement.

— Ah, d'accord. Vous êtes là pour les vacances d'hiver, donc ?

— Oui, en quelque sorte. » Il a fait rouler le sucrier entre ses paumes. « Alors comme ça, vous aimez Dostoïevski ? »

J'ai plissé les yeux – allait-il se moquer de moi ? –, mais il paraissait sincère. J'ai baissé la tête et trituré le livre sous le comptoir.

« Oui, ça me plaît », ai-je dit doucement, surprise de répondre avec tant de franchise, avant d'ajouter : « Enfin, je ne sais pas trop. J'ai lu *Les Frères Karamazov*, au lycée, et ça m'a... je me suis bien plongée dedans. Celui-ci, par contre... »

Il m'a considérée, avec l'air d'attendre la suite.

« Vous n'aimez pas ? » a-t-il demandé finalement.

Je me suis mordu la lèvre.

« Ce n'est pas ça. C'est que... »

Je me suis rappelé les heures que j'avais passées, penchée sur les premiers chapitres, le jour même de son arrivée, la vivacité avec laquelle les scènes s'étaient peintes devant moi dans le magasin désert.

« En fait, si, ça me plaît beaucoup. C'est juste que tout est tellement centré sur la psychologie du personnage principal, le meurtrier. Ça va peut-être vous sembler bizarre, mais j'ai du mal à comprendre pourquoi il a tué cette vieille femme. »

Son regard s'est illuminé, et il s'est exprimé d'une voix douce :

« L'autre siège est libre ? Je peux m'asseoir ? »

Après quelques secondes d'hésitation, je suis allée au placard à balais et j'ai traîné le tabouret jusqu'à lui.

Il s'est hissé dessus, face à moi, devant le comptoir, les mains jointes.

« Vous pourriez peut-être me dire ce que vous en pensez, vous. »

Il avait pris une pose si sérieuse que j'ai presque éclaté de rire.

« Je croyais que vous étiez étudiant, pas professeur.

— Oh non, je ne suis pas du tout professeur. Il se trouve que *Crime et châtiment* était un des romans préférés de mon père. Lui et moi, nous avions ce genre de discussions, parfois – en buvant du thé, un peu comme maintenant. » Il a désigné nos tasses d'un geste en souriant. « Il n'avait pas fait d'études, mais il avait le don pour rapporter les meilleurs livres à la maison, même ceux interdits par le gouvernement. Il pouvait rester à lire dans son fauteuil pendant des heures, puis il m'appelait pour que je vienne le voir. J'étais un garçon rêveur, et j'ai toujours pensé que les livres étrangers étaient supérieurs, mais ces moments-là figurent parmi mes plus beaux souvenirs. »

Sa franchise, l'affection sincère qui imprégnait ses mots, m'ont surprise. Dans mon entourage, personne ne se serait jamais exprimé ainsi. J'ai sorti le livre de sous le comptoir et l'ai feuilleté au hasard.

« Mon grand-père était un peu comme ça, ai-je dit, presque pour moi-même. Très bien, Dan… Dahn… excusez-moi, ça se prononce comment, votre prénom ?

— Daniil. C'est Daniel, en fait. Vous pouvez m'appeler comme ça, si vous voulez. Ou Danya – c'est ainsi que m'appellent mes amis, en russe.

— Ah bon ? On parle russe en Ouzbékistan ? »

Il a pouffé de rire.

« *Moi* je parle russe. Comme je l'ai dit, ma famille est russe.

— D'accord. Daniil. Ça marche. »

La joue appuyée sur la main, j'ai considéré les pages ouvertes. Un moment s'est écoulé au son du tic-tac de la pendule murale. Si cet homme était vraiment avocat, il avait sûrement fait deux fois plus d'études que moi. Ça aurait été absurde de poursuivre cette conversation.

« Allez, s'il vous plaît » a-t-il insisté.

J'ai relevé les yeux vers lui, surprise.

« Eh bien, ai-je commencé lentement, dans les premiers chapitres, on veut clairement nous faire croire qu'il a agi pour l'argent. Il erre sans un sou, en guenilles, on voit qu'il est aux abois. Et pourtant… » J'ai marqué un temps d'arrêt. « On n'a pas l'impression que c'est ce qui le tracasse le plus, à vrai dire. Il passe des heures et des heures à se lamenter à propos de sa sœur, à déplorer qu'elle ait gâché son avenir en épousant un homme plus âgé. Et l'autre fille, aussi, celle qui devient… celle qui se prostitue pour nourrir sa famille à la mort de son père. » Je l'ai regardé d'un air gêné, craignant de lire la déception sur son visage, mais il m'écoutait avec la plus grande attention. « Je ne sais pas trop. J'imagine que ça m'échappe, en fait. D'autant plus qu'après le meurtre il enterre les bijoux et l'argent qu'il a volés et ne revient jamais les récupérer.

— Oui, c'est là tout le mystère, pas vrai ? Il se donne beaucoup de mal pour préméditer son crime et le mettre à exécution, puis il se désintéresse de son butin. » Il serrait fort sa tasse, la lumière s'est reflétée sur son alliance. « Vous pensez qu'il tue la vieille femme, l'usurière, juste pour se prouver qu'il le peut ? C'est la théorie de certains. »

J'ai eu un petit rire et j'ai secoué la tête.

« Je ne vois pas pourquoi mon avis vous intéresse autant. Pour tout vous dire, je m'y connais beaucoup plus en hamburgers qu'en littérature. »

Il s'est redressé et a soufflé entre ses lèvres en signe de désaccord.

« Mais non » a-t-il rétorqué, en dénouant son écharpe, qu'il a posée sur le comptoir – laquelle, râpée et tachée, s'effilochait aux extrémités. « Bien sûr que ça m'intéresse. Je ne vous aurais pas demandé, sinon. »

Je fixais toujours son cache-nez, ses yeux clairs et ses cheveux en désordre.

« Bon, d'accord, ai-je cédé. Ce que je pense, Daniil…

— Danya, m'a-t-il interrompue avec un sourire fugace. Faisons simple.

— Ce que je pense, Danya, c'est que ce Raskolnikov, le meurtrier, devient fou à force de vivre dans un monde où les gens souffrent tant, sans raison, où il voit partout une cruauté terrible et inexorable. D'autant plus que les salopards, ou même ceux qui se contentent d'exploiter les autres, comme la vieille qu'il tue, ne sont jamais punis. On a l'impression qu'ils ne se sentent jamais coupables du mal qu'ils font. » Mon argumentation me paraissait maladroite et confuse, mais j'ai poursuivi. « Pour lui, la tuer, ça revient à équilibrer la balance, ou… je ne sais pas trop comment l'exprimer. Il applique la loi du talion, j'imagine. Dans un certain sens, je crois qu'il ne faut pas chercher plus loin que ça. »

Il est resté silencieux quelques instants après la fin de ma tirade, à scruter mon visage. Avec une pointe d'agacement – me demandant pourquoi les gens s'estimaient en droit de m'observer comme une bête curieuse, juste parce que je me tenais derrière un comptoir –, je me suis détournée pour vider ma tasse dans l'évier.

Il m'a interrompue en soupirant et a tendu la main vers le livre.

« Vous permettez ? » J'ai concédé un vague geste d'assentiment. « Je suis d'accord avec vous, dans l'ensemble, a-t-il dit. Mais j'ai toujours pensé que ce que Raskolnikov ne supportait pas, c'est qu'autant de gens autour de lui se… » Il a gonflé ses poumons, le temps, semblait-il, de choisir ses mots avec soin. « ... se sacrifient pour les autres. C'est ce que font tous les meilleurs personnages de l'histoire, les plus nobles, honnêtes et innocents. Et ça leur vaut une grande souffrance, sans que ça profite vraiment à ceux qu'ils voulaient aider. » Il a fermé les paupières, avant de poursuivre comme s'il réfléchissait tout haut. « Je crois que ça le met en colère, de savoir que ces sacrifices sont presque tous inutiles. "Futiles", peut-être, c'est le mot que je cherchais. Oui, c'est ça, "futiles". » Il a rouvert les yeux et m'a adressé un sourire embarrassé. « Parfois, ces mots m'échappent. Je regrette souvent de ne pas mieux parler anglais.

— Quoi ? Votre anglais est parfait. » J'ai été soulagée que l'on change de sujet. « Ça doit faire un bon moment que vous vivez aux États-Unis.

— Pas du tout, non. Je suis encore un transfuge récent, pourrait-on dire. » Tout en continuant à me sourire d'un air mal à l'aise, il s'est mis debout et a fait glisser le livre vers moi. « En tout cas, a-t-il repris en saisissant son bonnet, vous pourrez peut-être me donner votre verdict quand vous en serez venue à bout. Ça m'intéresserait beaucoup de savoir. » Il a détourné brièvement les yeux. « Seulement si ça vous fait plaisir, bien sûr. »

Je l'ai observé, intriguée malgré moi.

« Il faut voir. Pourquoi pas ? Mais vous aurez sûrement filé depuis longtemps, d'ici là. » J'ai soulevé la couverture du livre pour consulter la date de retour, griffonnée au crayon à papier par une bibliothécaire à la main tremblante.

Puis, passant du coq à l'âne, j'ai ajouté : « Vous avez de la chance que vos vacances commencent si tôt. C'est rare que les facs accordent tout le mois de décembre. »

L'espace d'un instant, il a paru agité. Je l'ai décelé à la gêne fugace qui s'est peinte sur son visage. Ses mains se sont rapprochées d'un petit mouvement convulsif. Il m'a répondu d'un ton toujours aussi aimable :

« Oui, c'est vrai. C'est une grande chance. Ils veulent qu'on se repose, c'est pour ça – après les examens. Ça tombe très bien, je trouve. C'est magnifique, ici, hein ? L'endroit idéal pour des vacances. »

Puis, d'un signe de la main, il s'est éclipsé.

Par la fenêtre, j'ai regardé sa silhouette sombre quitter la terrasse et remonter vers le gîte d'une démarche traînante, les épaules agitées de tressaillements à chaque pas, la tête basse.

J'ai fait coulisser la vitre arrière du congélateur à glaces, et, à l'aide d'un couteau à beurre, j'ai gratté la couche de givre duveteuse qui s'était accumulée. Je repensais à ma conversation avec Daniil. Non qu'il ait dit quoi que ce soit de bizarre. Au contraire, il se montrait presque trop courtois. Mais ses sourires masquaient un certain trouble, une indécision, comme s'il redoutait de commettre un faux pas.

Pour être honnête, je n'en savais rien. Peut-être tenait-il seulement à susciter la sympathie. Je n'avais pas eu ce genre d'aspirations depuis une éternité, mais je me rappelais vaguement les efforts qu'on s'imposait quand on était dans cet état d'esprit. Il était assez jeune pour que ce soit encore son cas.

Il en reviendrait.

J'ai recueilli les éclats de givre dans ma main et me suis étirée. C'était agréable d'effectuer une tâche physique, si modeste soit-elle. Avant l'accident, j'adorais aider mes amis pour les travaux de la ferme, rentrer les bottes de foin, construire des abris, nettoyer les écuries. C'était très gratifiant de voir les résultats de mon labeur, la souche que j'avais arrachée, le mur croulant que j'avais réparé, la porte dont j'avais changé les charnières. Quelle satisfaction, aussi, de m'emparer d'un outil et de savoir m'en servir. *Tu veux démonter cette vieille grille de box ? Pas de problème.* À ce souvenir, j'ai contemplé le couteau à beurre légèrement tordu et j'ai eu un sourire en coin. Je ne pouvais plus effectuer la plupart de ces tâches, c'était vrai, je faisais ce qui était dans mes cordes. Il se pouvait que mon grand-père m'ait transmis un peu de son entêtement.

Alors que l'après-midi cédait la place au soir et que je regroupais mes affaires en vue de la fermeture, Jerry est entré, charriant l'odeur de la forêt. Il portait un fusil de chasse dans une main, vieille arme pourvue d'une crosse en noyer usée. *Elle a dû appartenir à son père ou à son grand-père*, ai-je songé lorsqu'il l'a posée en équilibre près de la porte.

« Un burger avec des oignons », a-t-il grommelé.

C'était un homme corpulent, avec une barbe fournie et un dos abîmé qui lui avait valu d'être licencié de l'usine Pepsi de la ville. Une casquette noire poussiéreuse était vissée sur sa tête.

« Ça marche. » J'ai déposé le steak haché surgelé sur le gril et l'ai surmonté d'un couvercle de casserole. J'avais constaté que ça cuisait plus vite ainsi. « Frits, les oignons ?

— Nan, ça ira. » Il a porté la main à sa poche arrière de pantalon, d'où il a sorti son portefeuille, sa bedaine débordant de sa veste camouflage. « Comment va, Kathleen ?

— On fait aller. T'as ramené du gibier ? »

J'ai pointé le menton vers la fenêtre, en direction des bois.

« Pas encore. J'ai l'impression que la saison va être mauvaise.

— Ouais, c'est ce que tout le monde dit. »

Il a attendu patiemment comme à son habitude, sa casquette enfoncée sur le front, avec l'air de quelqu'un qui ne se sent jamais vraiment à l'aise entre quatre murs. J'ai eu l'idée d'ajouter un extra à son burger, j'ai rouvert le congélateur et jeté un deuxième steak sur la plaque.

« Merci, a-t-il dit, lorsqu'un vif grésillement a retenti.

— De rien. »

Il a pris dans sa poche de veste un sachet marron – un petit sac en papier Kraft, comme toujours –, et l'a posé sur le comptoir.

Sans un mot, je l'ai rangé sur l'étagère à côté des cassettes et j'ai sorti deux billets de vingt de mon sac à main, que je lui ai remis avec sa monnaie. Il se balançait d'un pied sur l'autre, comme pour apaiser une douleur persistante. « Comment va ton dos ? »

Il a haussé les épaules.

« Pas terrible. C'est gentil de t'en inquiéter. Il faudrait que je me fasse opérer, un de ces quatre, mais j'essaie de retarder ça aussi longtemps que possible. » Il est reparti d'un pas lent vers la porte, tenant de manière empotée son hamburger d'une main, récupérant son fusil de l'autre. « Ah, au fait. » En ouvrant, il a lancé un regard vers moi par-dessus son épaule, sans se détourner. Des brindilles étaient restées accrochées à la capuche de sa veste tachée de boue. « Tu devrais faire gaffe, quand même. »

Je l'ai dévisagé sans laisser paraître la moindre expression.

« Sur la glace, a-t-il précisé. Y a un môme qui s'est noyé, comme ça, dans le temps. T'étais pas née. C'est risqué. »

Je l'ai scruté longuement. Quand j'ai ouvert la bouche pour répondre, il partait déjà d'un pas traînant, serrant son arme d'une poigne ferme.

« C'est pas parce que tu connais bien le coin que c'est pas dangereux », a-t-il murmuré.

Puis le vantail s'est refermé en frottant contre le chambranle.

« D'accord », ai-je dit doucement, en l'observant par la vitrine tandis qu'il accrochait son fusil à un râtelier fixé dans la cabine de son pick-up, puis s'installait au volant avec raideur. Un chien s'est dressé sur la banquette arrière et a posé les pattes sur le bord de la vitre, la langue pendante, me toisant cependant que le camion s'éloignait.

Après le départ de Jerry, j'ai jeté un coup d'œil dans le sac en papier pour vérification. Le compte y était – vingt en tout, petits, blancs et ovales. J'ai replié le sachet et l'ai gardé dans la main un moment, à contempler le sol, avant de le fourrer dans ma poche et de sortir sur la terrasse, où j'ai récupéré les cendriers et retourné la pancarte sur la porte afin qu'elle indique FERMÉ.

3

La lumière au service des urgences était d'une blancheur crue. Allongée sur un lit trop dur, ma grand-mère frissonnait dans sa blouse d'hôpital, en colère. Ses petits yeux perdus dans le vague étaient humides, et sa bouche pincée formait une moue méprisante. Quand j'ai voulu prendre sa main, elle était froide et rêche, la peau fripée comme celle d'un chiot tout juste né. Elle l'a retirée puis s'est mise à contempler le plafond d'un regard morose. Elle avait le souffle chuintant et saccadé, comme si elle respirait par une paille.

C'était quelques jours après l'arrivée de l'étranger. Ce matin-là, je l'avais trouvée effondrée à genoux à côté du canapé, auquel elle s'agrippait de ses ongles jaunes comme à un radeau.

« Madame McElwain », a déclaré le médecin, qui tenait contre sa cuisse le dossier de ma grand-mère, l'ayant visiblement déjà compulsé.

Je le connaissais du temps où j'étais mariée. Plus jeune que la plupart des praticiens que j'avais pu rencontrer, dans la quarantaine, il avait deux filles scolarisées dans un lycée privé du comté voisin. Ses cheveux bouclés lui donnaient une allure particulièrement juvénile, presque provocatrice, comme s'il avait découvert un élixir de jouvence qu'il gardait pour lui.

Elle a tourné brièvement les yeux dans sa direction, avant de reprendre son examen des dalles du plafond. Le silence s'est prolongé.

« Quoi ? a-t-elle coassé au bout d'un moment, consciente qu'on attendait une réponse de sa part.

— Je vois dans votre fiche de suivi qu'on vous a diagnostiqué un emphysème il y a deux ans. »

Il s'exprimait avec ce ton doux et lénifiant propre aux médecins, ce qui ne manquerait pas d'horripiler ma grand-mère.

« Et donc ? a-t-elle craché.

— Madame McElwain, vous devez arrêter de fumer. Immédiatement. En toute franchise, vous avez de la chance de ne pas être déjà sous assistance respiratoire. » Il s'est assis au bout du lit, les jambes croisées. « Parce que là, vous affaiblissez vos alvéoles, ce qui va dégrader de plus en plus votre capacité pulmonaire. Résultat, quand vous ferez un malaise, comme ce matin, vous aurez beaucoup de mal à respirer, et ça pourrait avoir des conséquences très graves. En fait… »

Elle a froncé les sourcils et détourné la tête, balayant cette mise en garde d'un revers de la main.

« Madame McElwain, je ne plaisante pas. Je suis inquiet pour vous. » Il avait de grands yeux d'un bleu profond. « Je sais que ce n'est pas facile, mais essayez de comprendre que... »

Elle a marmonné quelques mots et toussé, en regardant vers le mur.

« Je vous demande pardon, madame ?

— J'ai dit : "Je ne sais pas pourquoi tout le monde continue à m'appeler 'Madame'". Ça fait quarante ans qu'il est mort. »

Bien qu'elle fût de petit gabarit, sa blouse exposait ses bras et ses jambes dans toute leur nudité et leur blancheur laiteuse. Ses seins pendaient mollement sous le tissu.

Le médecin s'est relevé, le dossier coincé sous le bras.

« Très bien, madame... Lydia, a-t-il repris d'un ton brusque. Pensez bien à ce que je vous ai dit, s'il vous plaît. »

Quand il est sorti, sa blouse blanche voletait derrière lui comme quelque colombe géante.

« Je peux pas le sentir », a grommelé ma grand-mère lorsque, plus tard, je l'aidais à monter dans la Jeep. Depuis le parking, elle a jeté un regard noir par la vitre en direction de la façade morne de l'hôpital de Carlisle. « Ce Docteur-les-Yeux-Bleus, là. Il me parle toujours comme à une débile.

— Il essaie de t'aider. » Je lui ai attaché sa ceinture. « Tu vas faire ce qu'il t'a dit ?

— Pfff.

— Alors, oui ou non ? »

Elle m'a fixée d'un air mauvais.

« T'as déjà essayé d'arrêter de fumer, toi ? Tu imagines au bout de cinquante ans ? » Je suis restée silencieuse, les mains sur le volant. « Quoi ? » a-t-elle lâché un peu après. Mon expression avait dû me trahir.

J'ai mis la clé dans le contact.

« Rien, ai-je répondu en secouant la tête. Et non, je n'ai jamais essayé d'arrêter de fumer, mais il doit bien y avoir un...

— Emmène-moi au petit restau à côté de l'École militaire. Je veux aller dîner. On m'a rien donné à manger, là-dedans. »

J'ai fermé les yeux un bref instant, avant d'actionner le levier de vitesse.

« D'accord.

— C'est lui le docteur qui t'a rafistolée ? m'a-t-elle demandé, les paupières plissées.

— Pardon ? »

Je l'ai dévisagée, stupéfaite.

« Après l'accident. Tu sais, quand... »

Mon estomac s'est soulevé, mais j'ai conservé une voix égale.

« Non, mamie. On m'a emmenée à Hershey.

— Ah bon ?

— Oui, en hélicoptère. Tu m'y as rendu visite. »

Je gardais un souvenir très net de cette journée, de ma grand-mère toute guindée, attendant à la table de la cafétéria que l'infirmier ait bloqué les freins de mon fauteuil roulant avant de filer. Penchée vers moi avec son sempiternel air renfrogné, elle avait ouvert un petit pot de compote de pommes et m'avait donné la becquée patiemment, une cuillerée après l'autre, comme à un nourrisson, avant de me faire boire à la paille dans une bouteille d'eau et de m'essuyer soigneusement la bouche avec une serviette en papier. C'était ma deuxième sortie hors de ma chambre, et la première fois que je parvenais à tenir assise plus de deux minutes.

« Oh. » Elle est restée silencieuse un certain temps, à triturer ses boucles grises. « C'est tant mieux, alors. Ils valent rien, les toubibs de Carlisle. »

Je lui ai jeté un coup d'œil ; d'habitude, elle ne recourait pas aux mots d'argot comme « toubib ».

« Le Dr Padovese est catholique, tu sais. »

Elle s'est tournée vers moi, surprise.

« Où tu as entendu ça ?

— Ses filles vont au lycée Bishop McDevitt.

— Ah oui ? » Songeuse, elle a lissé son chemisier, comme si elle portait encore la blouse d'hôpital. « Ça change rien, a-t-elle asséné finalement. Pour moi, il ne vaut quand même pas tripette. Arrêter de fumer au bout de cinquante ans, j'aimerais bien l'y voir, moi. »

Nous sommes allées au *diner* près de l'École militaire, où nous avons mangé nos sandwichs toastés au fromage en silence, entourées d'hommes en civil, à l'allure martiale. Tout en les observant, j'ai songé à l'étranger et à sa gestuelle enjouée, à sa façon de s'appuyer au comptoir tandis qu'il me questionnait au sujet du parc, de Centerville, de mes avancées dans ma lecture du roman. Il continuait à venir, payant en petite monnaie sa tasse de thé qu'il entourait de ses longs doigts, me parlant d'un air hésitant, comme s'il craignait de s'imposer trop longtemps, et s'attardant malgré tout. Difficile d'imaginer plus grand contraste avec les hommes installés dans les banquettes derrière ma grand-mère, le dos bien droit et les yeux rivés sur un point invisible, un objet imaginaire en suspens au-dessus de leur table.

Lorsque nous sommes rentrées, le voyant du répondeur clignotait dans l'obscurité.

« Je te parie que c'est encore Beth, a haleté ma grand-mère, avant de se diriger vers son gros fauteuil en toussant. Tu ferais bien de la rappeler, cette fois-ci. »

J'ai emporté le combiné dans la cuisine et composé le numéro de portable de mon amie, traînant derrière moi le cordon jaune moutarde.

« Kathy ! » a pépié Beth, un bruit de moteur en fond sonore. Je me la suis représentée au volant de sa Jetta bleue cabossée, en train de conduire d'une seule main. « Comment tu vas, ma biche ?

— Bien. Désolée de ne pas t'avoir rappelée plus tôt. » J'ai jeté un coup d'œil à l'horloge du four. « T'es où, là ?

— Je reviens du supermarché – il me fallait des couches pour Dylan. Ça te dit de sortir, ce soir ? Je peux le laisser un peu à mes parents. »

J'ai regardé dans le salon la tête de ma grand-mère qui dépassait au-dessus du fauteuil ; elle ne bougeait pas, sans doute déjà assoupie.

« Je sais pas trop. J'aimerais bien, hein, mais ma grand-mère n'est pas dans son assiette.

— Ah, mince ! Bon, comme tu veux – on aurait pu aller au Joyride, pourquoi pas nous faire un petit billard, et rentrer pas trop tard. À toi de voir. »

Elle s'exprimait avec l'intonation lumineuse et enjouée de la serveuse qu'elle était dans la journée, même si le dernier départ en mission de son mari lui était très pénible.

« Bon allez, d'accord, ai-je cédé. On se retrouve là-bas ?

— Non, je passe te chercher. Quitte à sortir, tu dois boire au moins deux verres. Attends, je retire ce que j'ai dit – trois verres. *Minimum*.

— Ça alors, toi, une bonne chrétienne…

— Eh oui…, s'est-elle esclaffée.

— Une prof de caté, même, et il faut toujours que tu me pousses à la débauche, ai-je commenté, m'efforçant de sourire bien qu'elle ne pût pas me voir. Je n'ose même pas imaginer ce que tu infliges à ces pauvres enfants.

— Oh, si tu savais. J'ai bien le droit de m'encanailler par procuration. En plus, tu mérites de t'amuser un peu, si tu veux mon avis. » Je l'ai entendue rétrograder. « À ce propos, quand tu m'ouvriras, tu n'as pas intérêt à être en sweat-shirt.

— Non mais t'as vu le froid qu'il…

— Je me fiche que ça gèle. Tu es beaucoup trop jolie pour être tout le temps fringuée comme un gamin de quatorze ans. »

À son arrivée, il s'était remis à neiger. Lorsque je suis montée dans sa voiture, elle m'a serrée dans ses bras, nous balançant légèrement d'avant en arrière avant de me lâcher.

« Ah, voilà, a-t-elle fait. Je me sens déjà mieux.

— Qu'est-ce qui ne va pas ?

— Oh, rien. Toujours pareil, quoi. C'est dur quand Mark n'est pas là. Pour être honnête, c'est dur aussi quand il est là, mais ça c'est une autre histoire. » Elle a désigné la boîte à gants, ses cheveux noirs coupés court effleurant sa joue lorsqu'elle a tourné la tête. « Il y a un cookie pour toi, là-dedans. Il nous en est resté sur les bras, aujourd'hui. »

J'ai sorti le biscuit au gingembre, qui embaumait la cannelle et le clou de girofle.

« Pas beaucoup de clients ?

— Non, en vrai, je t'ai menti. Je te l'ai mis de côté exprès. » Au battement cadencé des essuie-glaces, elle a contrôlé son angle mort avant de changer de voie. « Je t'ai dit que le petit a commencé à courir, l'autre jour ?

— C'est pas un peu tôt ?

— Il n'est pas en retard, c'est sûr. Si tu le voyais : d'un coup il s'emballe et il cavale sur ses petites jambes. » Elle a ri. « C'est encore un modèle réduit, mais que veux-tu, c'était à prévoir, avec les parents qu'il a. Et puis, il sera fils unique, alors nous avons sûrement créé un monstre. »

Sur le parking du Joyride, elle s'est garée sous une enseigne lumineuse pour la bière Rolling Rock, dont les néons verts clignotaient dans la nuit.

Le bar était presque vide – rien d'étonnant un mercredi. Beth est allée d'un pas nonchalant au juke-box, où elle a lancé une nouvelle chanson country, un morceau entraînant que je ne connaissais pas.

« Qu'est-ce que tu bois, princesse ?

— Je sais pas... un whisky-coca ?

— J'aurais dû m'en douter. Ça te tuerait de boire un truc de fille, pour une fois ?

— C'est possible.

— Rhâââ. » Elle s'est adressée à la serveuse, une femme bien en chair vêtue d'un tee-shirt à l'effigie de Rusty Wallace, puis elle est revenue avec un cocktail pour moi et un Pepsi cerise pour elle. Même en talons, elle m'arrivait à peine à l'épaule. « Tiens, goûte-moi ça. Tu veux casser ou je m'en charge ?

— Je peux, si tu veux. »

J'ai formé le triangle de billes par gestes vifs et raccroché le rack sous la table, puis j'ai cassé avec un grand fracas. Dans mon dos, des posters jaunis par la fumée de cigarette décoraient le mur – une sélection de Corvette, Mustang et autres voitures de sport. Les bords des affiches se cornaient, mais derrière les bolides les couchers de soleil, les palmiers et les plages de sable blanc brillaient d'une vivacité immuable.

« Ouh là là, a-t-elle commenté. Ce que tu es sexy quand tu fais ça. »

J'ai ri.

« Arrête ton char, j'ai rien rentré.

— C'est pas la question. » Elle a cherché le bleu d'un rapide regard sous la table. « Mark m'emmenait au Good-Time Joe, quand il était en perm. Va savoir pourquoi... Je crois qu'il voulait juste s'échapper de chez mes parents. Je vais te dire, c'est un peu flippant de voir comment il s'est amélioré au billard, à l'armée. Au poker, aussi. J'ai fait semblant de ne rien remarquer. »

Elle a joué une rayée mais a raté son coup. En se redressant, elle a aperçu son reflet dans le long miroir au mur. L'air scrutateur et sévère, elle a rentré le ventre et lissé sa chemise, tout en pivotant de côté pour observer ses hanches.

J'ai visé la six, qui a rebondi sèchement contre le bord d'une poche.

« Purée, on est des bêtes à ce jeu, pas vrai ? » a-t-elle ironisé.

J'ai souri de nouveau et bu une gorgée, surprise que ma boisson soit si chargée. Le bar, baigné de ses odeurs habituelles et rassurantes, me semblait plus petit et plus chaud que d'habitude.

« Tu t'es inscrite en master, au fait ? »

J'ai attrapé le bleu.

Elle a soupiré.

« En fait, on vient de décider de reporter le projet à l'année prochaine. J'en ai toujours envie, et Mark me soutient, par contre je ne sais pas qui s'occuperait de Dylan. Je suis sûre que mes parents me le prendraient, mais je ne veux pas leur imposer ça – ils me rendent déjà un sacré service en le gardant pour que je puisse aller bosser. Ils savent que je péterais un plomb si je devais rester à la maison, mais quand même. »

Elle a glissé un doigt dans sa chaussure, sans doute pour soulager un frottement. « Il faut le master pour être expert-comptable, alors je tiens à le passer un jour. Ça sera chouette d'avoir une vie quand le petit sera assez grand pour aller à l'école. Même si je l'adore, j'ai l'impression que mon cerveau est en train de se scléroser. »

J'ai raté mon coup suivant, et Beth a visé à son tour, tout en me lançant coup d'œil furtif.

« Et toi, tu crois que tu termineras un jour ?

— Quoi ? Ma licence ? » Je me suis appuyée sur ma queue. Nous avions déjà tourné autour du pot, mais elle ne m'avait jamais posé la question directement. J'ai secoué la tête. « Non, c'est mort. J'aimerais bien, mais je n'ai franchement pas les moyens. Je ne mets presque rien de côté, avec ce que je gagne là-haut.

— Justement, Mark et moi nous en avons discuté, a-t-elle poursuivi en frappant la blanche, empochant une rayée et une pleine. Ah mince, c'était pas voulu, ça ! Bref, si je reprends mes études, je pourrais emmener Dylan et emménager dans une résidence universitaire, le temps que Mark rentre d'Irak, en tout cas. Si ça ne te dérange pas de me le garder à l'occasion – le petit, hein, pas Mark –, on pourrait peut-être partager un appart et retourner à la fac toutes les deux. Comme avant, quoi. » Devant son air à la fois hésitant et sincère, j'ai détourné le regard. « Mark et moi, on paierait le loyer. Pour nous, ça vaudrait le coup d'avoir quelqu'un pour prendre Dylan de temps en temps, en plus de mes parents. Je me disais… ben, j'ai pensé que ce serait une aubaine pour toutes les deux. Si tu es partante. »

Je me suis mordu la lèvre, les yeux braqués sur le juke-box, quelques mètres derrière elle.

« Oh. » La barmaid est allée mettre une autre chanson, plus ancienne. « C'est... c'est une super proposition, mais... » J'ai tenté de m'imaginer pliée sur une chaise au fond d'une salle de cours, au milieu des bavardages de petits jeunes de dix-neuf ans. Penchée sur mes livres le soir. Debout face à une assemblée d'inconnus pour présenter un exposé, me livrer en pâture à leurs regards. En pensée, je me suis recroquevillée de trac. « Je ne crois pas que ce serait possible. Ma grand-mère a besoin de quelqu'un pour veiller sur elle. Et puis les frais d'inscription sont tellement chers – ça m'étonnerait que je puisse me le permettre.

— D'un autre côté, a-t-elle rétorqué d'un ton jovial, tu avais presque fini quand tu as laissé tomber, non ? Il ne te reste sûrement que quelques UV à valider. »

J'ai évité son regard. Ça n'avait pas vraiment été ma décision d'arrêter la fac, point que je n'avais jamais jugé nécessaire de lui préciser, mais dont elle se doutait sûrement. Quoi qu'il en soit, ça n'avait plus d'importance.

« Je ne sais pas trop, ai-je dit, tout en cherchant un moyen de changer de sujet.

— D'accord, mais tu me promets d'y réfléchir ? »

Sans lui répondre, j'ai fait semblant de me concentrer sur mon coup suivant, choisissant de m'asseoir sur le bord de la table et de passer la queue derrière mon dos malgré les protestations de mes articulations. La cinq a roulé dans la poche, et la barmaid a applaudi. J'ai souri en secouant la tête.

« Frimeuse. » Beth a posé doucement la main sur mon épaule tandis que nous nous dirigions vers le juke-box. « En tout cas, quelle que soit ta décision, tu sais que je t'aime. Même si je pense que tu devrais y réfléchir. » Elle a sorti son porte-monnaie de son sac à main, puis parcouru la liste des morceaux. « Au fait, tu as eu des nouvelles de ton frère ?

— Non, pas depuis un bout de temps. Il est toujours dans la région de Kandahar. C'est tout ce que je sais. » J'ai examiné les billes qui restaient sur le feutre, puis jeté un coup d'œil aux posters de voitures. Il y avait des femmes sur bon nombre d'entre eux, évidemment, des mannequins aux longs cheveux et aux jambes bronzées, assises sur le capot ou en train de briquer des chromes, avec le dos cambré et des seins de rêve. Bizarrement, elles n'étaient jamais au volant.

« Sa femme n'appelle pas ?

— Pas à ma connaissance.

— Pfff. Quelle garce… »

Elle a choisi une autre chanson et pressé les touches du bout d'un ongle long et verni.

J'ai ri.

« Je la comprends un peu. De quoi est-ce qu'on discuterait, à part de lui ? Elle ne nous connaît pas et, dans notre montagne, on ne peut pas dire qu'il se passe grand-chose.

— Tu m'étonnes. Les poules auront des dents avant qu'un truc arrive. » Elle m'a lancé un coup d'œil en biais. « N'empêche, c'est quand même pas une excuse. »

L'espace d'un instant, j'ai été tentée de lui parler de l'étranger apparu si mystérieusement, mais tout en examinant les billes éparpillées sur le tapis, je me suis ravisée. Il n'y avait aucune raison d'aborder le sujet. Cet homme n'était personne, et il serait parti bientôt.

D'un coup sec et vigoureux, j'ai expédié la treize le long de la bande, mais j'ai visé de travers, et elle a rebondi bêtement vers moi. J'ai fini mon verre, qui m'a ramolli les jambes et m'a donné une sensation d'apesanteur tandis que la salle se faisait plus cotonneuse. Plusieurs hommes sont entrés, faisant claquer les talons de leurs bottes contre le linoléum, puis ils ont fondu sur la barmaid dans un mouvement confus de chemises rayées et de chapeaux de cow-boy noirs. Beth s'est éloignée vers les toilettes, laissant dans son sillage une empreinte invisible de parfum. Les accords sourds et grondants d'un standard du rock ont succédé à la country.

L'un des nouveaux arrivants a tourné la tête vers moi, et, m'apercevant, n'a pas dévié le regard. Son visage rond, bien qu'assombri par son chapeau, m'était familier. C'était John – le routier que je connaissais depuis l'enfance. Il a continué à me fixer alors même que la serveuse posait leur commande sur le comptoir, la poitrine secouée par un rire que je n'entendais pas, les fossettes de ses joues creusées par son sourire.

Mon dos s'est raidi, mais j'ai fait volte-face comme si je n'avais rien vu. *Je m'en moque*, ai-je pensé. Qu'il m'observe ; qu'ils me scrutent tous. Je n'étais plus là, de toute façon – j'étais à des kilomètres d'eux, dans une bulle créée par la lueur verte de la lampe suspendue au-dessus du billard, un endroit auquel aucun d'entre eux ne pourrait jamais accéder. Je n'étais plus moi-même, j'étais une autre – juste une femme dans un bar, anonyme, prenant appui sur sa queue de billard, les cheveux aux épaules, sans cicatrices, sans fractures réparées, sans rumeurs qui la suivaient. Une femme épanouie, intacte et mystérieuse, que personne n'avait jamais tenté d'examiner sous toutes les coutures de ses yeux inquisiteurs ou à l'aide d'un appareil d'imagerie médicale. Une femme sans nom, ou plutôt capable de prendre le nom de son choix. Qui décidait qui la voyait ou pas, pouvait s'évaporer d'un seul claquement de doigts. Là un instant, puis envolée.

C'était l'alcool qui me donnait cette illusion, bien sûr. Je m'en moquais.

« C'est ton tour », ai-je dit à Beth quand elle est revenue.

Puis je me suis dirigée vers le bar, les jambes soudain aussi légères que l'air, et me suis frayé un chemin parmi les hommes aux dos larges et aux boucles de ceintures brillantes comme s'ils n'étaient pas là, et j'ai posé mon argent sur le comptoir pour commander un deuxième verre.

Le lendemain matin, avant de partir au travail, j'ai appelé mes parents. Il était encore tôt, j'allais les réveiller. Me faisant violence pour composer leur numéro, j'ai frotté mes paumes contre mon sweat-shirt et me suis balancée d'un pied sur l'autre. J'avais mal à la tête et les yeux secs.

Ma mère a décroché. Je l'imaginais qui se retournait dans le lit pour attrapé le combiné, ses cheveux noirs en désordre, zébrés de gris.

« Oui ? Qu'est-ce que c'est ?

— Salut, maman. C'est Kathleen. »

J'ai attendu en entortillant le cordon autour de mes doigts.

« Ah tiens. » Un silence. « Dis chérie, tu pourrais rappeler plus tard ? Nous étions enc...

— Non, désolée. Le téléphone du magasin ne fonctionne pas. Je n'en ai que pour deux minutes, de toute façon. Écoute, hier... »

Il y a eu un bruit étouffé, puis je l'ai entendue marmonner quelque chose à mon père.

« Maman, ai-je dit patiemment.

— Oui ?

— J'ai dû emmener mamie aux urgences, hier, à cause de son souffle. Je me suis dit que vous voudriez savoir.

— Oh. » Elle a semblé attendre que je poursuive. Puis elle a demandé : « C'est tout ?

— Ben, oui, c'est tout, mais...

— Bon, bon, d'accord. Je vais en parler à ton père. C'est sa mère, pas la mienne. Peut-être qu'il fera un saut après le travail, mais c'est pas sûr. La boutique le retient de plus en plus tard. En tout cas, chérie...

— Oui ?

— N'appelle pas si tôt.

— D'accord, maman. »

J'ai raccroché et me suis frotté le visage des deux mains. J'ai sorti deux pancakes Aunt Jemima du congélateur et les ai réchauffés au micro-ondes. Je n'avais pas spécialement envie d'aller travailler. Je n'avais pas spécialement envie de faire grand-chose.

J'ai pris mon manteau sur la patère et mon livre sur la table de la salle à manger, puis j'ai passé la tête dans le salon pour jeter un coup d'œil sur ma grand-mère qui dormait sur le canapé, sous une couverture, la bouche entrouverte.

Les clés ont tinté lorsque je les ai mises dans ma poche. J'ai ouvert la porte et grimacé quand le froid m'a saisi le visage.

« Kathleen ? »

Surprise, je me suis de nouveau penchée vers le salon. Ma grand-mère n'avait pas changé de position, mais avait ouvert les yeux.

« Oui ? » ai-je dit au cas où elle ne m'aurait pas vue. Il était difficile d'évaluer l'ampleur de ses problèmes ophtalmiques, depuis quelque temps. « Comment tu te sens, mamie ? »

Elle a ignoré ma question.

« Je veux un vrai dîner, ce soir.

— Avec moi, tu veux dire ? »

Nous mangions toutes les deux presque tous les soirs, ou, si ne nous ne prenions pas notre repas ensemble, c'était au moins sous le même toit, elle installée devant la télé, moi assise au bord de mon matelas.

Manifestement contrariée par l'expression de mon visage, elle a détourné la tête.

« Rapporte un jambonneau du supermarché. Et des pommes de terre. »

J'ai effectué un rapide calcul, ayant en tête le tas de factures que j'avais récupérées la veille dans la boîte aux lettres.

« D'accord.

— Et des haricots verts, aussi. Ou des petits pois. En boîte. » Le simple fait de parler paraissait la fatiguer. Elle a remué sous la couverture pour s'enfoncer davantage dans les coussins.

« Ça marche. Je m'en charge. »

Les traits marqués par une grimace, elle a fermé les paupières. Je suis partie, sans penser à la prévenir que mon père allait peut-être passer, même si j'en doutais. De manière générale, mes parents me laissaient le soin de m'occuper de tout. Ce que je faisais.

« Ça y est, ils vont enfin mettre le panneau ! s'est enflammé Martin alors que nous déjeunions au snack. Je commençais à désespérer qu'ils le fassent, mais quand je suis sorti ce matin, ils étaient en train de creuser un trou pour le poteau. »

Ses cheveux, tondus encore plus ras que d'habitude, semblaient presque crépus.

« Quel panneau ? » ai-je demandé, en contemplant la viande grise de mon hamburger, trop cuite et sèche. J'ai ouvert un Pepsi que j'ai trouvé beaucoup trop sucré.

« Celui de l'Underground Railroad[1]. La plaque commémorative. J'avais entendu une rumeur quand je me suis installé ici, mais je n'y ai jamais vraiment cru. J'en reviens pas ! Des esclaves en fuite ! Ici, dans ce bâtiment ! » Il débordait d'enthousiasme, encore plus que pour son projet mystère – lequel suivait son cours, comme semblaient l'indiquer les pièces détachées qui encombraient la terrasse du gîte. « D'une certaine manière, ça me rapproche de Dieu, tu vois ? Ça me rappelle Moïse et les Hébreux, l'exode d'Égypte. Comme si cet édifice avait contribué à une délivrance. »

Je suis allée me servir un verre d'eau au robinet, non sans avoir contrôlé qu'il n'y flottait pas un nuage de rouille ou de saletés.

« Tu as raison, c'est dingue, ai-je répondu d'un air absent.

— Tu m'étonnes. Je vais me renseigner sur la question dès que j'en aurai l'occasion. La société historique du comté détient peut-être des documents. »

J'ai observé ses yeux pétillants et son sourire radieux, et l'espace d'une minute j'ai éprouvé une certaine confusion. De quoi étions-nous en train de parler, déjà ? Le visage de ma grand-mère, son expression sévère et ses paupières

1. Réseau de routes clandestines utilisées par les esclaves noirs américains pour fuir les États du Sud avec l'aide d'abolitionnistes. *(N.d.T.)*

plissées me sont apparus. J'aurais dû mettre plus de bois dans le poêle avant de partir. Elle allait avoir froid.

« Comment tu vas, sinon ? m'a demandé Martin, avant de boire une goulée de son Dr. Pepper.

— Moi ? Très bien. » Je suis revenue à l'instant présent. « Comment va notre ami ?

— L'étranger ? Il est occupé. Je lui ai filé du boulot.

— Ah bon ? Pourquoi ?

— Parce qu'il n'a pas de quoi payer, a répondu Martin d'un air détaché. Il n'a plus un rond, visiblement, alors je lui ai dit qu'il pouvait rester à l'œil et manger ce qu'il trouvait dans la cuisine s'il me donnait un coup de main. En ce moment, il est là-haut en train de balayer la salle de jeux. »

J'ai frotté le bord du comptoir du bout du doigt en visualisant l'étranger, ses membres maigrelets et la veste matelassée dans laquelle il paraissait si mince.

« Pourquoi il est là, à ton avis ?

— Je n'en sais rien. Ça ne me regarde pas. Je lui ai proposé d'assister à notre groupe d'étude biblique, ce soir, mais il n'a pas eu l'air très enthousiaste. Hé, tu veux venir, toi ? »

Son visage s'est illuminé.

« Je ne peux pas – je dîne avec ma grand-mère.

— C'est pas grave. Tu es toujours la bienvenue. Nous nous retrouvons tous les jeudis.

— Je sais, oui. »

Quoique si les plus âgés d'entre eux découvraient que j'avais été élevée dans la foi catholique, ils me ficheraient sans doute à la porte. Dans de nombreuses paroisses de la région, on pensait que les catholiques n'étaient pas chrétiens, les accusant de vénérer des idoles et les accablant de mille autres reproches. Enfant, cela m'avait coûté plus d'un ami, même si ces derniers temps les gens préféraient jeter l'opprobre sur de parfaits inconnus moyen-orientaux qu'ils ne croiseraient jamais.

« Bon allez, Kathleen, a-t-il lâché d'un ton enjoué en claquant son argent sur le comptoir comme à son habitude. À plus tard. »

Le ciel s'est couvert dans l'après-midi, et en début de soirée une pluie battante a cinglé les fenêtres et martelé le toit. À six heures, j'ai rentré la pancarte métallique, fermé le magasin, et gagné la Jeep à toute vitesse, m'abritant sous un sac plastique. Le trajet jusqu'au supermarché de Carlisle – à Centerville, nous n'avions que le Miller, une supérette doublée d'une boutique de chasse, bien plus réputée pour ses arbalètes que pour ses rayons alimentation – a été long, notamment à cause des plaques de verglas. J'ai roulé avec une infinie précaution, prenant garde aux chevreuils. En général, ils ne sortaient pas pendant les tempêtes, mais mieux valait être prudente. Un jour, j'en avais compté treize en montant le versant par une soirée de brouillard, mes phares se réfléchissant dans les grands yeux effrayés des animaux immobiles qui, au bord de la route, m'observaient, vigilants et vulnérables.

Cela datait de plusieurs années, mais je me souvenais très bien de mon émerveillement face à chacun de ces treize cervidés adultes figés de stupéfaction, prêts à s'enfuir d'un bond mais pétrifiés dans leur magnifique et dangereuse incertitude.

Le parking du supermarché était plein à craquer, sans doute à cause des habitants de Centerville et d'autres bourgades rurales qui y passaient après avoir quitté leur travail à Carlisle. C'était un endroit sans prétention, où l'on manquait de place, et pas de la première propreté, mais nous continuions tous à y aller par habitude. Ma grand-mère y avait été caissière à une époque, quand mon grand-père avait décrété qu'il avait mieux à faire que gagner sa vie. Je me suis garée au bout du parking et dirigée vers la marquise décolorée, ma hanche gagnée par un début de douleur due au froid. Sans m'en soucier, j'ai sorti un Caddie de l'enfilade de chariots et franchi les portes automatiques en essuyant mes yeux mouillés par la pluie.

Je me suis engagée dans le rayon fruits et légumes baigné d'une lumière froide et agressive, et j'ai mis deux patates terreuses dans un sachet. Je suis ensuite allée vers le fond du magasin où se trouvait la viande, et en passant devant des étalages de boîtes de chocolats j'ai aperçu la mère d'Amos.

Elle se tenait dos à moi devant les biscuits de Noël, vêtue d'une élégante veste en cuir serrée à la taille par un ceinturon. J'ai entrevu son profil, ses yeux foncés, son petit nez mutin et sa peau hâlée, et ma gorge s'est nouée. Je n'avais pas envie de la voir. Surtout, je ne voulais pas qu'elle me voie.

« Comment se fait-il que tu ne lui parles jamais ? » m'avait un jour demandé ma mère.

J'avais alors haussé les épaules, ou du moins j'avais essayé.

« Ça donne l'impression que tu ne l'aimes pas, avait-elle insisté. Ou que tu as quelque chose à te reprocher. »

Je l'avais fixée longuement, droit dans les yeux.

« Je ne veux plus jamais, avais-je déclaré fermement, aborder ce sujet. »

C'était peu après ma sortie de l'hôpital, j'étais aussi squelettique qu'un animal affamé, couverte de longues cicatrices rouges pas tout à fait dissimulées sous mes vêtements, et même moi je me trouvais un air revêche et à vif. Elle m'avait renvoyé un regard stupéfait, puis s'était vite détournée pour s'occuper à autre chose.

J'avais rencontré Amos lorsque j'avais quinze ans et lui dix-neuf, et nous nous étions mariés dans la montagne dès que j'avais eu mon bac. Ça avait duré quatre ans, presque cinq, puis il était mort. Il n'y avait pas grand-chose à ajouter au sujet d'Amos. Quand les lumières se rallument, le spectacle est terminé, et rien ne sert de s'attarder dans la salle.

À la vérité, cette histoire – tout ce qui s'était passé – me rendait encore malade, même si c'était davantage de la colère que du chagrin.

Plus d'une fois, j'avais été à deux doigts d'en parler à Beth, mais un certain malaise, presque de la nausée, m'en avait toujours empêchée. Dès le début, juste après une de mes opérations, elle m'avait caressé les cheveux et dit : « On en discutera quand tu seras prête, ma biche. » Mais jamais je ne m'étais sentie prête – jamais je n'avais eu la force de dire, ni à elle ni à quiconque, que je n'éprouvais pas ce qu'on attendait de moi, qu'au lieu du chagrin brûlait en moi une fureur si corrosive qu'elle me rongeait de l'intérieur, m'évidait comme une mue de serpent, me faisant grincer les dents la nuit. On n'acceptait pas une si violente colère chez une femme – chez personne, surtout pas quelqu'un qui, dans l'esprit de tout un chacun, est en deuil. C'était pourtant bien cela qui m'embrasait, une colère inexorable, de celles qui naissent d'une grande injustice, d'une blessure qu'on ne pourra jamais pardonner.

Bref, je n'avais aucune envie d'avoir un échange avec la mère d'Amos. Cette seule pensée m'a donné le vertige, m'a poussée à m'éloigner, désorientée, dans une autre partie du magasin. Je suis restée plusieurs minutes sous les néons blêmes du rayon surgelés, à contempler bêtement les vitrines couvertes de givre, avant de me ressaisir, de prendre un jambonneau et de filer à la voiture.

À la maison, ma grand-mère m'attendait, mains sur les hanches. Sa robe-tablier, ai-je remarqué, était tachée, comme si elle avait renversé quelque chose dessus. Elle avait une cigarette aux lèvres.

« Tu ne m'as pas prévenue que ton père allait venir.

— Désolée. »

J'ai posé les sacs de provisions sur le plan de travail. Elle a farfouillé dedans en faisant tomber des cendres par terre.

« Où sont les haricots ?

— Pardon ?

— Je t'avais dit de rapporter des haricots. » Elle fronçait si fort les sourcils qu'ils semblaient faire masse au-dessus de son nez. « Et tu aurais pu m'avertir qu'il devait passer. Ce n'est pas parce que je suis vieille que je me fiche d'être dérangée chez moi. Je suis peut-être vieille, mais...

— C'est vrai, tu as raison. Excuse-moi. »

J'ai suspendu mon manteau et pris la direction de l'escalier.

« Où tu vas ?

— Je... je monte. Je redescends tout de suite. »

J'ai filé à l'étage avec autant de dignité que possible et suis restée quelques instants face au planisphère décoloré, m'efforçant de demeurer immobile. L'Ouzbékistan, ai-je vérifié, se trouvait entre le Kazakhstan et le Turkménistan, à l'ouest d'un endroit nommé Tadjikistan. Le pays avait même une courte frontière commune avec l'Afghanistan, où mon frère était sans doute actuellement, en train de dormir dans une tente derrière quelque colline sans nom.

Puis je me suis rendue à la salle de bains, où je me suis aspergé le visage d'eau froide et me suis entraînée à sourire dans le miroir. *Tout va bien*, me suis-je répété. Rien n'avait changé.

Quand j'ai rouvert la porte, j'ai remarqué pour la première fois une odeur inhabituelle dans la maison qui d'ordinaire sentait la cigarette, la poussière et le savon bon marché que ma grand-mère achetait à la supérette. Un parfum riche et sucré.

« J'ai fait un gâteau, a-t-elle annoncé quand je l'ai rejointe à la cuisine, où j'ai cherché l'économe, fouillant dans les tiroirs pleins de clés rouillées, de petites cuillères et d'ouvre-boîtes.

— Pardon ?

— J'ai dit : j'ai fait un gâteau. Un renversé à l'ananas. Il est sur la table. »

Quand elle était en forme, je lui trouvais une forte ressemblance avec la reine d'Angleterre, en un peu plus frêle. Elle avait les mêmes boucles grises que la souveraine sur les photos des magazines people, le même visage rond, velouté, les mêmes joues tombantes. Elle a hoché la tête avec insistance et disparu dans la salle à manger, dont elle est revenue chargée d'un plat d'aspect poisseux beaucoup trop lourd pour elle, sa cigarette toujours au coin des lèvres. Je lui ai pris le gâteau des mains et l'ai posé sur le poêle, perplexe.

« Ça sent super bon. Pourquoi tu t'es lancée là-dedans ?

— Oh, je ne sais pas trop, a-t-elle répondu d'un air détaché. Quitte à se donner la peine de cuisiner un jambonneau rôti et tout ça… » Sans terminer sa phrase, elle s'est tournée pour chercher de nouveau dans les sacs vides. « Et puis, s'est-elle renfrognée, il fallait que je m'occupe pendant que ton père fouinait partout et me posait tout un tas de questions idiotes.

— Ah, d'accord. » J'ai entrepris d'envelopper le jambonneau dans du papier d'aluminium. « Qu'est-ce qu'il t'a demandé ?

— Il m'a tannée à cause de mes cigarettes et de mes poumons. Il ne manque pas d'air, tiens, lui qui fume comme un pompier. Des menthols, en plus. Alors ces trucs-là, *pardon*, a-t-elle asséné d'un ton catégorique, c'est vraiment à vomir. C'est bourré de substances nocives. Tu ne me verras jamais toucher à des – elle a cherché ses mots – à des cochonneries pareilles. Ça, non. »

Tout en allumant le four, j'ai réprimé un sourire.

« Et puis il a aussi voulu savoir comment ça s'était passé aux urgences hier, mais je ne me suis pas laissé marcher sur les pieds. Et toi non plus tu ne devrais laisser personne te marcher sur les pieds. »

Elle a sorti deux assiettes du placard et pris des couverts dans un tiroir, avant de retourner à la salle à manger d'un pas raide.

« Attends. Quoi ? »

Je l'ai suivie du regard, interloquée.

« J'ai dit…

— Non, c'est bon, j'ai entendu. Mais je n'étais pas sûre d'avoir compris, c'est tout. »

Je suis restée face à elle, les pommes de terre dans les mains.

« C'est bien ça », a-t-elle grommelé, en continuant à mettre le couvert, avant de s'installer dans son fauteuil, d'allumer la télé et de se plonger dans le silence.

Au bout d'un moment, elle a éteint et traîné les pieds jusqu'au tourne-disque chiné dans un vide-greniers quelques années auparavant. La voix puissante et joyeuse de Peggy Lee a retenti par-dessus les meubles poussiéreux et flotté jusqu'à la cuisine. Mon père m'avait un jour expliqué qu'il s'agissait autrefois de la chanteuse préférée du frère de ma grand-mère. Il rentrait chez eux dans son élégant uniforme de l'armée et faisait virevolter sa jeune sœur de douze ans sur les mélodies chaleureuses de la diva du jazz. Puis il avait combattu dans le Pacifique et, à son retour, il n'était plus le même ; devenu mutique, il avait passé son temps assis à contempler ses mains, jusqu'à ce qu'on finisse par l'interner. Au mariage de ma grand-mère, il était resté avachi sur un banc au fond de l'église, accompagné d'une infirmière, secoué de sanglots incontrôlables. Peut-être savait-il que sa sœur avait épousé un homme difficile.

J'ai mis de l'eau à bouillir dans une casserole, puis je me suis penchée au-dessus de la poubelle pour éplucher les pommes de terre à gestes vifs. L'odeur du jambonneau au four a empli la cuisine, et l'espace d'un instant je me suis demandé combien d'heures je m'activais aux fourneaux dans la journée. *Beaucoup trop à mon goût*, ai-je songé, du moins quand il y avait des clients. Heureusement que j'avais la bibliothèque pour empêcher mon cerveau de se liquéfier.

Et si Beth avait raison ? ai-je pensé timidement en me frottant le front du revers de la main. Peut-être était-il temps que je trouve une solution pour reprendre mes études.

Mais ça ne se produirait pas : même si j'en avais eu les moyens – ce qui n'était pas le cas –, et même si la vieille femme qui se tenait devant le tourne-disque n'avait pas eu besoin de moi – ce qui n'était pas le cas non plus –, cette perspective me mettait mal à l'aise. Je n'étais pas prête. Je n'étais plus cette personne-là.

En outre, j'avais une vie stable plus ou moins organisée à mon gré. Pas forcément celle dont j'avais rêvé, mais je n'avais pas à me plaindre.

Une heure plus tard, nous étions à table. Dean Martin avait remplacé Peggy Lee.

« C'est bon », a commenté ma grand-mère, en mâchant pommes de terre et viande tout en s'essuyant grossièrement la bouche.

Pour la première fois de la journée, je me suis sentie apaisée.

« Merci. »

Elle a reniflé son verre de lait d'un air méfiant avant de boire.

« Tu m'emmèneras à la messe de Noël, la semaine prochaine ?

— Bien sûr. Ce n'est pas la semaine prochaine, par contre. C'est dans quinze jours. »

Elle a haussé les épaules et saupoudré ses pommes de terre d'une généreuse dose de poivre, expédiant des poussières noires partout sur la table.

« Pas grave. Préviens-moi juste le jour J. Moi ça me change rien.

— D'accord. »

Nous avons fini de manger en silence, puis j'ai débarrassé les assiettes et coupé le gâteau. Le fond caramélisé a laissé des gouttelettes collantes sur le plan de travail.

« Très bon, ai-je dit en me rasseyant, après avoir pris une bouchée, puis une autre. Délicieux.

— J'espère bien. C'était la recette de ma mère. Ça se faisait beaucoup, à l'époque.

— Je comprends pourquoi.

— L'ananas en boîte, a-t-elle dit. Pour nous, c'était la plus belle invention du Seigneur. Ça et la bombe atomique. C'est dire qu'on avait de l'éducation.

— Hmm. »

Plongée dans mes réflexions, j'ai fini ma part, puis m'en suis coupé une autre, que j'ai mangée courbée au-dessus de mon assiette. Ma grand-mère m'observait.

« Je ne vais pas vivre encore très longtemps, tu sais, a-t-elle lâché.

— Quoi ? »

Je l'ai regardée, ma fourchette en suspens devant ma bouche.

« "Quoi ?" "Quoi ?" C'est tout ce que tu sais dire ? s'est-elle agacée, les yeux au ciel. Je ne serai plus de ce monde encore très longtemps, voilà quoi. C'est ce que j'ai expliqué à ton père, mais il ne veut pas l'entendre. »

J'ai posé ma fourchette, déconcertée. J'ai soudain songé qu'il y avait peut-être une raison précise à ce dîner.

« Je ne pense pas que ce soit vrai, ai-je répondu.

— Quoi donc ? Que ça va arriver ou que ton père ne veut pas l'entendre ?

— Que ça va arriver. Pas tout de suite, en tout cas. » L'ombre d'une hésitation a vacillé dans mon esprit, un certain malaise m'indiquant qu'à la vérité cela me semblait possible. J'ai secoué la tête comme pour chasser cette pensée. « Le médecin n'a jamais dit ça. Pas quand j'étais là.

— Pfff ! Le médecin. Qu'est-ce qu'il y connaît, lui ? » Elle a mordu dans son gâteau et mâché les yeux fermés. « Moi, je sais que c'est pour bientôt. C'est pour ça que je te préviens. Comme ça, tu es au courant.

— Mamie, ai-je protesté. Arrête tes bêtises. »

Elle a rouvert les paupières et relevé le menton d'un air très digne.

« Je te préviens, a-t-elle répété, parce que je veux que tu sois prête. »

Je lui ai décoché un regard noir, une boule de colère grandissant aux creux de mon ventre.

« On n'est jamais prêt pour ce genre de choses, ai-je rétorqué, me retenant de justesse d'enfoncer une porte ouverte en ajoutant : *je suis bien placée pour le savoir*.

— Si, c'est possible. »

J'ai contemplé mon assiette et ma part qui suintait de caramel. Ma grand-mère respirait encore avec difficulté ; ça s'entendait. La platine tournait dans le vide, et une voiture est passée devant la maison. Il y avait une vieille demeure sur la montagne, à l'est du parc, dont l'immense terrasse en pierre dominait toute la vallée. Je me suis demandé à quoi nous pouvions ressembler à si grande distance – un simple point lumineux, lointain, entouré de champs enténébrés et de bouquets d'arbres pareils à des taches d'encre. Pour qui nous observerait de là-haut, nous serions invisibles, elle et moi, assises l'une en face de l'autre en silence sous l'abat-jour de la salle à manger. Comme des détenues.

« D'accord, mamie. »

Je lui ai pris son verre vide et je me suis levée pour débarrasser. Mon mal de tête me reprenait, comme à mon réveil.

Elle essayait de déchiffrer mon expression de ses yeux laiteux. Je l'ai ignorée et j'ai continué à débarrasser, emballé le reste de gâteau dans du film alimentaire avant de le mettre au réfrigérateur. La vaisselle finie, j'ai lessivé le sol à l'eau chaude, puis rangé les ustensiles et les bricoles qui encombraient le plan de travail, laissant la cuisine impeccable ainsi que j'en avais l'habitude.

Après être montée à l'étage dans le noir, j'ai fermé la porte de ma chambre sans allumer, je me suis déshabillée en vitesse, puis, ayant enfilé un bas de jogging et un vieux tee-shirt je me suis glissée sous les couvertures. Les stores étaient relevés, une pluie fine embuait la fenêtre. Je me suis frotté les yeux et suis restée immobile dans l'obscurité quelque temps, avant de passer la main sous mon matelas pour en sortir le sachet marron de Jerry. Je l'ai secoué au-dessus de ma paume pour y faire tomber deux comprimés, que j'ai vite avalés. Il m'a semblé avoir longtemps contemplé la progression de la lune dans le ciel, en imaginant des tentes isolées et silencieuses dans les montagnes d'Afghanistan, avant de m'endormir.

4

Les jours ont passé, comme à l'accoutumée si ce n'est la présence prolongée de l'étranger. Installé au comptoir, il croisait ses mains de manière presque précieuse et discutait de la météo, d'articles lus dans le journal, de Raskolnikov le tueur et de son crime abject. Je lui proposais de lui servir à manger, mais il s'évertuait à refuser – par orgueil, sûrement. Sans doute devinait-il que j'étais au courant de sa situation financière délicate. Quelquefois, il sortait de sa retenue et accompagnait ses paroles de grands gestes, s'agitant sans se soucier, apparemment, que mes réponses se bornent en grande partie à des hochements de tête et des murmures neutres. Il parvenait toujours à rester digne et pourtant je n'avais jamais vu quelqu'un paraissant aussi peu à sa place. Peut-être en avait-il conscience ; quelque chose dans sa façon de s'exprimer, une certaine mélancolie, un soupçon d'ironie derrière ses sourires me laissaient penser que c'était le cas.

Lorsqu'il n'était pas au magasin, il ne quittait presque pas sa chambre, même si je l'apercevais parfois dehors, adossé au mur du gîte, les mains dans les poches et le regard dans le vague. Il ne donnait pas l'impression de s'ennuyer, mais je doutais qu'il réfléchisse activement aux principes de la sylviculture moderne.

« Qu'est-ce que vous observez quand vous prenez l'air ? l'avais-je interrogé un jour, alors qu'il entrait.

— Comment ça ?

— Quand vous restez dehors, là-haut. Je n'arrive pas à savoir si vous piquez du nez ou si vous êtes particulièrement passionné par le paysage. »

Il avait ri.

« Eh bien, au départ, j'attendais de voir si un bus passait par ici. Puis j'ai compris que non. Du coup, je pense à tout et à rien.

— Un bus ? avais-je répété, perplexe. Vous n'avez pas saisi où vous êtes, je crois.

— Maintenant, si, c'est certain. Ce n'est pas grave – c'était juste par curiosité.

— Je vais la satisfaire, votre curiosité. Je peux vous assurer que vous êtes au milieu de nulle part. Rien ne vient ici, rien n'en part.

— Oui, j'ai bien remarqué. D'une certaine manière, c'est tant mieux : ça permet que cet endroit reste paisible. »

Il avait frotté ses mains l'une contre l'autre et soufflé dessus. Je l'avais examiné un instant.

« Vous avez besoin que je vous emmène quelque part ? » avais-je fini par m'enquérir.

Il avait eu un temps d'arrêt.

« Non, avait-il répondu ensuite avec sa courtoisie habituelle. Je ne voudrais pas abuser. En plus, ça raccourcirait mes vacances. Je commence tout juste à prendre mes marques. »

J'avais été tentée de lui demander pourquoi quelqu'un qui disait guetter un bus chercherait à prendre ses marques, mais je m'étais tue.

Quelques jours après, alors que j'arrivais de bonne heure au travail, j'ai eu peur pour lui en le découvrant qui essayait de fendre du bois.

La pluie avait érodé la neige, ne laissant çà et là que de petites étendues croûtées de glace. Il avait placé une bûche sur la vieille souche que Martin réservait à cette tâche et se tenait dos à moi, une lourde hache dans la main. Après avoir longtemps contemplé la bille, il a levé l'outil au-dessus de sa tête, très cambré, et l'a abattu. Je me suis crispée en voyant la lame rebondir contre le rondin et expédier des vibrations dans ses bras. Son écharpe plaquée sur le bas de son visage, il s'est frotté le front en examinant la hache. Puis il l'a levée de nouveau, ses chaussures s'enfonçant dans la boue.

« Non ! me suis-je écriée tandis que je gravissais la côte derrière lui. Arrêtez ! »

Il s'est retourné, surpris. Son front luisait de sueur, et il avait les joues rouges.

« Oh, bonjour, a-t-il lancé, d'une voix étouffée par le tissu élimé.

— Vous allez vous blesser. » Je l'ai rejoint, puis j'ai jeté un coup d'œil circulaire aux alentours, où j'ai vu un tas de bûches, mais aucun autre outil que la hache. « Où est la masse ?

— La quoi ? »

Bien qu'il fût essoufflé, ses mots demeuraient soigneusement formés, comme les petits oiseaux en bois que mon grand-père sculptait autrefois.

« La masse, monsieur le rat des villes. C'est comme un gros maillet. »

J'employais des termes qu'il ne connaissait pas. Il a plissé légèrement les paupières.

« Je ne sais pas.

— Martin aurait dû vous la donner. C'est lui qui vous a chargé de ça, je suppose. »

Je me suis élancée en direction du refuge, l'étranger perplexe sur les talons.

« En fait, il ne me l'a pas ordonné, si c'est ce que vous pensez. Je lui ai demandé si je pouvais me rendre utile, et il m'a dit que je pouvais m'occuper du bois.

— Peu importe ce qu'il a dit... Vous ne devez pas faire ça à la hache. »

J'ai fouillé parmi les râteaux et les pelles que renfermait un placard de la réception. La masse était au fond, son manche maculé de goudron d'origine inconnue. Je m'en suis emparée, puis j'ai trouvé un coin éclateur sur une étagère en hauteur.

L'étranger m'a pris les outils, en s'efforçant de ne pas avoir l'air embarrassé. J'ai fermé la porte.

« Vous avez raison, a-t-il repris quand nous sommes retournés à la souche. C'est vrai que je suis un citadin. Je viens de Tachkent, la capitale. Nous avons le chauffage électrique. Tout est électrique. Je n'ai jamais fendu de bois. » Il a baissé son cache-nez. « J'avoue que ça me semble très primitif. Je n'aurais jamais cru que certains se chauffent encore de cette façon en Amérique.

— Pour Martin, ce n'est pas une nécessité. C'est juste pour la cheminée. Mais sinon, oui, certaines maisons fonctionnent toujours au poêle à bois, par ici. De moins en moins, mais c'est comme ça chez ma grand-mère, par exemple. » Je lui ai pris le coin des mains. « Regardez comment on procède : on fiche ça dans une entaille, comme celle que vous avez déjà faite. » J'ai montré l'encoche. « Ensuite, on donne un coup dessus avec la masse. Ça va commencer à fendre la bûche, comme si on enfonçait un burin dedans, et là vous pouvez utiliser la hache pour finir. Ou alors continuer avec le coin. »

J'ai enfoncé l'extrémité du coin dans la fente et saisi fermement la masse, que j'ai levée au-dessus de ma tête, avant de l'abattre le plus fort possible. Ce mouvement m'était difficile, mais il était efficace. J'avais appris à le rendre efficace.

La masse a heurté le coin dans un grand bruit métallique. J'ai empoigné le manche et frappé de nouveau.

« Oh ! » Il s'est approché et m'a pris l'outil. « J'ai compris. Merci.

— Je vous en prie. Ça devrait être plus facile, maintenant.

— Oui, c'est sûr. » Il a marqué une pause, en considérant la tête lourde et arrondie de la masse. J'ai attendu. « Je peux vous demander, a-t-il enfin repris, si ça vous dirait de m'accompagner pour une promenade un de ces jours ? »

Je l'ai regardé. Il n'avait pas quitté la masse des yeux.

« Ce n'est rien... de déplacé, a-t-il ajouté, hésitant, en relevant la tête. J'ai juste envie de me dégourdir un peu les jambes. Et puis... » Il s'est interrompu, m'a fixée d'un air presque timide. « La vie file plutôt vite, non ? Je me suis dit, puisque je suis là ce serait dommage de ne jamais mettre le nez dehors.

— Pas faux », ai-je approuvé en enfonçant les mains dans mes poches et en considérant la souche.

L'arbre devait avoir au moins deux cents ans quand on l'avait abattu ; le chicot était énorme, avec un large pourtour irrégulier se déployant sur plus de un mètre, vestige encore imposant, bien que diminué, de l'existence passée d'une force majestueuse. Je me suis alors demandé si l'étranger avait peur de la forêt. J'ignore pourquoi ça ne m'avait pas traversé l'esprit plus tôt ; ceux qui n'ont pas l'habitude des lieux tels que celui-ci s'imaginent systématiquement que le sentier va disparaître sous leur nez et qu'ils vont se retrouver à la merci des ours noirs, des pumas ou de je ne sais quelle créature se tenant en embuscade dans l'inconnu. Ce qui, évidemment, était toujours possible, mais comme des tas de choses. Les pires drames de la vie survenaient souvent lors d'une activité tout à fait ordinaire.

« Je peux vous poser une question ? ai-je fini par dire, en scrutant son visage.

— Bien sûr. » Il a ri, l'air légèrement soulagé. « Vous venez de le faire, je crois. »

Je l'ai examiné, ne sachant quelle formulation employer pour ne pas être trop frontale, ne pas lui demander de but en blanc : « Qui êtes-vous ? » Cela ressemblait trop à une faille, à une brèche par laquelle un bras trop curieux pourrait plus tard fouiller dans mes propres pensées.

« Votre écharpe, ai-je déclaré à la place. Je voulais savoir, vous la gardez toujours sur le nez – on dirait que vous vous apprêtez à braquer une banque.

— Oh. Non, non. C'est pour ça que vous avez eu si peur la première fois que je suis entré dans le magasin ?

— Hein ? Je n'ai pas eu peur. »

Il a haussé les sourcils.

« C'est l'impression que j'avais eue.

— Il en faut un peu plus pour m'effrayer.

— Il n'y a rien de honteux à avoir peur. De mon point de vue. » Avant que j'aie pu lui répondre, il a poursuivi : « Je porte mon écharpe comme ça parce que j'ai les poumons fragiles. Ce n'est pas un secret.

— Ah bon ? Vous avez été très malade ? »

Voilà qui expliquerait sa pâleur extrême, ai-je songé.

« Non. Pas récemment. C'était il y a longtemps. Ils m'ont emmené pour m'interroger, dans mon pays, et ils m'ont fait dormir par terre, avec tous les autres. Il faisait très froid et je suis tombé malade. Lorsqu'on m'a relâché, le médecin m'a conseillé de protéger mes poumons quand je sortirais, d'où mon écharpe. »

Il a désigné sa poitrine d'un geste.

J'ai baissé les yeux vers le sol boueux, que j'ai gratté du bout de ma chaussure.

« Qui ça, “ils” ?

— Je vous demande pardon ?

— Vous avez dit “ils” vous ont emmené pour vous interroger, ou quelque chose dans ce genre.

— Ah. Oui.

— Vous parlez de la police ?

— Plus ou moins. Pas la police classique, mais une police spéciale. Celle qui se charge de ces choses-là. C'est difficile à expliquer.

— Une police spéciale ? Les services secrets, vous voulez dire ?

— En quelque sorte. Les services de… J'ai oublié le terme exact en anglais. » Il a retiré son bonnet et s'est gratté la tête. « “Renseignement”, c'est ça ? »

Une vision de cet étranger d'allure chétive tremblant à même le sol d'une cellule m'a fait grimacer.

« Je suis désolée, je n'aurais pas dû insister.

— Ne vous excusez pas ! Ce n'est pas grave. Je vous l'ai dit, ce n'est pas un secret. »

Il a imprimé à la masse un court mouvement de balancier, à la façon d'un club de golf, comme pour faire une expérience.

Je l'ai dévisagé.

« C'est bizarre, quand même, ai-je lâché au bout d'un moment.

— Quoi donc ?

— Que vous me racontiez la vérité à ce sujet, mais que vous me mentiez en prétendant être étudiant. »

Son visage s'est crispé, mais il a répondu d'un ton léger.

« Pourquoi je vous mentirais ?

— C'est ce qui m'intrigue, justement. Mais ça ne fait rien. Vous n'êtes pas obligé de me répondre. » J'ai de nouveau remué le bout du pied dans la terre, puis levé les yeux vers lui. « Je vous ai demandé si je pouvais vous poser une question, pas deux. »

Il a eu un sourire las.

« Je m'excuse, ai-je ajouté. Enfin bref. Pensez bien à utiliser la masse d'abord. Si vous ne vous servez que de la hache, ça va vous prendre un temps fou, et c'est votre pied que vous allez fendre. Je dois aller ouvrir le magasin, maintenant.

— D'accord, a-t-il acquiescé, mais alors que je me détournais, il s'est raclé la gorge. Par contre, vous n'avez pas répondu à ma question. Concernant la promenade.

— Oh. »

J'ai remarqué pour la première fois qu'une profonde tristesse semblait imprégner tout son être, lui donnant l'air plus petit et plus fragile qu'il ne l'était. Même quand il se tenait droit, il paraissait voûté.

« Bien sûr, ai-je opiné, soudain gênée. Pourquoi pas. Peut-être dimanche, si vous êtes encore là.

— Entendu. » Il a changé de jambe d'appui, en serrant la masse d'un air mal à l'aise. « Merci. Vous êtes… vous êtes une chic fille. »

J'ai dû lui décocher un drôle de regard, car il a pivoté vers la souche et contemplé le coin planté dans la bûche comme si on venait de le charger d'établir une stratégie militaire, de trouver un moyen d'enfoncer les lignes ennemies.

Il s'est échiné presque toute la matinée, jusqu'à ce que des ampoules, à mon avis, malgré les gants qu'il avait dégotés je ne sais où, lui ensanglantent les mains. Tout en l'observant par la vitrine, j'ai pensé aux prisonniers de guerre, à leurs gardiens disparus et à leur camp, village entier dont il ne restait que des rectangles pourrissants de rondins et de ciment dans les entrailles de la forêt. Des officiers allemands ou japonais malchanceux qui avaient sans doute fendu du bois et porté de l'eau de l'aube au crépuscule, le dos de leur chemise trempé de sueur. Travaillant comme des forçats, seuls et invisibles, emprisonnés au fin fond d'une contrée lointaine. Nul ne savait vraiment ce qu'il était advenu d'eux après la guerre. Aucune liste ne recensait leurs noms. Tels des fantômes ils étaient arrivés, et tels des fantômes ils s'étaient perdus dans les étranges et sinueux tunnels du passé.

Ils avaient dû éprouver un profond mal du pays, pendant leur détention ici. Même si c'étaient des soldats.

Évidemment, ils ne méritaient pas qu'on les plaigne. Après tout, ils appartenaient au camp responsable de tant de morts. Alors s'ils avaient souffert d'un dur labeur, sué sang et eau, et peut-être même péri au cœur de la forêt de Pennsylvanie, d'autres avaient connu des sorts encore plus terribles.

À midi, l'étranger était clairement fatigué. Ses bras maigres, dans sa veste matelassée à l'odeur rance, continuaient à besogner, se levant et s'abaissant sans cesse comme un piston humain actionné par quelque machine invisible et implacable.

5

Dimanche est arrivé, et je me suis garée devant le gîte, où la silhouette dégingandée de l'étranger s'est détachée du mur telle une ombre. Voyant que je restais dans la voiture, il est venu vers moi en jetant des coups d'œil alentour, son écharpe bien enroulée et les mains enfoncées dans les poches. C'était une journée ensoleillée, la plus belle que nous ayons eue depuis des semaines ; une vive clarté se reflétait sur la glace qui nappait les arbres. J'ai baissé ma vitre.

« Allez, montez. Je vous emmène à Tumbling Run. »

Il a considéré la Jeep d'un air nerveux.

« Ce serait vraiment mieux que je n'aille pas trop loin, je pense. On ne pourrait pas plutôt rester près d'ici ? »

J'ai eu un temps de réflexion, les mains sur le volant.

— Je ne sais pas trop. C'est comme vous voulez, en fait. Je me disais que ça nous ferait du bien à tous les deux de changer d'air.

— Oui, c'est vrai », a-t-il répondu sans conviction.

Il a contemplé le bout de ses chaussures.

« C'est un peu comme un sentier secret, ai-je précisé, devinant la cause de sa réticence. Personne ne nous verra. Ça ne m'est presque jamais arrivé de croiser quelqu'un, là-haut. »

Il a regardé derrière la voiture vers la route goudronnée et, au-delà, la pente abrupte de la montagne.

« Vous êtes sûre ? »

J'ai arrêté le moteur et fait craquer mes doigts, avant d'observer une coupure sur ma paume.

« Je ne peux rien vous garantir, mais si on nous voit, ce sera un badaud qui promène son chien et qui nous oubliera aussi sec. Personne ne va jamais là-bas, en fait. C'est trop dur à trouver. »

Ça n'avait rien de difficile, bien sûr, si l'on savait où chercher. Mais personne ne connaissait l'existence de cet endroit. Sentier non balisé sur un terrain privé, il ne figurait sur aucune carte, même les anciennes. Amos me l'avait fait découvrir il y a longtemps, environ six mois après notre rencontre. C'était le printemps, les lauriers des montagnes et les rhododendrons fleurissaient, le torrent s'écoulait. J'avais été subjuguée par ce lieu, *le plus beau que j'aie jamais vu*, pensais-je, même si à l'époque je n'avais pas prêté attention au chemin que nous avions emprunté. J'étais avec Amos, mon premier vrai petit copain, l'homme aux yeux tranquilles et aux mains rugueuses de travailleur qui me disait qu'il m'aimait. J'avais du mal à me concentrer sur autre chose.

J'avais dû appeler la mère d'Amos longtemps après pour situer où ça se trouvait. Amos était mort. Je sortais pour ma part de l'hôpital, la hanche en morceaux et un bras ressoudé à grand renfort de vis après un mois d'interventions chirurgicales, deux côtes fracturées et une vision dédoublée très pénible dont je n'avais jamais fait part à personne, puisqu'il me semblait grossier de me plaindre alors qu'on me consacrait déjà tant d'efforts. La morphine me faisait flotter, m'entraînait tel un grand ballon blanc. Tout le monde était aux petits soins. Personne ne me parlait d'Amos, même si on savait que j'étais au courant, et peu à peu ce fut comme s'il avait été emporté au loin par ce mois d'immobilité passé au rythme de la petite télévision en sourdine, des infirmières qui prenaient des notes, des comprimés dans un gobelet, des repas servis sur un plateau. Quand Beth me rendait visite je pleurais, mais sans savoir pourquoi. Le reste du temps, je n'étais pas triste. Je me laissais flotter, ancrée par la douleur permanente dans mes os consolidés par du métal.

J'avais téléphoné à Cindy depuis la maison, même si j'allais devoir attendre des mois avant de pouvoir marcher convenablement, et plus encore avant de conduire.

« Cindy, avais-je dit, assise dans la salle à manger chez ma grand-mère, avant d'oublier aussitôt la raison de mon appel.

— Kathleen, avait-elle répondu dans un souffle à l'autre bout du fil, avant de me demander, au prix d'un grand effort : Comment tu vas ? Je suis contente que tu sois sortie de l'hôpital.

— Ça va », avais-je déclaré dans un état second. Les deux comprimés blancs que je prenais toutes les quatre heures étaient si forts qu'ils me donnaient l'impression de planer à des kilomètres de mon corps. De temps à autre ils me faisaient même rire sottement, de façon incontrôlable, ce qui ne manquait pas de déstabiliser quiconque se trouvait assez près pour m'entendre. J'étais loin de me douter, à l'époque, qu'ils me suivraient si longtemps. « Et toi, comment vas-tu ?

— On fait aller, avait-elle dit, même s'il fallait comprendre, bien sûr, que sa vie n'était plus qu'un champ de ruines, une tornade de chagrin et de désespoir, et qu'elle ne connaîtrait plus jamais le moindre instant de bonheur.

— Je suis vraiment désolée.

— Ce n'est pas ta faute », avait-elle rétorqué comme si elle avait préparé sa réponse.

Elle ne le savait pas, et ne le saurait jamais, mais elle avait raison. Je n'y étais pour rien.

« Je voulais te demander... avais-je commencé avant de m'interrompre, ayant toutes les peines du monde à me remémorer le motif de mon coup de téléphone.

— Kathleen ? m'avait-elle relancée au bout d'un long moment.

— Oui, pardon. Je me demandais, avais-je repris lentement, mon intention de départ me revenant petit à petit, si tu savais où se trouve Tumbling Run. J'aimerais y retourner quand j'irai mieux. Mais je ne me rappelle pas du tout où c'est.

— Tumbling Run ? avait-elle répété avec surprise et peut-être un début de colère, un mélange de perplexité et de chagrin.

— J'y allais avec Amos, avais-je expliqué, soudain accablée de fatigue, comme si je gravissais un long escalier en colimaçon dont je ne voyais pas le sommet. Il y a longtemps, avant qu'on se marie.

— Oh. »

Elle avait réfléchi un certain temps. Je me l'étais représentée debout dans son salon impeccable, l'air accablé. Elle était psychologue, une des seules personnes exerçant une profession libérale que j'aie jamais connue, et tout dans son intérieur semblait à la fois réconfortant et impersonnel – bouquets de fleurs séchées sur la cheminée, coussins en tapisserie sur le canapé. Avec sa voix traînante, ses mains et ses grosses chaussures poussiéreuses, Amos y avait toujours détonné. Moi aussi, sûrement, sans doute une des raisons pour lesquelles elle n'avait pas voulu qu'il m'épouse.

« C'est sur South Mountain, avait-elle dit finalement. Juste avant la limite du comté. Il y a une rangée de rochers. En demi-cercle. C'est l'entrée. » Elle avait pris une profonde inspiration. « Nous y emmenions les garçons, quand ils étaient petits.

— D'accord. Merci. Je suis vraiment désolée », avais-je répété avant de remettre avec précaution le combiné sur son socle.

Quelques minutes après, j'avais déjà du mal à me rappeler à qui j'avais parlé.

Le lendemain, j'avais eu la surprise de trouver au courrier une carte de sa part, petite, blanche et ornée de violettes. « N'appelle plus, s'il te plaît », y avait-elle écrit de sa cursive ronde, parmi d'autres choses censées être plus gentilles. Je l'avais contemplée puis, sans trop savoir pourquoi, je l'avais rangée dans un tiroir. Sans doute y prenait-elle encore la poussière.

Six mois plus tard, quand j'avais pu reconduire, j'étais montée au sentier, dont j'avais profité dans toute sa splendeur solitaire, passant en chemin devant l'entrée du parc naturel et le snack. Au retour, j'avais fait un arrêt au petit magasin pour discuter avec le propriétaire, le mari d'une cousine éloignée de ma grand-mère, un homme d'un certain âge nommé Herman. Le lendemain, j'avais un petit boulot qui n'exigeait pas de trop marcher ou de parler et qui me permettait de me reposer assez longtemps lorsque mon bassin me faisait souffrir, comme cela se produisait souvent. Les randonneurs se montraient chaleureux, mais se gardaient bien de mettre le nez dans la vie de la femme qui leur préparait leur hamburger. Au bout de quelque temps, je m'y sentais bien, surtout après avoir repris assez de forces pour descendre à l'un des lacs en soirée, observer les visiteurs qui barbotaient et nageaient aux dernières lueurs de la lumière automnale.

J'avais trouvé un endroit où je pouvais être en paix.

L'étranger a fait le tour de la voiture et ouvert la portière passager, me ramenant à l'instant présent.

« Allez, l'ai-je rassuré. Ça va bien se passer. Je pense que ça va vous plaire. »

Il est monté, pliant ses membres avec raideur comme s'il était en fil de fer. J'ai démarré et quitté le refuge en direction de l'ouest, à travers le long couloir d'arbres. J'ai éprouvé un certain trouble de le savoir si près, mais j'ai balayé cette impression.

« Où va cette route ? » a-t-il demandé tandis que je négociais les virages en épingle.

De petits filets de neige fondue coulaient sur l'asphalte et chatoyaient au soleil.

« Comment ça ?

— Si on devait la suivre très longtemps, par exemple. »

Je lui ai jeté un coup d'œil en biais. Lui, randonner ? Mon œil.

« Elle longe la montagne un bout de temps. Ensuite, on arriverait pas loin de Gettysburg.

— Gettysburg ? » Il m'a regardée d'un air interrogateur. « J'en ai entendu parler. Il y a quelque chose de connu, là-bas.

— Ouais, c'est là qu'il y a les champs de bataille. Ceux de la guerre de Sécession. Sinon, c'est juste une ville touristique. C'est tout petit.

— Ah, d'accord. »

Il est resté silencieux, à observer par la vitre les arbres et les gîtes d'été inoccupés, en tortillant ses mains sur ses genoux. Un écureuil a traversé la route à toute vitesse, sa queue formant un panache gris, et j'ai donné un coup de volant pour l'éviter. Ombres et lumière défilaient sur le pare-brise, passaient sur nos visages.

« Ça vous arrive d'y penser ? À la guerre ? » s'est-il enquis.

— Mon frère la fait. Évidemment que j'y pense.

— Non, pardon. Je voulais dire la guerre de Sécession, même si bien sûr… » Il n'est pas allé au bout de sa phrase. « Je m'excuse, je ne savais pas…

— Ce n'est pas grave. C'est rare que j'en parle. »

La route se déroulait devant nous au milieu de bouleaux calcinés.

Il semblait réfléchir. Finalement, il a dit :

« Qu'est-ce que vous en pensez ? »

J'ai brièvement tourné la tête vers lui.

« De quoi ?

— Eh bien, de… de la guerre. Celle qui a lieu en ce moment.

— Il y en a deux, théoriquement. Ou une seule, mais à deux endroits de la planète. C'est ce qu'on nous dit, en tout cas. » J'ai fait un écart pour éviter une plaque de verglas. « Il n'y a pas grand-chose à en penser, si vous voulez mon avis. Elles ont lieu, et je m'efforce de me tenir au courant de ce qui se passe du mieux que possible, mais… »

N'aimant pas la pointe de vulnérabilité qui perçait dans ma voix, j'ai réfléchi à un autre sujet de conversation. Il a persévéré.

« Ça vous arrive de vous demander si votre pays a pris la bonne décision ?

— C'est-à-dire ?

— Eh bien, en allant faire la guerre dans ces endroits. »

Je me suis tue, hésitant à me montrer offensée. Mais ça n'aurait pas été honnête, et je n'avais pas envie de feindre un sentiment que je n'éprouvais pas. Je l'ai de nouveau regardé, me rappelant les silences qui s'installaient parfois dans l'espace qui séparait mon lit de celui de Beth, entre une question et une réponse, tard le soir, quand nous pensions très fort quelque chose qu'il ne fallait pas dire.

Il admirait la forêt qui défilait. Quand les rochers gris indiquant le bas du sentier sont apparus, j'ai freiné.

« Tout le temps », ai-je avoué.

Les odeurs de terre humide et d'eau glacée nous ont accueillis quand nous sommes descendus de voiture, et l'écho qui a suivi les claquements de nos portières a fait grimacer l'étranger. Un court chemin menait à la ravine où le sentier commençait vraiment, et nous l'avons remonté en zigzaguant entre les affleurements de quartz et de granit. Par moments, nous entendions le marmonnement grave du torrent. La clairière a surgi soudain, comme toujours, cachée derrière un coude du chemin et un bouquet de houx dense et sombre.

« C'est magnifique, a-t-il murmuré, devant le ruisseau qu'enjambait une fragile passerelle de branches enchevêtrées, l'eau s'écoulant en filet à travers des racines avant de former une mare bordée de glace à nos pieds.

— Oui, ai-je répondu doucement en balayant les alentours du regard. C'est très beau. »

Nous avons franchi le pont de fortune, les bras en croix comme des épouvantails. La berge boueuse à l'autre bout était raide, aussi suis-je passée devant en éprouvant racines et grosses pierres sous ma chaussure pour vérifier si elles allaient tenir. L'étranger escaladait derrière moi en s'agrippant aux rochers et aux branches. Enveloppés par le gazouillis de l'eau, nous avons avancé à la file sur le sentier qui s'étrécissait, contraints de nous courber pour nous faufiler sous des arbres couchés, le visage baigné de lumière. Le torrent était en partie gelé, et à la clarté du soleil les arches de glace semblaient encore plus blanches.

« Ça va ? ai-je demandé en jetant un coup d'œil par-dessus mon épaule. Vous y arrivez ?

— Oui », a-t-il ahané. Ses chaussures s'enfonçaient dans la neige beigeasse. « Bien sûr, tout va bien. »

Nous avons longé l'eau et foulé des tapis de feuilles mortes glissantes ou des pierres instables, nous frayant parfois un passage entre des mûriers dont les ronces accrochaient nos manches. J'ai frotté ma hanche pour étouffer la douleur persistante qui s'était mise à y vibrer, levant les pieds pour casser les branches et aplatir les broussailles qui gênaient notre progression. Je retirais une fierté non négligeable de savoir comment franchir ces obstacles. De pouvoir nous aider tous les deux à atteindre notre objectif.

Après une marche qui paraissait avoir duré une heure, mais qui avait sans doute été plus rapide, nous sommes arrivés à la chute d'eau située à mi-chemin, où un éboulement de rochers pris par la glace s'amoncelait en pente raide, maintenu par des racines d'arbres qui s'enchevêtraient autour des blocs. Dans un passé lointain, un cèdre était tombé en travers de la cascade, et l'on voyait dessus un endroit lisse où les promeneurs s'installaient, les jambes dans le vide au-dessus du coteau boisé qui se déversait en coulée abrupte.

Je le lui ai montré.

« Vous voulez faire une pause ?

— Euh, je... seulement si vous... » Il a essuyé son visage en sueur. « D'accord, je veux bien.

— Attention à ne pas glisser », l'ai-je mis en garde avant de m'asseoir sur le tronc puis de me décaler jusqu'au milieu.

Là, j'ai contemplé l'eau – de la neige fondue s'écoulant des hauteurs – qui miroitait. L'élancement à ma hanche s'est fait plus insistant, aussi ai-je remué un peu pour trouver une position plus confortable.

L'étranger a pris place à côté de moi, agrippé à l'écorce, donnant l'impression qu'il avait peur de lâcher.

« C'est la première fois que je fais quelque chose comme ça, m'a-t-il confié, cherchant toujours à reprendre son souffle. Pour tout vous avouer, je n'aurais jamais cru que j'en étais capable.

— Vous ne faites pas de randonnée ?

— Non ! Quand je dis que je n'ai jamais fait ça, ce n'est pas une façon de parler, je n'ai *vraiment* jamais fait ça. Je suis plutôt un cérébral. »

J'avais beaucoup moins de mal à l'imaginer penché sur une dizaine de livres qu'en train de crapahuter jusqu'à un sommet, même aussi modeste que celui-ci.

Un filet d'eau ruisselait mélodieusement derrière nous.

« Alors, ai-je dit en me tournant vers lui. Je me demandais : vous vous plaisez, ici ?

— Comment ça ? » Il a tressailli légèrement et frotté la piqûre d'une écharde qui avait dû lui égratigner le doigt. « Ici, vous voulez dire ? Là, maintenant ?

— Non, à la montagne, quoi. » J'ai balancé les pieds et observé leur reflet dans l'eau. « Pour quelqu'un comme moi, c'est facile – j'ai grandi là, je suis habituée –, mais vous, vous devez avoir l'impression d'être… » Je ne voulais pas utiliser le terme « reclus », sans doute parce que pour ma part j'y percevais une sorte d'accusation chaque fois qu'on me l'appliquait. « Vous devez avoir le mal du pays. »

Il a paru surpris.

« Oui, mon pays me manque. Mais malheureusement je ne peux pas y retourner, pour l'instant.

— Oh. » J'ai attrapé ma cheville pour la caler sur ma cuisse. « Je suis désolée. Je ne savais pas.

— Ce n'est rien. Vous ne pouviez pas deviner. »

Nous sommes restés quelque temps à écouter le bruit calme et cristallin du ruisseau.

« Je peux vous poser une question ? m'a-t-il demandé finalement.

— Vous venez de le faire, je crois. »

Il a rejeté la tête en arrière et ri de bon cœur.

« Je voulais vous interroger au sujet du panneau au bord de la route. Pas celle que nous avons prise aujourd'hui, mais celle qui passe devant votre magasin. Qu'est-ce que c'est ?

— Celui sur l'Underground Railroad ?

— Je ne suis pas sûr. Il est bleu, et on l'a fleuri. Je l'ai aperçu en arrivant ici, mais je n'ai jamais réussi à le lire.

— Ah, ça.

— Vous voyez lequel c'est ?

— Oui, bien sûr. »

Je me suis penchée légèrement, ressentant la force de l'attraction.

« Qu'est-ce que ça explique ? »

J'ai regardé au loin par-dessus les racines enchevêtrées, les branches lourdes de neige attendrie par le soleil. Bien qu'il fût sans cesse en train de jeter des coups d'œil alentour, l'étranger semblait d'humeur enjouée, et j'ai éprouvé des remords à le ramener à la triste réalité.

« Oh, rien.

— Je pensais... Comme il y a des fleurs...

— Rien de très gai, en fait.

— Bon, a-t-il dit quelques instants après en haussant un sourcil. J'ai l'habitude des histoires pas très gaies, moi. L'Ouzbékistan, vous savez, ce n'est pas un endroit très joyeux. Mais bien sûr vous n'êtes pas obligée de me raconter... Je vois bien que vous n'avez pas envie d'en parler. »

Je me suis rendu compte que je ne savais absolument rien sur l'Ouzbékistan, et j'ai alors pris la résolution de me renseigner. Un faucon qui tournoyait dans le ciel s'est posé dans un arbre, puis s'est balancé d'une patte sur l'autre en repliant ses ailes, avant de diriger la tête vers nous. Je l'ai observé moi aussi ; comme tant de choses dans la forêt, il était d'une taille intimidante quand on le voyait de près, son aspect féroce lui conférant la majesté que seules possèdent les créatures dangereuses.

« Pas de problème, ai-je répondu lentement. Je comprends que ça vous intrigue. »

J'ai décollé une feuille de ma semelle et l'ai regardée dégringoler dans l'eau.

« Ce que ça explique, c'est l'histoire d'un homme qui est passé dans la région, ai-je commencé. C'était pendant la Grande Dépression, en 1931 ou 1932. Cet homme avait perdu son emploi ailleurs, et il était venu ici en chercher un autre, mais il n'en a pas trouvé.

« Il avait trois filles avec lui, très jeunes. Je crois que la plus âgée avait douze ou treize ans. Leur mère était morte, mais elles avaient vaguement une belle-mère, la petite amie ou la fiancée de leur père. Bref, cet homme, la fiancée et les trois filles traversaient la Pennsylvanie en voiture – dans une Ford T ou quelque chose dans le genre –, mais il n'y avait de travail nulle part, même dans les fermes. L'argent leur a manqué, et très vite, ils n'ont plus rien eu à manger. »

L'étranger m'écoutait religieusement, les yeux rivés sur ses chaussures.

« On pense que cet homme a essayé quelque temps de mendier de quoi les nourrir, mais elles étaient trois, plus la femme. C'était difficile, y compris en ville. Personne n'avait rien à donner.

« Quand l'hiver est arrivé, il a compris qu'il n'y avait plus d'espoir, en tout cas pas dans le coin. Il a décidé de se rendre en Californie, avec l'idée de se faire embaucher dans les champs. C'était le cas de milliers de gens, qui traversaient les Grandes Plaines à pied ou en voiture pour aller vers l'Ouest.

« Les filles n'étaient pas très robustes, évidemment, surtout à force de ne rien manger d'autre que ce qu'elles pouvaient quémander. Il les aimait, à ce qu'on dit, mais il ne savait pas comment s'en sortir. Et il ne supportait pas de les voir souffrir. »

J'ai considéré la flaque d'eau qui reflétait nos pieds, nos mains appuyées près l'une de l'autre, agrippées aux troncs.

« Alors il les a emmenées dans la montagne, ai-je ajouté, avant de me taire.

— Et il les a abandonnées ?

— Euh, oui. En quelque sorte. »

L'étranger a eu l'air perplexe. Puis il a soudain tourné la tête vers moi.

« Attendez. Vous voulez dire qu'il les a *tuées* ?

— Oui.

— Oh. » Il a grimacé. Son regard s'est déporté un peu plus loin, comme si la scène se déroulait quelque part dans les branchages. « Vous avez raison, c'est affreux. Surtout pour un endroit aussi beau que celui-là. »

J'ai balayé cette réflexion d'un revers de la main.

« Les beaux endroits, c'est comme partout ailleurs. On y souffre quand même. »

Il est resté silencieux, l'air contrarié. Sa main a parcouru l'écorce, puis s'est immobilisée.

« C'est vraiment affreux, oui, a-t-il repris après un moment, comme s'il ne m'avait pas entendue. Je comprends pourquoi on a planté un panneau à cet endroit. C'est le genre d'évènement qui marque les habitants d'une région, j'imagine.

— Pendant très longtemps, on en a donné une version très différente, à vrai dire. Le père les aurait étendues toutes les trois côte à côte, comme si elles allaient s'endormir. C'est ce que tout le monde racontait – qu'il les avait laissées dans la forêt se débrouiller toutes seules, et que, fatiguées, elles s'étaient blotties les unes contre les autres, les plus jeunes autour de l'aînée. Mais il y a deux ans, les journaux ont publié un article sur le sujet et nous avons tous découvert que cette vieille histoire était fausse. »

Un bruit dans le sous-bois m'a fait relever la tête, mais ce n'était rien, sans doute un petit animal dont nous avions perturbé le repos hivernal. Ou bien le faucon avait fini par attraper sa proie.

« "Ici furent retrouvées trois fillettes dans la forêt", ai-je dit. C'est ce qui est écrit sur le panneau.

— Vous auriez préféré qu'on ne vous révèle pas la vérité ? »

J'ai réfléchi un instant.

« Non. Ça ne sert à rien d'enjoliver ce qui s'est passé. Personne ne s'en porterait mieux, au bout du compte. » Je me suis détournée légèrement, une de mes articulations a craqué. « Les gens infligent des choses terribles à ceux qu'ils disent aimer, parfois. Ils les brutalisent, les abandonnent. Ça ne sert à rien de se voiler la face. »

Il a médité cette remarque, les mains sur les genoux. Curieusement, il avait une allure moins particulière de profil, et ressemblait davantage à l'étudiant songeur, quoique quelque peu dépenaillé, qu'il prétendait être.

« En fait, on commet parfois ce genre d'actes involontairement, je crois. On pense bien agir, et on ne se rend compte que beaucoup plus tard que c'était une erreur.

— Ça n'excuse rien », ai-je rétorqué plus sèchement que voulu.

J'ai alors visualisé mes parents, Amos, le prêtre sur sa terrasse plongée dans la pénombre. L'étranger, bien entendu, ne pouvait pas le deviner, et il m'a lancé un coup d'œil surpris.

« Je ne sais pas, a-t-il repris lentement. Nous faisons tous des choses que nous regrettons. Par exemple, moi je… je sais que j'ai mis ma femme dans certaines situations délicates. Être avocat en Ouzbékistan ça comporte des risques, vous comprenez. Je l'ai toujours su, mais… » Il a frotté un nœud dans le bois avec le pouce. « Selon les évènements, on prend les décisions qui nous paraissent les meilleures. C'est seulement plus tard qu'on en mesure les conséquences. »

Nous sommes tous les deux restés silencieux quelque temps. Je me suis employée à graver des formes dans le rondin avec une petite branche.

« Et votre femme… elle est toujours là-bas ? » ai-je demandé.

Il a détourné le regard et hoché la tête.

« Oui. Toujours.

— J'ai remarqué votre alliance, la première fois que vous êtes entré dans le magasin, ai-je dit faute de réponse plus à propos. Elle est belle.

— Ça ? » Il a levé la main et sa figure s'est éclairée. « Oui, n'est-ce pas ? Je l'ai achetée – avec la sienne, bien sûr – quand je suis allé à Paris pour le travail, une fois. Les autorités m'avaient accordé un visa de sortie pour cette occasion.

— À Paris ? ai-je répété, incapable de dissimuler ma jalousie. Vous y êtes allé quand ?

— Oh, ça doit faire une quinzaine d'années. »

J'ai examiné son visage, ses yeux.

« Non, vous devez vous tromper. Vous êtes trop jeune.

— J'ai trente-neuf ans.

— Quoi ! » Je l'ai scruté, bouche bée. « Non, c'est pas possible.

— Ah bon ? » Il a ri. « C'est ce que je croyais, pourtant. Est-ce que je me trompe depuis tout ce temps ?

— Je n'en reviens pas. J'étais persuadée que vous aviez dix ans de moins.

— Non… je suis un vieux, vous voyez.

— Je ne vous le fais pas dire. Vous avez douze ans de plus que moi, et je suis déjà une antiquité. » Tout en m'étirant, je lui ai jeté un bout d'écorce. « On continue ?

— Bien sûr. »

Avec une infinie précaution, il s'est glissé jusqu'au bout du tronc par mouvements latéraux, puis m'a tendu la main quand il a atteint le sol. Je percevais la fatigue sur son visage, mais il semblait résolu à m'offrir son aide, même si je n'en avais pas besoin. Sa poigne était chaude et d'une fermeté surprenante.

Maintenant que je savais, je voyais son âge, surtout dans les fines rides autour de ses yeux. J'avais pensé qu'elles n'étaient dues qu'aux soucis.

« Vous avez des enfants, là-bas ? » l'ai-je questionné tandis que nous regagnions le sentier.

Haletant, il essayait de grimper un tas de rochers derrière moi.

« Non, malheureusement. Nous ne pouvions pas en avoir. Nous ne pouvons pas, je veux dire, s'est-il repris.

— Elle peut vous rendre visite, ici ? »

Je me hissais sur les blocs aux aspérités rugueuses.

« Non, c'est... ce n'est pas si facile. J'aimerais bien. » Son pied a glissé sur une nervure de glace, et il s'est rattrapé maladroitement à une branche. « J'ai des nouvelles d'elle de temps en temps, quand un autre exilé de Tachkent arrive. Nous connaissions beaucoup de monde. Mais parfois, rien, je reste dans le flou pendant des mois, et ce qu'on me rapporte n'est pas forcément réjouissant. »

Face à mon regard interrogateur, il s'est dépêché d'ajouter : « Il n'y a pas un autre homme, hein, ce n'est pas ça. Mais elle est... » Tout en accomplissant les derniers pas jusqu'au bas de l'immense dalle rocheuse qui coiffait le faîte, il a cherché ses mots. « Elle n'est pas en sécurité.

— Oh. » Comme il restait silencieux, je me suis arrêtée et j'ai pointé l'index devant nous. « Nous allons juste monter ce court chemin puis franchir la ravine qu'on voit là-bas. Ensuite, nous serons tout en haut. »

Nos chaussures raclant contre la pierre, nous sommes parvenus au sommet, d'où nous avons pu contempler des hectares de conifères, de frênes et de cèdres couverts de glace scintillante. Le creux que formait le parc s'étendait à nos pieds, la route et les lacs cachés par la voûte infinie de branches. À l'autre bout, le massif s'élevait de nouveau, ses crêtes ondoyantes s'enfonçant dans le lointain.

Nous nous sommes assis et j'ai sorti deux oranges de mon manteau.

« Vous en voulez une ?

— Oh... volontiers. Merci. » Il m'a pris l'agrume des mains et l'a tenu d'un air perplexe. « Donc, l'endroit où je loge, ce n'est pas tout en haut ? C'est ce que je croyais, moi.

— Eh oui, c'est trompeur, la montagne. On croit être au sommet, et on se rend compte qu'on en est loin. »

Il s'est mieux installé pour éplucher son orange.

« Apparemment, oui. » Quelqu'un avait laissé un graffiti sur un rocher près de nous, et il l'a considéré avec curiosité. « Comment s'appelle-t-elle, cette montagne ?

— Celle-ci ? » J'ai balayé les environs du regard. « Je ne crois pas qu'elle ait un nom en particulier. Cette chaîne, c'est South Mountain, la montagne Sud. Et de l'autre côté de la vallée, c'est North Mountain, la montagne Nord. Je n'ai jamais entendu personne les nommer autrement.

— Ah, d'accord. » Il a réfléchi un instant. « Mais si on va au sud de la montagne Sud ? Ou au nord de la montagne Nord ? »

J'ai pris un air très sérieux.

« On ne peut pas.

— Ah bon ? Pourquoi ?

— C'est là que le monde tombe dans le néant. »

Il a souri.

Nous avons mangé en silence l'un à côté de l'autre, du jus dégoulinant de nos doigts sur la roche.

« Vous ne parlez jamais de votre mari ? » a-t-il commenté au bout d'un moment.

J'ai tressailli, mais je me suis efforcée de rester impassible.

« Non, c'est vrai. Il n'y a pas grand-chose à dire. »

Il a eu un sourire presque indulgent.

« Je ne vous crois pas. Vous êtes mariée avec lui, après tout. Je suis sûr que c'est quelqu'un d'intéressant. Il travaille dans le parc, lui aussi ?

— Non. » J'ai épousseté des saletés sur mon jean. « Il est mort. »

L'étranger a eu un petit sursaut.

« Oh mince. Je suis désolé.

— Ce n'est rien. Ça fait quatre ans. Nous avons eu un accident de voiture. » Une brise froide s'est levée et j'ai rentré la tête dans mes épaules. « Par contre, c'est surprenant que Martin vous ait dit que j'étais mariée, mais pas que mon mari était... » J'ai eu un temps d'arrêt, estimant à la réflexion qu'employer le mot « mort » pouvait paraître insensible. « Qu'il n'était plus là. Je suppose que c'est Martin qui vous en a parlé.

— Oui, a-t-il confirmé d'un air songeur. Je trouve ça étonnant, moi aussi. En tout cas, je m'excuse d'avoir abordé le sujet.

— Ce n'est rien », ai-je répété. Puis, me surprenant moi-même, je lui ai confié ce dont je n'avais jamais fait part à personne, ce que je n'avais jamais prononcé à voix haute. « Les gens d'ici sont convaincus que je l'ai tué. C'est très étrange.

— Quoi ? s'est-il exclamé en se tournant vers moi, interloqué.

— Ce n'est pas grave. Ça ne me dérange pas.

— Comment peuvent-ils penser ça ? a-t-il demandé, l'air encore abasourdi.

— C'est la nature humaine. » J'ai haussé les épaules. « C'est comme ça. Ce n'est pas la peine que j'essaie de comprendre.

— Mais... vous êtes tellement gentille. »

Ses mots étaient si spontanés, chargés d'un désarroi si sincère, que l'espace d'un instant je n'ai pas su quoi lui répondre.

« Je suis une fille ordinaire, ai-je dit finalement. Bref, ça n'a aucune importance. Je me fiche de ce qu'on pense de moi.

— Bon », a-t-il fait, visiblement toujours désarçonné, mais paraissant ne pas savoir quoi ajouter.

Nous étions, semblait-il, les seuls êtres humains à des kilomètres à la ronde. Le visage levé vers le ciel, nous avons regardé le soleil accomplir lentement sa courbe d'un des jours les plus courts de l'année.

Lorsque l'astre a touché la cime des arbres, je me suis tournée vers l'étranger. Son nez et ses pommettes se teintaient de rose, sûrement à cause de la lueur du crépuscule. J'ai fini par briser le silence : « Vous êtes content qu'on soit venus ici ?

— Pardon ? Ah, oui, très. Vous aviez raison – c'est une grande chance de pouvoir en profiter. »

J'ai perçu une vague mélancolie dans son ton, mais il a repris en riant : « Par contre, ça me rappelle que je devrais faire plus de sport.

— C'est une ascension ardue pour tout le monde. » J'ai jeté un coup d'œil vers le chemin accidenté derrière nous. « Mais je suis heureuse que ça vous plaise. C'est un de mes endroits préférés. »

Nous nous sommes tus un certain temps, observant les couleurs de la forêt qui changeaient cependant que le soleil s'enfonçait sous l'horizon. Quand le froid est devenu trop pénétrant, je me suis levée, avant de chasser feuilles et brindilles de mes vêtements. L'étranger a fait de même.

« Je peux vous demander, ai-je osé, tandis que, côte à côte, nous promenions un dernier regard sur la vallée avant de repartir, pourquoi vous êtes venu ici ? Ce que vous faites vraiment là, je veux dire. »

Il a soupiré et baissé les yeux vers ses mains. Un court silence a suivi.

« Oui, je comprends que vous vous posiez la question. »

Il a tripoté en silence l'extrémité effilochée de son écharpe. Sous nos pieds, la roche étincelait de paillettes de quartz, d'ordinaire quasi invisibles, hormis à ce moment de la journée.

« J'ai fait quelque chose de mal, a-t-il enfin répondu. En Ouzbékistan.

— Ah bon ? »

J'ai levé les yeux vers lui.

« Oui. C'est pour ça que je ne peux pas y retourner. »

Pendant un temps, ni lui ni moi n'avons dit un mot. Il a frotté le sol du bout de sa chaussure.

« Je préfère ne pas en parler, là maintenant, si ça ne vous dérange pas.

— Bien sûr. Je suis désolée d'avoir abordé le sujet.

— Ce n'est rien. » Il a tenté de prendre un ton plus léger. « Comme ça, nous avons tous les deux mis les pieds dans le plat. Du coup, nous sommes quittes.

— C'est vrai. » J'essayais encore de déchiffrer son expression, mais il a souri, et j'ai renoncé, rangeant ses mots dans un coin de mon esprit en attendant de pouvoir y revenir plus tard. « Allez, on rentre. »

J'ai sauté à bas du roc et atterri lourdement, les nerfs de ma jambe expédiant un élancement ardent jusque dans mes orteils. L'étranger est descendu avec précaution à ma suite, et nous avons entrepris le chemin du retour, penchés en arrière, nous agrippant aux branches pour garder l'équilibre dans la pente. Nous avons fait la course contre la lumière déclinante et sommes arrivés à la voiture alors que ses derniers vestiges s'effaçaient dans un bleu toujours plus foncé.

Lorsque je l'ai déposé au gîte, il s'est tourné pour m'adresser un signe de la main. J'ai hoché la tête et, trop tard, alors qu'il était rentré, je lui ai rendu son salut.

6

La veille de Noël, j'ai emmené ma grand-mère à l'église d'Orrtanna pour la messe aux chandelles. Elle était engoncée dans le manteau de laine raide qu'elle portait rarement, les mains dans le manchon de fourrure qu'elle avait acheté à Pittsburgh, lors d'une visite à ma tante, bien avant ma naissance. Courbée dans une position qui lui donnait l'aspect d'un paquet difforme, elle avait l'air de regarder attentivement par le pare-brise tandis que, sur les routes de montagne, nous passions devant les anciennes pommeraies et les conserveries. J'étais bien en peine de savoir ce qu'elle guettait.

En arrivant, je me suis serrée dans la dernière place de parking disponible à côté de l'église, bâtisse de briques décolorées au modeste clocher. Dans la nef, les bancs étaient ornés de guirlandes en ramures de pin, pourvues à chaque extrémité de cercles de hautes chandelles. L'autel était lui aussi couvert de pin vert foncé, les branches chargées de décorations dorées ou d'un blanc éclatant. Je n'y croyais pas vraiment – à cette histoire de Noël –, mais les lumières et la musique ne manquaient jamais de m'émouvoir. Je m'étais efforcée de m'habiller pour l'occasion, avec un chemisier de soie rouge ayant appartenu à ma mère, que j'avais trouvé au fond d'un placard. Au moins, j'étais raccord avec les grappes de faux houx.

Le prêtre, très âgé et arc-bouté sur sa chaire, a dit la messe d'une voix chevrotante, les yeux braqués par-dessus des rangées de bougies vacillantes. Tandis qu'il psalmodiait, j'ai aidé ma grand-mère à se lever et à s'agenouiller. Pendant longtemps – après tout ce qui s'était passé –, j'avais eu beaucoup de mal à ne pas vouer de colère au curé, toutefois cette époque était révolue. J'ignorais ce qu'il voyait en me regardant mais moi, quand je le regardais, je ne voyais rien de spécial. C'était juste un homme, un vieil homme, comme les autres.

Ensuite, avant que nous repartions tous dans le froid, il y a eu un petit buffet dans le vestibule, avec des assiettes de biscuits au gingembre et de sablés de Noël disposées sur des tables pliantes. J'en empilais dans une serviette en papier – deux pour moi, deux pour ma grand-mère, qui discutait avec une ancienne voisine – quand j'ai entendu une voix derrière moi. « Kathleen ? »

Je me suis retournée ; c'était John, le routier aperçu au Joyride une quinzaine de jours plus tôt.

« Oh, ai-je fait d'un ton mal assuré. Salut.

— Joyeux Noël », m'a-t-il souhaité en me présentant sa main. Un sourire plissait son visage. « C'est sympa de te croiser ici. Ça fait un bail, hein ? »

Ne sachant pas quoi faire d'autre, je lui ai serré la main. « Euh, joyeux Noël.

— Quoi de neuf ? » s'est-il enquis, demeurant devant moi tandis que les paroissiens – surtout des personnes âgées – se déversaient autour de nous.

Par « Quoi de neuf ? », me questionnait-il sur ces dernières semaines ou sur les dix dernières années ? J'ai songé à ma chambre rudimentaire à la maison, aux longues journées au snack, à l'étranger et à notre excursion dans la montagne.

« Rien de spécial, ai-je répondu. Tout va bien. » Comme il restait là, je me suis vite figuré que je n'avais pas d'autre choix que de lui rendre la politesse. « Et toi ?

— Oh, ça roule… j'ai pas à me plaindre. »

Malgré sa corpulence, il semblait à l'aise dans son corps, les mains enfoncées dans les poches et la tête légèrement inclinée en arrière. J'avais oublié qu'il mesurait quelques centimètres de moins que moi – c'était un de ces hommes compacts et trapus de la vallée, dont l'aspect robuste et inébranlable ne dépendait pas de la taille. Il affichait une expression détendue et ouverte que je trouvais quelque peu surprenante, sans doute parce que je ne la constatais presque jamais chez personne.

« En fait, a-t-il repris d'un ton détaché, ça fait pas longtemps que je suis revenu dans le coin. Je vivais en Caroline du Nord avec ma femme, mais elle a... enfin, on a divorcé, et j'ai choisi de rentrer. J'ai acheté une ferme sur la Route 11, pas loin de Quarry Hill. Un beau bout de terrain, environ douze hectares. Ça en fait de l'espace. » Il a frotté sa barbe de plusieurs jours. « Dis rien au curé, par contre. Pour le divorce, quoi. »

Il m'a fait un clin d'œil.

« D'accord, ai-je bredouillé. Bien sûr. »

Ma grand-mère était toujours en grande discussion avec la voisine, ce qui était inhabituel : elle devait lui rapporter des commérages croustillants sur quelqu'un qu'elle ne portait pas dans son cœur.

« Je dois avouer, ça fait plaisir d'être de retour, continuait John. Ça m'a manqué, ici. Tu vois, on crachait dessus quand on était gamins, mais en fin de compte c'est le plus bel endroit de la terre. »

Je l'ai dévisagé, interloquée. S'il avait un but en engageant la conversation avec moi, autre que satisfaire quelque curiosité malsaine, je ne voyais pas lequel.

« Je pense que je louerai le plus gros du terrain, a-t-il poursuivi, par contre je garde la maison, même si je sais pas trop ce que je vais faire de tout ça. J'ai pas l'habitude d'avoir une baraque entière pour moi tout seul. » Il a pouffé de rire. « Bref, je me demandais si tu voudrais venir dîner à l'occasion. Je t'avoue que je suis pas un super cuistot, mais je réussirai bien à nous bricoler un truc. Je me souviens que c'était toujours intéressant de discuter avec toi, et je me disais que du coup ça ferait un peu moins vide chez moi. Pendant une heure ou deux, quoi. »

Je suis restée là bêtement, à cligner des paupières, la serviette pleine de biscuits à la main, désarçonnée.

« Ben, je… », ai-je bafouillé. Ma main s'ouvrait et se refermait autour de la serviette. « Ouais, pourquoi pas », ai-je balbutié, en espérant qu'il comprendrait que ça signifiait « jamais de la vie ».

« Entendu, alors, je t'appelle un de ces quatre. À la prochaine. »

Il m'a de nouveau serré la main et m'a saluée d'un signe de tête avant de partir.

Je l'ai regardé s'éloigner, muette.

« C'était Johnny McCullough ? Qu'est-ce qu'il voulait ? »

Ma grand-mère se tenait derrière moi, le visage fendu jusqu'aux oreilles par un de ses rares sourires.

« Rien, ai-je rétorqué, en me demandant comme elle avait réussi à s'approcher subrepticement pendant que j'avais la tête tournée. On discutait, c'est tout. Allez viens, on y va. »

Elle m'a agrippé le bras et nous avons descendu les marches de ciment qui menaient au parking, sous la voûte froide et étoilée du ciel.

À peine avions-nous franchi la porte que Beth a appelé. « Je suis en train de donner à mon fils un cours très important sur l'art de décorer un sapin. Tu veux passer ?

— Carrément, ai-je répondu, encore ébranlée par l'épisode de l'église. À tout de suite. »

La petite maison de plain-pied de ses parents, où je les avais toujours vus vivre, était drapée de guirlandes blanches clignotantes. Dans l'allée du garage, deux silhouettes étaient penchées au-dessus du moteur d'une Mustang, un homme svelte et l'autre plus charpenté. Quand mes phares les ont éclairés, ils se sont retournés, et le père de Beth – vêtu de son blouson d'agent de maintenance de l'École militaire – m'a adressé un signe de la main chaleureux. « Salut, Kathy ! a-t-il lancé. Joyeux Noël. »

L'homme plus massif n'a rien dit mais m'a saluée d'un hochement de tête sous sa barbe, ses yeux croisant les miens à l'instant où un petit sursaut me secouait. Évidemment qu'il serait là. Je connaissais ses liens familiaux, mais je compartimentais tant ma vie au magasin qu'il m'arrivait d'oublier.

« Bonsoir, monsieur Calaman, ai-je dit. Et… monsieur Calaman.

Beth a ouvert la porte, portant Dylan sur une hanche. « Mon père et Jerry sont encore en train de bricoler ?

— Ouais. »

J'ai été accueillie par une odeur de sablés, la recette irlandaise qu'on se transmettait de mère en fille depuis l'arrière-grand-mère de Beth.

— C'est bien un truc d'hommes, ça. Même si je crois pas à ces âneries. » Elle m'a claqué une bise. « Quelle élégance, madame ! Joyeux Noël.

— Merci. À toi aussi. » Elle rentrait sans doute à peine du travail, car elle avait encore son jean taché de café et son maquillage soigné. Son rouge à lèvres – du même écarlate éclatant que les poinsettias qui ornaient les tables – m'a laissé une traînée sur la joue, qu'elle a vite essuyée d'un geste machinal, comme s'il s'agissait d'une saleté sur le visage de son fils. « Bon, il est où, ce sapin ? »

Dylan a pointé l'index vers le salon, l'autre main dans la bouche. Un véritable épicéa se dressait dans une encoignure, entouré de boîtes de décorations. Beth et moi nous sommes affairées tandis que le garçon, les jambes étendues sur le canapé, agitait une boule à neige d'un air très sérieux.

« Nous avons parlé à Mark par la webcam tout à l'heure, m'a raconté Beth, mais c'est le milieu de la nuit à Ramadi, alors il n'a pas pu rester. C'est un peu irréel, tout ça, mais au moins il était avec nous. C'est dur de se dire qu'il était là il y a un mois. »

Elle s'est hissée sur la pointe des pieds pour suspendre un petit cheval à bascule qui datait sans doute de sa propre enfance.

« Avec la webcam ? On peut se voir en vidéo par Internet ? »

Elle a rejeté la tête en arrière et éclaté de rire : « Oh, ma puce, tu vis vraiment dans ton monde. C'est un des trucs que je préfère, chez toi. »

La décoration est tombée ; je l'ai ramassée et accrochée moi-même. Beth a levé les yeux vers moi tandis que je tendais le bras vers le sommet de l'arbre.

« Bon alors, m'a-t-elle dit d'un ton espiègle, t'as rien à me raconter ?

— À quel sujet ? »

Elle a fouillé dans un carton avec un détachement exagéré. « Oh, je sais pas… un nouvel homme dans ta vie par exemple ?

— Quoi ?! » Décontenancée, j'ai bredouillé : « T'as entendu ça où ?

— Ah ah ! Donc c'est vrai, il y a quelqu'un. » Elle a sorti une boule en verre. « C'est oncle Jerry qui me l'a dit. »

Je l'ai fixée d'un regard perplexe.

« Jerry ?

— Ouais. Si j'ai bien compris, il était à la chasse quand il t'a vue te balader dans la forêt avec un grand mec maigrichon. C'est ce qu'il m'a raconté en tout cas. »

Un frisson de surprise m'a parcourue.

« Oh, me suis-je entendue dire.

— Ouais. Je sais pas comment il fait pour rester dans le froid toute la journée, vu comme il dérouille, mais visiblement ça l'en empêche pas. Mon père lui répète tout le temps de ne plus y aller, mais il est un peu bizarre depuis que Joanne l'a quitté. » Elle s'est de nouveau accroupie et a mis les mains sur ses hanches. « Bref, balance. Donne-moi des détails.

— Il n'y a rien à détailler.

— Allez, arrête. J'en reviens pas que tu me fasses des cachotteries. C'est qui, un randonneur ? »

Alors que je m'apprêtais à lui répondre, un minuteur a sonné dans la cuisine, où elle a filé en vitesse, suivie du regard par Dylan. Une porte de four s'est ouverte bruyamment, puis a retenti le bruit métallique d'une plaque à biscuits.

J'ai baissé les yeux et tripoté le crochet en fil de fer d'un bonhomme de neige en céramique, tâchant d'analyser ce qu'elle venait de dire. *Bon, d'accord*, ai-je pensé. Jerry nous avait vus. Aucune importance ; il n'en tirerait sans doute aucune autre conclusion. Il faudrait juste que je me montre plus prudente à l'avenir. Inutile d'en parler à l'étranger, non plus – ça ne servirait qu'à l'inquiéter sans raison.

Beth a passé la tête dans la pièce. « Tu pourrais me donner ton avis : ils sont cuits, d'après toi ? »

Je l'ai rejointe et ai examiné le plateau de sablés, avant d'en tâter un du bout du doigt. « Ouais, c'est bon.

— C'est dingue ce que tu peux être *calée* en tout. Sérieux, ça me tue. » Elle s'est de nouveau dressée sur la pointe des pieds, cette fois pour allumer le ventilateur. « Retourne dans le salon avec Dylan, j'arrive. On va juste les laisser refroidir un peu. »

Quelques instants plus tard, elle est revenue en retirant un gant de cuisine, qu'elle a lancé sur le canapé, où Dylan a considéré l'objet d'un air surpris.

« Tu ne veux pas cracher le morceau, alors ?

— Il n'y a rien à cracher, je t'assure.

— OK, comme tu veux, mais je te tirerai les vers du nez un jour ou l'autre. » Dans un bruissement, elle a sorti d'une boîte une longue guirlande rouge. « Sinon, tu as réfléchi au projet dont on a discuté la dernière fois ?

— Quel projet ?

— Celui de retourner à la fac. »

J'ai attrapé un bout de la guirlande et l'ai aidée à l'accrocher, toutes les deux décrivant des cercles l'une derrière l'autre.

« Oui, j'y ai réfléchi. Mais ça ne va pas le faire. Ma grand-mère… tu sais bien, et puis les frais de scolarité, tout ça. » J'ai humé l'odeur de conifère. « Plus tard, peut-être, quand la situation sera différente.

— Tu dis ça pour te défiler ? »

J'ai suçoté ma lèvre supérieure.

« Non.

— Ah vraiment ? » Elle a haussé un sourcil. « C'est combien, l'inscription ?

— Combien ça coûte ? J'en sais rien.

— J'en étais sûre. Tu devrais les appeler pour savoir s'ils peuvent t'aider.

— Peut-être », ai-je répondu, comme toujours lorsque je pensais « non ».

Elle qui me connaissait par cœur, elle a levé les yeux au ciel, mais n'a pas insisté.

« Et sinon, Mark, qu'est-ce qu'il raconte ? ai-je changé de sujet.

— Pas grand-chose, franchement. Je sais que ça lui fait plaisir de nous voir, mais… il a toujours cet air de ne pas vouloir s'attarder, histoire de pouvoir penser à autre chose. Ou à rien du tout. » Elle a enroulé une guirlande lumineuse autour d'un doigt. « Je comprends, hein. Mais par moments, j'aimerais quand même bien rappeler à ces gens de l'armée qu'on m'a pris mon mari et qu'on ne m'a jamais dit qui j'allais récupérer à la fin. C'est un vrai problème, ça. » Elle a fait rouler entre ses doigts une ampoule cassée. « Je me pose la question, parfois.

— Ça me semble normal de s'inquiéter », ai-je dit.

Elle m'a regardée dans les yeux et touché le genou sans un mot. J'ai été frappée par son visage en cœur, par la constellation de cicatrices de la varicelle, qu'elle avait attrapée quand nous avions seize ans, les traits que je connaissais si bien. *Nous sommes toujours jeunes*, ai-je songé, et pourtant, contre toute attente, nous étions aussi déjà âgées, bien plus que nos parents l'avaient été dans les premiers souvenirs que nous avions d'eux.

« Mince, j'ai oublié les sablés. Quelle idiote. » Elle a disparu dans la cuisine, dont elle est revenue avec une assiette bien remplie. « Je ferais mieux de pas en manger, remarque. Je vais regrossir, avec ces machins. »

J'ai pris un biscuit que j'ai laissé se dissoudre sur ma langue.

« Qu'est-ce que tu racontes ? Tu n'as jamais été grosse.

— Oh si, putain. » Elle s'est assise dans le canapé à côté de moi et a jeté un coup d'œil à Dylan. « Je veux dire, punaise. » Elle a tendu les bras tout en mâchant et tiré sur le bas de mon chemisier. « Où tu as trouvé ça, au fait ? J'aime beaucoup la couleur.

— Je savais que ça te plairait. » J'ai contemplé l'ourlet lâche et les boutons usés. « C'était à ma mère, figure-toi. »

Je me rappelais quand celle-ci l'avait porté. Ce n'était pas pour Noël – bien qu'elle eût pu le mettre à cette occasion aussi –, mais plus tard en hiver, alors que je n'étais pas beaucoup plus vieille que Dylan. Il y avait du blizzard, ce soir-là, et mon père était je ne sais où sur la route. Ma mère venait sûrement de rentrer de son travail de secrétaire médicale ou quelque chose du même genre, qu'elle avait gardé quelque temps avant de se faire licencier pour avoir caché une bouteille de vodka dans le meuble de classement. Mon frère jouait par terre, cognait ses petits camions dans les pieds de la table et faisait un vacarme d'enfer. Ma mère me tenait dans ses bras et observait audehors – en tout cas ce qu'elle pouvait voir de la route dans l'obscurité. La tête posée contre son épaule, j'admirais son rang de perles noires et brillantes, qu'elle avait trouvé chez Kmart ou Woolworth. Lentement – peut-être sans s'en rendre compte –, elle s'était mise à me bercer d'avant en arrière, une main derrière ma tête. J'avais fait semblant de m'endormir, m'efforçant de rester aussi immobile que possible.

Quel dommage que tout se soit disloqué par la suite. Mais c'était le sort que la vie nous réservait parfois.

Dehors, un moteur de vieille voiture a vrombi, puis son grondement s'est éloigné et le silence a repris ses droits.

La tête de côté, Beth m'a coulé un regard. « J'ai du mal à imaginer ta mère là-dedans.

— Hein ? Ah, ouais, c'était avant l'atelier de menuiserie. Et sa période veste en jean.

— Tu crois que tu vas les voir, demain ? »

Elle s'est levée, extirpant ses pieds d'un amas de rubans et de guirlandes lumineuses.

« Mes parents ? » J'ai haussé les épaules. « Va savoir. En général ils s'arrangent pour passer chez ma grand-mère, alors c'est possible. Je pense que je vais me barrer toute la journée, au cas où.

— Ça c'est l'esprit de Noël, a-t-elle raillé, mais j'ai perçu de l'amusement dans sa voix.

— Que veux-tu, je suis une rabat-joie.

— Pas du tout. Tu te donnes trop de mal, toi. Les vrais rabat-joie sont comme ça naturellement. » Dylan a toussé, et elle s'est dépêchée d'aller lui chercher un biberon de jus de fruits à la cuisine. « Au fait, il y a une radio, ici. On se met des chants de Noël ?

— Excellente idée. »

Nous sommes tombées au milieu du refrain de *Feliz Navidad*, que le chanteur scandait gaiement. Beth et moi avons continué à décorer le sapin, nous baissant et nous redressant avec ardeur. Ses parents utilisaient une croix plutôt qu'une étoile, et après l'avoir placée soigneusement au sommet nous avons rassemblé les fils verts des guirlandes électriques et tout branché, avant de reculer pour admirer notre œuvre. Lorsque nous avons éteint la lumière, le sapin s'est nimbé du mystère primitif des choses en partie cachées, sa pyramide de ramures souples voilant les points lumineux qui brillaient dessous. Ce spectacle ne manquait jamais de m'emplir d'un éblouissement enfantin à demi refoulé.

« On ne s'en est pas mal sorties », ai-je commenté.

Beth a bondi sur ses pieds et enroulé le bras autour de mon épaule.

« Beaucoup mieux que ça ! On est trop fortes. Je te l'ai toujours dit, non ? »

Il était plus de minuit quand je suis partie. Sur les dalles lisses de l'allée du garage, je me suis retournée dans l'obscurité pour considérer la baie vitrée, mon souffle formant de la vapeur devant moi. Le sapin illuminé, majestueux et solitaire, qui semblait léviter, offrait au salon sa présence protectrice. Je l'ai contemplé tout en frottant mes mains et en soufflant dessus, observant les enfilades de petites ampoules colorées qui clignotaient et scintillaient.

Beth est entrée dans la pièce, portant dans ses bras Dylan, qui s'agrippait à son col roulé violet. Elle lui a donné un baiser sur le front et, les lèvres en mouvement, l'a tenu pour qu'il puisse toucher une décoration. Lorsqu'il a pris la boule brillante, elle a tourné sur elle-même en se balançant. Je le voyais rire gaiement, les yeux levés vers elle tandis qu'elle continuait à bouger les lèvres. Il m'a semblé qu'elle chantait.

J'ai éprouvé un pincement dont je n'ai pas identifié la nature, me souvenant alors des rêves que j'avais quand Amos et moi avions acheté notre maison, les scènes que je m'étais imaginé y vivre.

Mais ce n'est pas grave, ai-je pensé. *Je suis heureuse. Ça me va.*

Ça me va.

Au bout d'un moment, j'ai regagné d'un pas tranquille la solitude de ma voiture, essayant de me rappeler les paroles de la chanson de la radio, que je fredonnais doucement.

Le magasin était fermé entre Noël et le Jour de l'An, décision que je désapprouvais mais qui ne m'incombait pas. Une tempête de neige a soufflé le lendemain de Noël, et pendant deux jours ma grand-mère et moi sommes restées enfermées, elle piquant du nez devant ses jeux télévisés, moi blottie dans le canapé ou près de la fenêtre de ma chambre, à lire. Le roman me bousculait, à me faire compatir avec ce loqueteux de Raskolnikov, l'assassin, et espérer qu'il allait s'en sortir. Jamais je n'aurais cru possible d'éprouver de tels sentiments.

Après en avoir tourné la dernière page, j'ai lambiné quelque temps, à réfléchir, puis je me suis rendue à Carlisle. La ville basse et lugubre formait un quadrillage glissant de neige fondue grise. Il y avait tout de même une jolie rue, bordée de vieilles maisons en brique aux rez-de-chaussée occupés par des commerces. Je me suis garée et suis entrée chez un antiquaire, en gardant les mains hors de mes poches pour qu'on ne me soupçonne pas d'être une voleuse, sachant que je sentais la fumée de cigarette de ma grand-mère et que le bas de mon jean s'effilochait.

La première boutique n'avait pas ce qui convenait, et les deux suivantes non plus – rien qu'un fatras de cuivres d'aspect lourd et d'argent terne. Je ne savais même pas ce que je cherchais, jusqu'à ce que je le voie : un oiseau en verre, un moineau au bec ouvert perché sur une branche, aux ailes déployées, figé dans l'instant juste avant qu'il s'élance dans les airs. Ce bibelot aurait dû être kitsch, et c'était peut-être le cas, mais l'énergie qu'il dégageait, l'impression de mouvement qui en émanait, le sauvait. Le cou du passereau était tendu, sa gorge blanche gonflée, ses ailes étaient fortes et pointues.

Je l'ai acheté bien qu'il fût trop cher pour mes moyens, puis je suis ressortie en le tenant avec précaution.

De retour dans la montagne, encerclée par le brouillard qui était tombé à l'approche du soir, j'ai frappé à la porte du gîte, abattant contre le bois le lourd heurtoir en cuivre. De l'autre main, je serrais l'oiseau contre ma poitrine en m'efforçant de ne pas exercer de pression sur les ailes.

Martin devait être absent, car au bout d'une minute les rideaux de la salle du petit déjeuner ont remué et c'est l'étranger qui est venu m'ouvrir. « Oh, bonjour ! s'est-il exclamé. Je ne pensais pas que je vous verrais aujourd'hui. Comment s'est passé votre Noël ? »

Il portait un pull différent, ai-je remarqué, couleur crème, que Martin avait sûrement récupéré dans un vide-greniers de paroisse.

« Très bien, merci. Tenez, c'est pour vous. » Après lui avoir remis l'oiseau, j'ai reculé et lui ai adressé un signe de la main. « À plus tard.

— Oh, a-t-il fait, surpris. D'accord, mais… Vous ne voulez pas entrer ?

— Désolée, je n'ai pas le temps. Je dois rentrer préparer le dîner. La prochaine fois, peut-être. » Le moteur de la Jeep tournait toujours et crachait un panache de gaz d'échappement qui se fondait dans le brouillard gris. « J'espère que ça vous plaît.

— Oui, bien sûr ! C'est charmant. Je… Je ne pensais pas… Je ne m'attendais vraiment pas à… » Son expression s'est soudain teintée de regret. « Je m'excuse, je n'ai rien pour vous.

— Ce n'est pas grave… je ne veux rien. » J'ai pivoté sur mes talons et je suis montée dans la voiture. « À la prochaine ! »

Il s'est avancé en levant à moitié le bras.

« Bonne année ! » a-t-il lancé.

Sa voix a résonné dans la vallée, et il a plaqué la main sur sa bouche, les yeux écarquillés.

Je n'ai pas pu me retenir de rire. Sur un coup de tête, j'ai baissé ma vitre. « Bonne année ! » ai-je crié en réponse, provoquant un écho à mon tour.

C'est un des épisodes auxquels j'ai repensé, plus tard, quand on m'a révélé qui il était vraiment, ou en tout cas qui on le soupçonnait d'être. Mais sur le moment je l'ai simplement regardé dans mon rétroviseur, spectre blanc et fluet qui tenait le moineau de verre contre sa poitrine et agitait la main, plus petit et plus mince à mesure que je m'éloignais, s'évaporant dans le brouillard qui avait pris la montagne dans sa toile.

DEUXIÈME PARTIE

1

Janvier nous révélait toujours les failles de notre mémoire. On avait droit à une semaine, voire deux, de douceur inattendue, un beau soleil faisait fondre la neige, et l'on se promenait alors l'air aveuglé. Cette parenthèse n'était pas vraiment jolie – la boue, même sous une clarté radieuse, restait de la boue –, et elle était traîtresse pour les arbres, qui croyaient le moment venu de bourgeonner bien avant que l'hiver soit vraiment fini. C'était toutefois assez singulier, assez surprenant, pour nous pousser à mettre le nez dehors, à montrer du doigt nos vestes légères en nous demandant si cela s'était déjà vu. C'était le cas, bien sûr ; cela se produisait presque chaque année. Et pourtant la magie opérait, la mélodie du phénomène s'emparait de nous comme celle du joueur de flûte de Hamelin. C'était suffisant pour qu'on s'émerveille de constater combien la vie des hommes dépendait toujours des caprices de la météo.

J'ai commencé à passer mes matinées sur la terrasse, où je tirais une chaise au soleil pour admirer les montagnes à présent dépouillées de feuilles et de neige. Parfois, un livre posé sur mes genoux, je pensais à Amos. Pas volontairement, bien sûr – je ne pensais jamais à lui par choix –, mais par flashs pareils à de fugaces interférences au cours d'une émission de radio, signal étranger faisant irruption quand on ne s'y attend pas. Une expression de son visage, des mots qu'il avait prononcés, un fragment d'échange entre nous. Je levais les yeux de mon livre et contemplais les arbres, l'esprit momentanément emmêlé dans ces traînées du passé.

Il m'arrivait encore de rêver de lui ; sans être tout à fait des cauchemars, ces songes n'étaient pas agréables pour autant. Nous étions à table, l'un en face de l'autre, et je ne pouvais pas me résoudre à partir. J'ouvrais une porte, rongée par une vive appréhension, sachant qu'il se trouverait derrière. Comme de son vivant, il n'était jamais très bavard. La plupart du temps, il paraissait se contenter de me fixer, tantôt d'un air triste, tantôt dépourvu de toute émotion, comme s'il avait été vidé de sa substance, à la façon des œufs décoratifs que l'on perce avec une aiguille et dont il ne reste que la coquille.

Après l'accident, les médecins m'avaient prévenue que je risquais d'avoir des trous de mémoire, assez gros pour engloutir des mois, voire des années de ma vie. Ils s'étaient trompés, je me souvenais de tout. Rien n'était flou, rien n'avait disparu. Peut-être aurais-je dû leur en faire part, lever la tête vers eux alors qu'ils se pressaient autour de mon lit d'hôpital et leur annoncer : « Je me rappelle chaque jour, chaque heure. » Ça aurait pu être presque amusant de constater leur effarement.

Notre rencontre avait été si banale que, plus tard, j'ai eu honte d'avoir pu y voir une histoire exceptionnelle. C'était par un samedi de septembre, peu après mes quinze ans. J'avais passé la nuit chez Beth et, en pyjama dans le canapé, les pieds sur la table basse, nous avions regardé un feuilleton à l'eau de rose que j'avais toujours jugé ennuyeux mais que Beth adorait. Ses frères aînés étaient dans le jardin avec des copains, ils tentaient de dresser un basset qu'ils avaient récupéré sur le bord de la route et baptisé, avec un immense optimisme, Chasseur.

Les garçons étaient entrés en riant et en chahutant, et parmi eux se trouvait Amos. Il avait le visage rond, des cheveux blond-roux qui lui tombaient sur le front, des yeux bleus qui m'avaient tout de suite fait forte impression. Grand, les joues roses, il semblait à la fois plus âgé et plus juvénile que les autres, et il observait son environnement d'un air songeur, sans dire grand-chose. Quand il prenait la peine d'intervenir, c'était d'une voix délibérément traînante, en se grattant la joue, comme si le fait de parler n'était pas naturel pour lui, mais j'avais remarqué que son regard passait très vite d'une personne à l'autre, sur chaque objet, comme si un jour futur on risquait de l'interroger sur tout ce que la maison renfermait. « Bonjour », avait-il dit lorsque je m'étais faufilée à côté de lui pour aller mettre mon bol dans l'évier, puis il avait semblé se désintéresser de moi après que, surprise et intimidée, j'avais balbutié un bonjour en retour.

À ma grande stupéfaction, il m'avait appelée le lendemain, et pendant des semaines nous nous étions parlé presque tous les soirs lorsque je rentrais du lycée et lui de son travail d'aide-maçon à Mechanicsburg. Je m'installais sur le tapis de ma chambre, adossée au placard, le téléphone collé à l'oreille, et je souriais en écoutant les histoires qu'il me racontait sur son patron, les clients, la vie dans une ville assez conséquente pour qu'on y trouve des bars et des embouteillages. Quand je raccrochais, j'avais les doigts engourdis d'avoir serré le combiné, cherchant à tout prix quelque chose d'intéressant à dire.

« Amos Guttshall ? » s'était étonné mon frère quand je lui en avais parlé.

Assise au bord de son lit, je l'observais qui fourrait un short et un tee-shirt dans un sac de sport avant son entraînement de basket. Nous avions les mêmes cheveux foncés et la même constitution élancée, mais ça lui allait mieux à lui ; les filles adoraient la façon dont ses yeux bleus et ses mèches rebelles ressortaient sur sa peau, lui donnant un air à la fois innocent et hardi.

« Ouais, avais-je fait, en attrapant ma jambe par la cheville pour tripoter le bout en caoutchouc de ma basket montante. Pourquoi ?

— Pour rien. »

J'y avais repensé bien plus tard, à ce « pour rien ». Que cachait-il, au juste ? Pourquoi ne devais-je pas savoir ?

À l'époque, il m'avait seulement répondu : « J'ai rien contre lui. Il est un peu chelou, quand même. Ses parents sont bourges – ils sont pas millionnaires, hein, mais son père vend des maisons et sa mère est psy, je crois. Ils ont bien réussi, mais lui il a l'air complètement à la ramasse. Il se comporte vraiment comme le dernier des bouseux.

— Moi je pense qu'il est intelligent », avais-je rétorqué.

Il en avait l'air au téléphone, en tout cas.

« C'est clair, il est futé. Il veut pas que ça se sache, c'est tout. » Il avait attendu que je me lève pour éteindre la lumière. « Qu'est-ce qu'il fait, maintenant ?

— Il est maçon. »

Il avait sifflé d'un air approbateur.

« Ooooh, ma petite sœur s'est dégoté un camarade syndiqué », avait-il commenté avant de quitter la chambre d'un pas nonchalant, en ignorant mes protestations.

Peu de temps après, mon amie Melanie – une fille très grande qui faisait de l'athlétisme – ajustait sur moi une robe pour la fête d'accueil des nouveaux élèves, un long fourreau en velours de coton qu'elle avait porté l'année précédente. La coiffeuse nous avait fait des anglaises et piqué des primevères dans les cheveux, et quand je m'étais contemplée dans le miroir de la salle de bains chez ma copine, j'avais été interloquée par la brune élégante, à la peau colorée par un léger coup de soleil, qui me faisait face.

« Tu vois, je te l'avais dit, avait déclaré Melanie avant de se pencher pour s'appliquer du rouge à lèvres éclatant par gestes experts.

— De quoi ?

— Que tu pouvais être canon. »

Malgré la fraîcheur automnale, nous étions allées en ville chez le glacier, une boutique dont l'apparence n'avait pas changé d'un iota depuis les années 60, et avions commandé des milk-shakes à la vanille en guise de dîner. C'était la première fois que je portais des talons hauts, et j'avais déambulé à petits pas sur le parking en m'efforçant de ne pas trop m'appesantir sur le fait que, quelques heures plus tard, j'allais devoir danser avec ça aux pieds, tournoyer collée au corps d'un homme que je connaissais à peine. Melanie avait engagé la conversation avec un type qui conduisait une Camaro et qu'elle croisait au stade. Je commençais à craindre qu'Amos soit en retard quand, pivotant sur moi-même avec précaution et levant les yeux, je l'avais vu.

Il était au volant d'une camionnette garée de l'autre côté de la route, accoudé à la fenêtre, et me faisait signe d'approcher. Mon estomac s'était noué ; il n'était pas censé me voir si tôt, pas avant que nous nous retrouvions au lycée, où quelqu'un allait devoir le faire entrer en douce, puisqu'il avait déjà eu son bac. J'étais allée vers lui, en priant le ciel de ne pas me prendre les pieds dans ma robe.

« Salut », avait-il lâché. Ses yeux semblaient lumineux, une odeur chaude et douceâtre, mélange de tabac froid et de sueur, émanait de sa peau. Il portait une chemise grise de travail frappée du logo de son entreprise de maçonnerie, ses mains et ses avant-bras étaient couverts de petites égratignures que je finirais par connaître si bien, dues aux aspérités des pierres. « Dis, tu veux toujours aller à ce bal ?

— Moi ? Euh. Pourquoi ? avais-je bafouillé.

— On peut, si t'as envie, mais je me disais que tu préférerais peut-être faire autre chose.

— Comme quoi ? »

Melanie avait appliqué une épaisse couche de poudre verte sur mes paupières, et je m'étais mise à battre des cils devant lui.

« Je ne sais pas trop. » Il avait pianoté sur le volant et regardé par le pare-brise. « T'es déjà allée au col du Charretier ? Je pensais qu'on pourrait y aller, juste pour bavarder, tu vois. Comme on l'a pas encore fait. Pas de vive voix, quoi. »

Si ses phrases étaient maladroites, son visage, lui, dégageait une profonde sincérité, une intelligence qui paraissait peiner à s'exprimer sous forme de mots.

« D'accord », avais-je accepté lentement. Peu après, nous étions assis côte à côte dans l'habitacle sur North Mountain, à contempler depuis le col l'écheveau lumineux que dessinait Carlisle dans l'obscurité, et à parler de nos vies d'une voix feutrée, hésitante. *Je m'en souviendrai toujours*, avais-je songé alors, et ça s'est vérifié. À la radio, la station country diffusait ses standards du samedi soir, et les villes en contrebas brasillaient telles des cendres éparpillées. C'était comme dans les films ; *c'est,* m'étais-je dit, *la marque du destin*. Là, dans cette camionnette, j'avais eu le sentiment qu'on m'offrait un moment magique, une chance que je ne méritais pas, mais aussi d'être arrivée à un aboutissement. Qu'il me fallait entretenir cette histoire pour qu'elle continue à être parfaite.

C'est prodigieux, le pouvoir que peut avoir une histoire.

Nous nous étions mariés peu après mon bac, par une belle journée d'été, quelques mois avant que je commence les cours à l'université d'État de Shippensburg. Amos avait gardé son emploi à quarante-cinq minutes de voiture, les mains toujours couvertes de poussière, ses égratignures formant de petites cicatrices claires. Dès le début, j'avais décidé d'être exemplaire, une bonne épouse, que notre union serait une réussite. Même à travers le brouillard de mon bonheur fiévreux, j'avais remarqué les regards, le jours des noces, les coups d'œil à mes bras menus de jeune fille de dix-sept ans dépassant de la robe à froufrous, très femme, que mon grand-père avait insisté pour m'acheter. La mère d'Amos, pour sa part, avait tant pleuré pendant la cérémonie que j'avais fini par me sentir gênée. Pourtant, jamais je n'avais eu le moindre doute concernant Amos.

Et de la même façon que je prenais conscience de leurs regards, j'étais résolue à leur prouver qu'ils se trompaient.

Fréquemment, lorsque, les pieds sur la rambarde de la terrasse, je méditais ces souvenirs – ou tentais de les éviter –, l'étranger arrivait, lui aussi muni d'un livre, le bas du visage couvert de son écharpe enroulée lâchement. Si un chasseur se montrait, il s'effaçait en vitesse, mais souvent nous restions ensemble des heures, chacun de notre côté de la table, perdus dans nos réflexions. Il parlait très peu, mais je le sentais près de moi, calme et les yeux baissés, qui tournait une page de temps en temps. À mesure que les jours défilaient, j'ai constaté que sa compagnie ne me dérangeait pas, que d'une certaine manière elle m'aidait à repousser mes démons. Comme moi, il levait parfois la tête, marquant sa page avec la main, et admirait les montagnes. Peut-être trouvions-nous chacun la même utilité à la présence de l'autre. Je n'avais toujours pas l'habitude de passer tant de temps avec quelqu'un, mais nous ne nous plaignions pas de cette compagnie qui nous empêchait de prendre un malin plaisir à nous faire du mal, à nous attarder avec sidération et regret sur les heures qui nous avaient filé entre les doigts et sur les personnes que nous étions autrefois.

Il avait dégoté un vieux journal de mots croisés et s'était mis en tête de s'y atteler chaque fois qu'il se joignait à moi, se penchant de temps à autre au-dessus de la table pour me poser des questions. Face à son visage si franc et étonnamment sensible, je n'avais jamais le courage de l'interroger au sujet de cette chose terrible qu'il disait avoir faite. Il était là de façon clandestine, ça je l'avais compris, mais j'ai choisi de ne pas accorder d'importance au reste. Ce n'était pas à moi de le questionner, et qui plus est, le passé devait rester le passé ; si ça pouvait être vrai pour moi, ça le pouvait aussi pour lui.

Je n'ai pas su voir que le présent avait lui aussi charrié son lot de problèmes, de difficultés que nos retraites respectives dans la forêt n'allaient pas résoudre.

« Ça alors, regardez ! s'est-il exclamé un matin. "Villégiature à Saint-Pétersbourg", en six lettres. C'est une datcha ! J'ignorais que les Américains connaissaient d'autres mots russes que "vodka".

— Non, c'est bien le seul », l'ai-je détrompé.

Il a rapproché sa chaise et tenu le journal au-dessus de mes genoux pour me montrer. Son épaule a effleuré la mienne.

« Vous voyez ? » a-t-il dit en me montrant la page.

Mais j'étais occupée à observer une silhouette en veste camouflage qui se découpait sur les aires de pique-nique et avançait lentement, serrant contre sa hanche une grosse arme que je n'avais encore jamais vue. C'était Jerry.

« C'est curieux, ça », ai-je dit en contemplant le long canon noir et l'optique d'allure puissante. Ce n'était plus la saison de la chasse à la carabine.

Comprenant que je ne parlais pas des mots croisés, l'étranger a levé la tête lui aussi. « Quoi donc ? »

La silhouette s'était éloignée sur le sentier, carabine pointée vers l'avant. Aussitôt après, elle avait disparu derrière les arbres.

« Non, rien », ai-je répondu.

Cet après-midi-là, ma grand-mère s'est effondrée alors qu'elle jouait aux cartes au Friends of Eagles. Le téléphone de l'épicerie ne fonctionnait toujours pas, mais quelqu'un a dû appeler les gardes forestiers, car l'un d'eux est passé me prévenir. Il a ôté son chapeau en entrant – ce que personne ne faisait jamais à part les chasseurs les plus âgés – et s'est raclé la gorge, l'air embarrassé. J'ai posé mon livre, et nous avons échangé un long regard. Il m'a proposé de m'accompagner en voiture, mais j'ai refusé.

Les secours l'avaient emmenée à l'hôpital de Carlisle. Assise sur une des drôles de chaises couleur pastel de la salle d'attente, les yeux régulièrement attirés par la télé sans son, je me suis efforcée de ne pas imaginer le pire. Les heures passant, j'ai essayé de téléphoner à mes parents d'une cabine, mais ils n'ont pas répondu.

L'infirmière, une femme blonde trapue munie d'un porte-bloc, m'a appelée alors que je déballais le sandwich jambon-fromage d'aspect spongieux que j'avais acheté dans un distributeur. Je me suis précipitée à sa suite.

Ma grand-mère était étendue sur le lit, les paupières fermées, un tube en plastique brillant reliant son nez à une machine beige. Elle avait des traces rouges autour de la bouche, où quelque chose – un masque, sans doute – avait récemment exercé une pression. Elle fronçait les sourcils, comme si, même dans son sommeil, elle se méfiait de tout ce qui l'entourait.

Je me suis assise à côté d'elle pour attendre, les doigts entrecroisés sur mes cuisses. Une autre infirmière est venue replacer l'oreiller et contrôler un petit appareil pincé au bout de l'index de ma grand-mère. Voyant que je l'observais, elle m'a adressé un bref sourire, puis est repartie du même pas feutré.

Une heure s'est encore écoulée. Pendant les longs mois que j'avais passés à l'hôpital après l'accident, j'avais tenté de tuer l'ennui en suivant des documentaires animaliers à la télévision fixée au mur, ou, plus tard, en m'inventant des jeux – je regardais dehors et, les lèvres remuant en silence, j'essayais de trouver un maximum de mots rimant entre eux. À d'autres moments, mon esprit dérivait dans des recoins sombres de mon imagination dont j'ignorais jusque-là l'existence. Parfois, alors que je m'examinais dans le miroir, je constatais avec étonnement que j'étais la même qu'avant, la même jeune femme mince de vingt-deux ans. C'était puéril de me complaire autant dans mes propres rêveries, j'en avais conscience. Pourtant, alors que je contemplais la pelouse ondoyante par la fenêtre, je m'en moquais bien. Les comprimés, de toute façon, m'empêchaient de me concentrer sur quoi que ce soit d'important. Pourquoi me serais-je privée de laisser mes pensées vagabonder ?

C'est seulement plus tard que j'ai éprouvé de la tristesse, sans toutefois en identifier la cause exacte. J'ai remarqué que mon chagrin s'aggravait quand je songeais à mon frère, transbahuté à bord d'un véhicule blindé sur je ne sais quelle terre désolée du bout du monde. Je me représentais son Humvee vu du ciel, gros engin de forme carrée surmonté d'une mitrailleuse, sorte d'étrange scarabée creusant des traces dans le sable. Cela me paraissait tellement inutile et dangereux pour quelqu'un d'aussi vivant, humain et réel que mon frère. Je me mettais alors à pleurer sans bien savoir pourquoi. Nous n'avions jamais été très proches, lui et moi, mais je ne supportais pas de le savoir là-bas, si fragile et vulnérable. Cela semblait renforcer les vrilles de douleur qui étranglaient mes os, les aider à s'y incruster plus profondément.

À côté de ma grand-mère couchée sur son lit, je me suis soudain sentie submergée par des regrets inexplicables. *C'est la personne*, ai-je songé, *qui tient le plus à moi*, même s'il était parfois difficile de connaître ses véritables sentiments.

Juste avant la fin des horaires de visite, elle s'est réveillée en sursaut et a agrippé vigoureusement les draps.

« Mamie ? » J'ai posé la main sur son bras.

Elle a ouvert la bouche, avec un bruit trahissant sa sécheresse, et parcouru la chambre du regard comme si elle ignorait où elle se trouvait. L'infirmière avait laissé un gobelet d'eau sur la table de chevet, aussi en ai-je porté la paille à ses lèvres. Elle a aspiré une gorgée, les yeux braqués sur moi, avec l'air de reprendre lentement ses esprits. Tout en buvant, elle a plissé les paupières.

« Toi ! » s'est-elle finalement exclamée, crachant de l'eau sur la couverture. Je suis allée en vitesse à la salle de bains chercher de l'essuie-tout, avec lequel je lui ai épongé le menton. Elle a tourné la tête en grognant.

« Oui, c'est moi. Attends, je vais te...

— Qu'est-ce que tu fais là ? » Les draps toujours serrés dans ses doigts, elle a posé sur moi un regard où se mêlaient colère et gêne. J'ai reculé d'un pas en soupirant.

« Tu as eu un pépin de santé. Évidemment que je suis là.

— Pouah ! »

J'ai traversé la chambre aussi calmement que possible et jeté l'essuie-tout.

« Tu ferais mieux de ne pas trop parler tout de suite. Ça va te fatiguer. »

Elle a fait la grimace et détourné les yeux vers la fenêtre, sur laquelle nous nous reflétions toutes les deux. Lentement, elle a levé une main et l'a considérée. Dans une veine au dos de celle-ci, on avait inséré une aiguille maintenue par un bout d'adhésif blanc.

Un moment s'est écoulé. Des pas ont retenti dans le couloir, venant dans notre direction avant de poursuivre leur chemin. Plus loin, une porte s'est ouverte et s'est refermée.

« Tu vas me ramener à la maison ? a-t-elle alors demandé, d'un ton moins véhément.

— Oui, mais il faut attendre le feu vert du médecin. Ça risque de prendre un peu de temps. »

Son regard est brièvement revenu vers moi.

« Ça m'étonnerait que ce soit ce soir, ai-je ajouté. Il est déjà tard. Comment tu te sens ? »

Elle a balayé ma question d'un revers de la main.

« Vieille. »

Un voyant clignotait sur l'appareil à côté d'elle, en cadence avec quelque rouage invisible des forces qui la maintenaient en vie. L'idée m'a traversée que je pourrais trouver quelque chose susceptible de m'intéresser dans les parages – une boîte d'échantillons de médicaments, pourquoi pas un bloc d'ordonnances qui traînerait quelque part. Avec une grimace, j'ai repoussé cette pensée. J'étais là pour ma grand-mère, pas pour moi.

« Tu veux que je te laisse dormir ? lui ai-je demandé. Je peux rentrer.

— Je m'en fiche. Fais ta vie, va. »

J'ai arrangé son oreiller. Elle n'a pas protesté, les yeux toujours braqués vers la fenêtre.

Le voyant de la machine continuait à clignoter. Un goutte-à-goutte s'écoulait d'une poche de perfusion jusqu'à sa main.

« Je l'ai tué, tu sais, a-t-elle bredouillé au bout d'un moment.

— Hein, quoi ? ai-je sursauté en baissant la tête vers elle. Tu as tué qui ? »

Elle a toussé, agacée.

« Lui. Tu sais bien. » Une pointe de défi s'était glissée dans sa voix.

« Qui, grand-père ?

— Oui. »

Je l'ai regardée, abasourdie.

« Mais non, tu ne l'as pas tué. Il a eu une crise cardiaque après le repas de Thanksgiving. C'est papa qui l'a trouvé. Tu ne te rappelles pas ? »

Elle a jeté des coups d'œil dans tous les sens, tourmentée.

« En tout cas, je voulais le tuer. »

Je me suis renversée dans mon siège et me suis frotté le front, me demandant s'il existait une bonne façon de réagir à cette annonce.

« Ce n'est pas la même chose, ai-je fini par rétorquer. Tout le monde a eu ce genre de pensées, un jour.

— Pas toi. »

Perplexe, j'ai cru quelques instants qu'elle faisait allusion aux rumeurs pour me provoquer. Puis, plus ébranlée encore, j'ai compris qu'elle était sincère. Jamais je n'avais imaginé qu'elle puisse m'admirer, et j'ai aussitôt chassé cette pensée. C'était bien trop bizarre.

J'ai retendu la couverture et remonté le drap sur elle. Elle a levé les bras docilement, les yeux dirigés vers moi.

« Ne te ronge pas les sangs pour ça, va », ai-je dit.

Je suis restée à son chevet, jetant parfois un coup d'œil à la pendule, qui égrenait les minutes. À l'idée de rentrer seule, de me réveiller dans le silence matinal, une sorte de vide s'est creusé dans ma poitrine, malaise que je n'avais pas éprouvé depuis longtemps.

« Je n'ai jamais vu l'océan », a déclaré ma grand-mère à brûle-pourpoint.

Ses boucles grises lui étaient tombées devant le front.

On aurait dit une réplique de film, et c'en était peut-être une, mais ça m'a fait réfléchir.

« Moi non plus, tu sais. » J'ai affiché un sourire et haussé les épaules. Je n'étais jamais allée plus loin de chez moi que chez ma tante Jeanine, à qui nous avions rendu visite à Pittsburgh des années plus tôt, quand j'étais enfant. « D'un autre côté, en Pennsylvanie c'est un peu compliqué. »

Elle a tourné la tête vers moi et m'a toisée, les paupières plissées, avec un drôle d'air.

« Tu dis ça comme si c'était le seul endroit sur Terre. Comme si on allait te jeter en prison si tu essayais de partir d'ici. »

J'ai fermé les yeux.

« Ce n'est pas ce que je pense.

— Bien sûr que si. Pourquoi es-tu encore là, sinon ? »

J'ai considéré sa forme fragile sous la couverture, l'aiguille piquée dans sa main, ses yeux voilés qui remuaient, incapables de voir mon visage nettement alors que je me trouvais à moins de un mètre d'elle.

« On reparlera de ça une autre fois, ai-je dit.

— Tu crois que je ne peux pas me dépatouiller de tout ça toute seule, c'est ça ? s'est-elle enquise d'une voix rauque. Pfff. Ce que tu peux être têtue !

— Une autre fois, ai-je répété.

— J'ai pas besoin qu'on s'occupe de moi. Tu crois qu'en soixante-quinze ans j'ai pas appris à me débrouiller ? La vérité, c'est que tu as peur de partir de ta campagne. Tu as peur de tout.

— Non. Tu n'es pas juste. Et je suis désolée que tu sois malade, mais...

— Ce n'est pas tout. » Elle a pris une grande inspiration, se préparant visiblement à m'asséner le coup de grâce, mais une quinte de toux l'a alors secouée. La figure écarlate, elle m'a jeté un regard noir. Je me suis levée et j'ai attendu qu'elle recouvre ses esprits, songeant qu'il était extrêmement difficile de savoir quand elle était en colère et quand elle avait peur. Peut-être, ainsi que je l'ai compris beaucoup plus tard, n'y avait-il pas vraiment de différence.

Une infirmière a passé la tête.

« Les visites sont terminées », nous a-t-elle annoncé d'un ton mélodieux avant de repartir.

Dans le service, ses collègues commençaient à tamiser l'éclairage, déplaçaient des chariots dans un tintamarre de cliquetis métalliques. J'ai cherché le chemin de l'ascenseur sans me hâter, empruntant plusieurs couloirs, posant un regard distrait sur les murs blancs, sur le poste des infirmières qui disparaissait et réapparaissait telle une île au milieu de la mer. Il flottait là la même odeur que dans tous les hôpitaux, mélange pénétrant de teinture d'iode et de maladie, aussi ai-je accéléré le pas, soudain pressée de rentrer.

Après quelques instants, je suis de nouveau passée devant le poste des infirmières, incapable de me souvenir s'il était à ma droite ou à ma gauche la dernière fois que je l'avais vu. Je me suis engagée dans un autre couloir et, m'efforçant d'être plus attentive et de mieux me repérer, j'ai atteint peu après une enfilade de chambres plongées dans la pénombre, fermées non pas par des portes mais par des rideaux. De plus en plus décontenancée – je ne me rappelais pas avoir traversé ce couloir en arrivant –, je me suis approchée d'un rectangle lumineux où l'un des rideaux était ouvert, pensant que j'y trouverais peut-être un médecin en mesure de m'orienter.

Au lieu de cela, je suis tombée sur un lit vide, un bric-à-brac d'emballages en carton, une armoire à pharmacie où s'entassaient boîtes et flacons blancs. J'ai failli faire demi-tour, mais quelque chose – sûrement la curiosité instinctive de la soubrette pour les endroits où elle n'est pas censée être – m'a poussée à m'attarder.

Les étiquettes des boîtes étaient petites mais nettes, imprimées noir sur blanc. En les lisant, j'ai écarquillé les yeux. Par réflexe, j'ai plaqué une main sur ma bouche.

Pas possible, ai-je pensé. C'était forcément une plaisanterie. Un traquenard.

Aucun bruit dans le couloir. Les battants en verre de l'armoire reflétaient la lumière des tubes au néon, éclatante et crue.

J'ai touché un vantail d'un geste hésitant. Les flacons qui m'intéressaient se trouvaient juste devant moi, me tendaient les bras.

Une drôle de sensation m'a parcourue, froide et déroutante. Pendant quelques secondes, j'ai eu comme une absence, incapable de déterminer si je rêvais ou si j'étais éveillée.

J'ai posé le bout du doigt sur la serrure, dont j'ai suivi le contour avant de la tapoter doucement avec l'ongle.

Derrière moi, l'ouverture de la pièce restait obscure.

Après avoir jeté un coup d'œil alentour, j'ai plongé la main dans ma poche, où j'ai pris une épingle à cheveux, raide et lisse. J'ai refermé le poing dessus et l'ai sortie, le ventre en pelote. *C'est juste pour tester*, me suis-je dit, tout en effleurant le relief irrégulier de la fente. C'était presque un jeu. Ils n'avaient pas vraiment pu laisser ça là, à la portée de tous. Même dans ce patelin minable.

J'ai pincé l'épingle entre mes doigts, le corps tourné de sorte que ma hanche appuie presque contre la serrure, la tête inclinée afin que mes cheveux cachent mon visage. Le bout de l'épingle a frotté contre la surface cuivrée ; ça ne rentrait pas tout seul, mais l'interstice était étroit, suffisamment pour…

« Madame ? »

J'ai fait volte-face ; l'infirmière blonde me foudroyait du regard, tenant son porte-bloc le long de sa cuisse, la bouche serrée en une simple ligne.

J'ai vite retiré mon bras.

« Oh, ai-je fait, d'une voix étrangement fluette. Je voulais juste… J'espérais que vous auriez du paracétamol. J'ai mal à la tête. »

Mon mensonge flagrant n'a fait qu'aggraver mon cas.

« Vous pouvez en acheter à la pharmacie », a-t-elle rétorqué d'une voix monocorde. Elle m'a frôlée en passant à côté de moi, avant de secouer vigoureusement les portes pour s'assurer qu'elles ne s'ouvraient pas. « Il y a des policiers au rez-de-chaussée en permanence, madame. N'allez pas faire une bêtise que vous regretterez. »

Je l'ai fixée tout en déglutissant, faute de savoir quoi répondre.

Elle s'est détournée et dirigée d'un pas énergique vers un escalier, et, avec un pincement, j'ai compris qu'il valait mieux que je la suive. Qu'il le fallait. Qu'elle me conduisait à la sortie.

Avant de franchir les portes, j'ai pivoté vers elle pour lui parler, rouge d'embarras, mais elle était déjà repartie.

Quand je me suis garée dans l'allée, il faisait nuit noire, pas une lampe ne brillait dans le voisinage à part l'ampoule sur la terrasse de ma grand-mère. J'ai coupé le contact et je suis restée un certain temps dans le silence, à écouter les cliquetis du moteur en train de refroidir comme la chaleur abandonnait l'habitacle.

Puis je suis sortie et me suis adossée à la Jeep. Les étoiles scintillaient, d'une blancheur incandescente. J'ai penché la tête en arrière, contre le métal glacial. J'avais mal au bras et à la hanche, la peau de mes joues semblait se contracter. Le col de mon manteau tremblait au rythme des battements de mon cœur.

Enfin je suis rentrée, telle que j'avais toujours été, telle que je serais toujours. Dans la maison vide, je me suis assise lourdement sur une chaise à la table de la salle à manger, où j'ai contemplé mes mains. Les minutes ont passé, puis les heures, tandis que j'essayais de me fondre dans l'obscurité qui m'entourait, de n'être plus qu'un simple élément de la nuit.

2

L'étranger et moi étions sur la terrasse quand les voitures sont soudain apparues, au nombre de quatre, et se sont engagées sur le parking l'une après l'autre. Je me faisais du souci pour ma grand-mère, qui était rentrée équipée d'une bonbonne d'oxygène gris argenté. Mon père était allé la chercher, et lorsqu'il avait voulu la porter entre la camionnette et la maison, elle lui avait donné une claque sur le bras et s'était dandinée seule jusqu'à la porte, ressemblant, vue de dos, à un canard fâché. Elle avait très vite repris sa place dans son fauteuil, et depuis deux jours refusait d'adresser la parole à quiconque.

Un groupe de huit ou neuf hommes est ensuite venu dans notre direction ; tous parlaient et riaient bruyamment en montrant le panorama. Avant que j'aie pu me tourner vers l'étranger, il avait disparu à l'angle de la bâtisse.

« C'est pas pittoresque, ça ? » a dit l'un des arrivants tandis qu'ils montaient sur la terrasse, dont les planches grincèrent sous leurs pas lourds.

Qu'ils soient jeunes ou moins jeunes, tous étaient habillés de façon similaire, jeans et vestes épaisses d'aspect à la fois robuste et coûteux, avec de grosses chaussures de marque. Ils se mouvaient également de la même façon, les bras croisés ou les mains sur les hanches, comme s'ils procédaient à un examen minutieux de tout ce qui les entourait, prêts à recommander des mises aux normes. Deux d'entre eux avaient une queue-de-cheval, plusieurs portaient des lunettes à monture d'acier leur donnant l'air de professeurs, ou du vendeur informatique de Carlisle, qui avait fait semblant de ne pas remarquer ma présence quand, des années plus tôt, j'étais entrée dans son magasin pour voir si j'avais les moyens de m'acheter un PC.

« Ouais, j'ai toujours pensé que ça serait assez confort si on devait faire une fouille ici, a dit un autre. C'est très bien équipé. Il y a un terrain de camping juste à côté avec des douches chaudes et des raccordements électriques. »

Il a fait tomber la neige de ses chaussures en les cognant contre le bord de la marche, dans un martèlement sourd.

« Des douches chaudes sur un chantier de fouilles ? Et les routes sont pavées d'or, aussi ? » a plaisanté un troisième. Plus âgé que la plupart des autres, il avait le crâne dégarni. Sa veste était faite d'une matière gris-bleu lisse et brillante et, malgré un air décontracté, il avait les pieds fichés fermement sur le plancher, comme si personne ne lui contestait jamais son droit à se poser là où il le souhaitait. Quand il m'a vue, son sourire s'est élargi.

« Qu'est-ce que vous en pensez, ma grande ? C'est une bonne journée pour aller crapahuter dans la forêt ? »

Je me suis tournée vers lui, trop surprise qu'on s'adresse à moi pour réagir tout de suite. Sans lui répondre, je suis allée machinalement vers la porte.

« Oh, vous travaillez ici ? a-t-il dit alors. Ça serait possible d'avoir des hamburgers, vous croyez ? Vous avez faim, les gars ?

— J'ai toujours la dalle, a répondu un des types à queue-de-cheval.

— Ça marche. Vous servez des burgers, ici, ma grande ? »

Alors qu'ils attendaient là agglutinés sur la terrasse, je me suis demandé fugacement si je pouvais refuser, et s'ils repartiraient. Ce n'était pas des policiers, je le voyais bien, mais quelque chose chez eux – leurs vêtements de qualité, leur accent pur – dégageait une autorité qui m'impressionnait.

« Ouais, ai-je fait, en m'efforçant de garder une voix neutre.

— Vous entendez ça ? a dit l'homme à la veste bleu-gris. "Ouais." C'est notre jour de chance, messieurs. »

J'ai plissé les paupières et lui ai lancé un regard impassible, mais il n'a pas prêté attention à ma réaction.

« À ce qu'il paraît, le site est resté quasi en l'état, a repris le même homme, qui semblait être le meneur. C'est assez incroyable, comme histoire. Quand le gouvernement n'en a plus eu besoin, ça a été transformé en colo de scouts, mais personne n'y a jamais vraiment mis les pieds depuis les années soixante-dix. »

Il parlait du camp de prisonniers, ai-je compris, penchée au-dessus du congélateur d'où je sortais des palets roses de viande hachée. Il se trouvait juste au bout de la route, ensemble de toits effondrés et vermoulus, de vestiges de dalles de ciment disséminés dans la forêt, reliés par un étroit sentier qui serpentait le long d'un vieux bassin de baignade encombré par des tas de branches. Je m'y rendais parfois pour réfléchir, me calmer, en général après qu'un randonneur citadin m'avait assommée de questions. Je n'y étais jamais allée en hiver, mais en été les lieux ressemblaient à une jungle aux ruines mélancoliques et mystérieuses, temple disparu dédié à quelque divinité païenne.

Un de ceux qui ne s'étaient pas encore manifestés a pris la parole alors que je déposais la viande sur le gril, observant les cristaux de givre qui se désagrégeaient lentement.

« Je n'en reviens toujours pas... C'est trop bizarre de se dire que ça a existé, le ministère de la Guerre qui interne des soldats de l'Axe dans un bled en Pennsylvanie.

— C'est clair, a renchéri un autre derrière moi. Eric t'a déjà parlé de la “cage à suée” ?

— Ouais, ça aussi c'est dingue – ça sort tout droit du *Pont de la rivière Kwaï*, ce truc.

Je n'aurais jamais imaginé qu'on avait fait ça chez nous.

— On peut faire ce qu'on veut tant que personne n'est au courant. T'as bien vu ces enfoirés d'Abu Ghraib. »

Mon dos s'est raidi, mais j'ai pris soin de rester naturelle, comme si je ne les écoutais pas.

« Merci les appareils numériques. Ils auraient dû se douter que ça se saurait, a commenté le meneur.

— N'empêche. C'est quand même gerbant, cette affaire.

— De quoi ? Qu'ils aient fait ça ou qu'ils aient pris des photos ?

— Ben les deux. » L'homme a brièvement parlé plus fort. « Hé, je pourrais avoir des *onion rings* ? Vous en avez ? »

J'ai ouvert un sachet et, sans prononcer un mot, versé des beignets dans l'huile bouillante.

« Merci infiniment, chère madame », a déclaré le chef de la bande. Je sentais son regard dans mon dos. « Les archéologues, ça vous parle ? Vous savez ce que c'est ? »

J'ai tout d'abord gardé le silence, dans l'espoir que les autres changeraient de sujet. Mais non, ils semblaient tous attendre.

« Oui, ai-je répondu finalement sans me retourner.

— Tiens, ça alors ! Qu'est-ce que c'est ?

— Je vous demande pardon ?

— J'ai dit, qu'est-ce que c'est ? C'est quoi la définition, selon vous ? »

J'ai levé les yeux vers la hotte qui vrombissait au-dessus du gril, aspirait la fumée et l'expédiait dans le conduit du plafond. La poignée de la spatule était fendue, et je sentais la pression d'un éclat pointu au creux de ma main. La viande continuait à griller, à se détendre en brunissant.

« C'est quelqu'un qui creuse le sol, ai-je rétorqué en direction de la ventilation. Pour chercher des objets anciens.

— Dans le mille ! s'est exclamé l'homme avant de rire et de taper des mains, dans un bruissement synthétique de sa veste. "Quelqu'un qui creuse le sol". Voyons si nous pouvons creuser un peu, messieurs. »

Je leur ai tendu leurs hamburgers sans un mot.

Après leur départ, j'ai fermé la porte d'entrée et m'y suis adossée. Mes yeux se sont gonflés de larmes, la vitrine à glaces n'étant plus qu'un grand flou lumineux, les lettres du menu soudain indistinctes. J'ai essuyé mon visage rapidement dans ma manche et retenu mon souffle. C'était idiot. Je n'avais aucune raison de pleurer, et je n'allais pas m'abaisser à cela.

J'avais envie de ressortir, de regarder cet homme en face et de l'envoyer se faire foutre.

Mais je n'ai pas bougé.

Tandis que je restais là, à observer les résidus de viande noircir sur le gril en train de refroidir, on a frappé. J'ai ouvert à contrecœur et me suis trouvée face à Martin. « Bah alors, qu'est-ce qui se passe ? Pourquoi c'est fermé ?

— Pour rien. » Je suis retournée derrière le comptoir et me suis attelée au nettoyage. Quand j'ai senti ma voix assez ferme, j'ai dit : « Tu pourrais aller voir où il est et le prévenir que ça craint plus ? »

Martin était accoudé au comptoir.

« Qui ça ? Danya ?

— Ouais.

— Bien sûr. Et qu'est-ce qui craint plus, au juste ?

— Rien. »

J'ai sorti le balai à franges pour laver les projections d'huile.

« Ah bon, “rien”. Tant mieux, tu m'en vois ravi. » Il a écarté du coude le bocal en plastique de mini-saucissons Slim Jim. « Il y a un problème ? Les types d'avant n'ont pas été corrects ?

— Tu les as vus ?

— Je les ai entendus. Le contraire aurait été difficile – ils ont fait un sacré barouf pour notre petit coin de forêt. » Il a pris une serviette en papier, qu'il s'est mis à plier façon origami en lissant les plis avec le pouce, ses mouvements agitant les tendons de ses bras maigres. « Non mais sérieusement, ils se sont mal comportés ? Tu as l'air un peu à cran.

— Tu peux garder tes commentaires, merci. »

Il s'est figé. Un moment a passé.

« Désolé, a-t-il dit finalement. En tout cas, si tu as besoin de quoi que ce soit, tu sais où me trouver. Et je transmets le message. »

Après avoir tapoté le Formica, il m'a regardée comme s'il avait l'intention d'ajouter quelque chose mais n'en a rien fait. J'ai entendu ses sifflotements et le grincement de ses pas sur la terrasse, puis le silence est revenu. J'ai écarté mes cheveux de mon visage, les ai tirés en arrière jusqu'à en avoir mal et les ai maintenus ainsi un instant avant de les relâcher.

Quelques heures plus tard, chez ma grand-mère, je contemplais une feuille de papier où j'avais griffonné des chiffres en vitesse. Même en comptant une bourse de l'État, les frais de scolarité se montaient à cinq mille dollars par semestre. Ce que je gagnais au magasin dépassait à peine le salaire minimum, et même si je changeais de job… J'ai fermé les paupières et glissé la feuille dans un tiroir.

Ça ne pourrait jamais fonctionner.

À la nuit tombée, j'ai ouvert de la soupe que j'ai mangée debout à la cuillère, à même le pot, froide. Ma grand-mère dormait dans son fauteuil, la tête inclinée en arrière, ses cheveux formant une auréole grise autour de son visage.

Je l'ai enveloppée d'une couverture avant d'éteindre la télé, dont les images en sourdine projetaient leur vive lueur dans la pièce, se reflétant sur les photos de famille accrochées aux murs. Sur l'une d'elles, aux tons sépia et à la texture ouatée, ma grand-mère posait pour la remise de son diplôme du secondaire, jeune fille au minois avenant et au joli sourire.

Quelquefois, je ne pouvais pas m'empêcher de les examiner attentivement, ces images des gens dont je descendais. Peut-être que l'un d'entre eux, s'il m'avait regardée dans les yeux, aurait décelé la cause de ce qui alourdissait mes mouvements. Ou bien tous l'auraient détectée ; peut-être n'étais-je que le maillon d'une chaîne, destinée à suivre le même chemin que les autres et à avoir un jour des enfants qui à leur tour suivraient le même chemin que moi.

Je n'aurais pas pu me douter alors qu'un immense bouleversement me guettait, que l'arrivée de l'étranger étendait déjà ses vrilles dans le futur pour modifier tout ce que je croyais connaître, telles des fissures se propageant dans une vitre avant qu'elle n'éclate en morceaux, nous dévoilant soudain une vérité que nous ne nous étions jamais attendus à voir.

Je garderai toujours en mémoire la lumière qui pénétrait à l'oblique dans la cuisine de la maison que nous habitions avec Amos, qui s'abattait sur moi tandis que je me tenais à la fenêtre, parfois avec la radio allumée, mais la plupart du temps dans le silence. D'une vive chaleur et d'un aspect palpable, elle extrayait l'essence de tout ce qu'elle touchait. Elle transformait en verre coloré les fleurs sauvages, en cuivre le chemin de terre, en mer ondoyante les champs de blé vert. La bâtisse semblait alors douillette et vivante, loin de la bicoque délabrée aux murs sales qu'elle était en fait. Chaque après-midi, je me postais là, à observer les menus changements du paysage, me gorgeant de calme avant qu'Amos rentre du travail. Je n'aurais pas su expliquer ce que j'éprouvais en ces moments, ni pourquoi ils me paraissaient si vitaux, véritable béquille qui me permettait de rester debout, me rappelant que j'étais réelle, bel et bien là, qu'un pan de mon esprit n'était accessible à personne d'autre, même si pour ma part je choisissais de ne pas m'y aventurer tout de suite. Je savais juste que je les chérissais, ces minutes pendant lesquelles je me sentais en suspens dans un rayon de clarté, fondue en lui, élément plus vaste que mon être et à la fois plus infime.

Nous étions heureux dans cette maison, du moins voulais-je le croire. En plus d'être notre premier achat, c'était le premier toit sous lequel nous vivions ensemble. Jusqu'alors j'étais à la fac avec Beth. Je n'avais jamais vu Amos aussi radieux que lorsqu'il avait tenu dans ses mains l'acte de propriété, sur lequel sa signature n'avait pas encore séché. Son sourire était immense, son visage semblait irradier de lumière. Il m'avait serrée si fort contre lui qu'il m'avait presque soulevée du sol. Maintenant, avait-il murmuré dans mes cheveux, nous formions enfin un foyer. Une famille.

Il n'avait jamais vraiment voulu que je fasse des études. Malgré sa réticence, il avait accepté – je lui en avais été reconnaissante, me répétant sans cesse combien j'avais un mari généreux et compréhensif. La fac me plaisait – j'adorais ça, même –, sans que j'aie toutefois jamais su exactement ce que j'y faisais. Au lycée, j'avais suivi un cours de physique avec un professeur que j'aimais beaucoup, un homme rondouillard de petite taille et qui éprouvait pour sa matière une passion contagieuse ; à force qu'il me rabâche que j'étais douée j'avais presque fini par le croire. Je m'étais laissé convaincre d'envoyer des dossiers d'inscription à diverses universités, dans lesquels je demandais un cursus en physique sans savoir ce que cela exigeait. J'avais eu du retard à rattraper en maths ; à Centerville, on ne nous enseignait rien de plus pointu que la trigonométrie. J'avais pourtant vaguement l'idée qu'il me fallait choisir ce qui me plaisait. Après avoir bouclé ma première année, je m'étais donc plongée avec ferveur dans les laboratoires obscurs, à calculer, régler, comprendre les rouages du monde. Des milliers d'autres étaient déjà passés avant moi, j'en avais conscience, mais je m'en moquais. Pour moi, tout cela était nouveau.

J'avais tant bien que mal tracé ma route pendant trois ans, sans cap précis, mais fascinée par ce que je vivais, invisible à tous, n'en absorbant pas moins tout comme une éponge. Pour moi, ces années constituaient une aventure que je n'aurais jamais osé espérer connaître. Je ne pouvais m'ôter de l'idée que je ne la méritais pas, mais je me donnais à fond, naïve et subjuguée, et à ma façon, éprise d'un amour terrifiant pour tout cela.

Je savais ce qui se préparait – je m'en étais forcément doutée –, même si je me le cachais. Quand c'est arrivé, malgré tout, j'ai été prise au dépourvu.

Pendant cette période, les silences d'Amos devenaient de plus en plus longs quand je le retrouvais dans sa chambre de location à Mechanicsburg, une pièce exiguë dans une maison sans âme identique à toutes celles de la rue. Je prenais garde à ne jamais lui parler de mes cours ; la poussière sur ses mains et ses épaules voûtées par la fatigue m'en dissuadaient ; je m'abstenais de sembler trop frivole, de donner l'impression que ma vie suivait son cours sans lui. Il n'abordait jamais la question, pourtant je savais qu'il s'en voulait d'avoir été mauvais élève au lycée, de s'être mis en situation d'être moins instruit que sa femme. Bien qu'intelligent, il souffrait de difficultés pour la lecture, d'un problème jamais diagnostiqué à cause duquel il lui fallait un temps fou pour lire le moindre entrefilet dans le quotidien local. Je m'efforçais de lui montrer que je le respectais malgré cela, et même que je le vénérais presque, lui expliquant que mes connaissances abstraites valaient moins que l'expérience concrète qu'il acquérait en se confrontant chaque jour au monde. Ses propos me semblaient porter en eux une sagesse pragmatique, et il m'arrivait de le citer lorsqu'on me demandait mon avis sur un sujet ou un autre. En sa présence, je terminais mes phrases par un petit rire, comme pour lui démontrer que je ne me prenais pas trop au sérieux. Je souhaitais à tout prix éviter de le mettre en colère ou de lui laisser penser que je me faisais passer avant lui.

« Il me faut une femme qui soit là quand je rentre », avait-il déclaré un jour, assis au bord du lit, la tête tournée vers la fenêtre. La fumée de sa cigarette se déployait au-dessus de lui, et on lisait du chagrin dans sa posture. « C'est plus fort que moi. C'est comme ça. »

Je l'avais fixé, mon sac à dos pendant lourdement au bout de mon bras. Mon ventre s'était noué.

« Je voudrais..., avait-il repris lentement, qu'on soit une famille. » Penché en avant, il avait éteint sa cigarette dans le cendrier et contemplé le mégot écrasé avant de pivoter vers moi. Il s'exprimait d'une voix bourrue mais vulnérable, résolue mais chargée de regrets. « Je m'en veux d'être comme ça. Je sais que ça te plaît beaucoup, là-bas. » Il avait un air replié sur lui-même, comme si, s'attendant à souffrir, il se cuirassait. Si tu veux vraiment continuer comme on a commencé, tu seras mieux sans moi.

— Jamais je ne serai mieux sans toi », avais-je répondu. Puis je m'étais empressée d'ajouter : « Et la fac ne me plaît pas tant que ça. Pas autant que d'être avec toi, en tout cas.

— Ça, j'en suis pas sûr. » Le menton posé dans le creux de sa main, il m'avait observée comme s'il espérait déceler un indice dans le regard que je lui rendais, dans ma façon de respirer, de me tenir. « Si je te demandais de partir de là-bas et de venir vivre ici avec moi, tu accepterais ? » avait-il repris. Après une courte pause, il s'était raclé la gorge. « Si c'était très important pour moi ? »

Un long silence avait suivi. Une étrange sensation avait pesé sur ma poitrine, une sorte de serrement. En baissant la tête vers mes mains qui empoignaient toujours mon sac à dos, j'avais vu que la pression blanchissait mes ongles. Mais il n'y avait qu'une réponse valable à sa question. « Bien sûr », avais-je dit.

Je m'étais plongée dans mes études quelques mois de plus, courbée sur une table de la bibliothèque des heures durant, absorbant autant de connaissances que possible, travaillant à des devoirs maison chaque soir sous les yeux de Beth, intriguée par cette soudaine activité frénétique.

« Tu vas partir, avait-elle conclu un jour, incrédule.

— Ouais, avais-je confirmé d'un ton enjoué, sans toutefois être capable de la regarder en face.

— Mais tu te plais, ici, avait-elle protesté. Les études c'est ton truc. Tu adores la physique !

— Oh, tu sais, avais-je fait en tentant de paraître détachée, c'est vrai, mais les maths, ça devient trop dur. Je n'aurais jamais dû me lancer là-dedans.

— Qu'est-ce que tu racontes ? Tu as eu B+ en algèbre linéaire.

— B+, il n'y a pas de quoi se vanter. Et puis, avais-je ajouté, je ne vois pas trop ce que j'aurais pu faire avec un diplôme de physique, de toute façon. »

Je répétais l'argument du Amos imaginaire qui s'exprimait dans ma tête, et c'est peut-être ce qui l'avait mise en colère.

« Bah mince, c'est vrai, ça, avait-elle rétorqué sur un ton sarcastique inhabituel. Devenir physicienne, par exemple ? »

J'avais ri.

« Tu parles. Il faut un doctorat, pour ça. »

J'avais abattu mon atout. Il allait sans dire qu'aucune femme dont le mari n'avait que le bac ne pouvait espérer atteindre ce niveau d'études. Ce serait trop castrateur pour lui.

Elle m'avait dévisagée, furieuse mais désemparée, incapable de trouver une faille dans la muraille que constituait la logique de la vallée.

Je ne m'étais jamais avoué que je n'avais pas envie de laisser tomber la fac, que cette perspective déclenchait systématiquement en moi un étrange tiraillement dont j'étais trop jeune pour identifier la cause – le regret. Je n'aurais pas pu me l'avouer, car il aurait fallu pour cela que je m'avoue d'autres vérités. J'avais donc repoussé ce sentiment indéfini et tâché de me persuader que j'avais fait le bon choix. C'était ça, l'amour.

Nous nous étions installés à Centerville, à deux pas de chez mes parents, ce quartier étant le seul où le salaire d'Amos nous permettait d'acheter une maison. C'était une masure triste au bord d'une route isolée, à peine plus grande qu'une vieille cabane de métayer, mais j'en prenais soin et décorais les étagères de livres et de bibelots que nous chinions dans les vide-greniers. Notre vie avait fini par ressembler à des scènes de théâtre, à un montage de ces feuilletons réconfortants mais ennuyeux que je regardais parfois à la télé lorsque j'avais terminé le ménage. Le matin, je préparais la gamelle d'Amos, et quelquefois je lui faisais au revoir de la main depuis la porte quand il partait au volant de la camionnette, le seul véhicule que nous possédions. Je lessivais les rideaux et les murs, me blottissais dans un fauteuil pour lire, et j'avais même fait un gâteau – mon tout premier – à l'occasion de la seule visite de Beth, qui avait regardé autour d'elle d'un air prudent, comme si elle redoutait que je déchiffre ses pensées. Je passais l'aspirateur sur la moquette, en chantonnant et en jetant des coups d'œil furtifs au téléphone mural, espérant vaguement qu'il sonnerait sans toutefois savoir qui aurait pu m'appeler. Je m'installais dans le canapé pour suivre la course lente de l'aiguille des minutes sur la pendule, je mettais des plats au four, je faisais les poussières dans les coins. Les plantes vertes s'étaient épanouies, avant de mourir noyées. Amos rentrait à la maison, parfois de bonne humeur, parfois silencieux, toujours épuisé. Je ne vivais que pour les jours où il venait dans la cuisine et me prenait dans ses bras, sans un mot, mais me faisant don de lui, le visage enfoui dans mes cheveux, ce qui m'emplissait du sentiment qu'être là avec lui constituait l'accomplissement d'une vie.

Quand nous avions emménagé, j'avais remisé les livres de fac et les cours qui me restaient dans un placard d'où ils avaient fini par disparaître, sans que j'aie jamais su où ils étaient passés. De la même façon, j'avais rangé mes souvenirs de ces années d'université – cet autre endroit, cette autre Kathleen qui y avait existé – dans un recoin de mon esprit, comme si tout cela n'avait été qu'un rêve. Chaque fois que je les en ressortais, ils m'éblouissaient, trop éclatants, trop débordants d'espoir. Au bout du compte, je n'y avais plus touché, et ils avaient fini enfouis si profondément sous mille autres choses que je n'y pensais plus.

J'étais devenue ce que je m'étais toujours attendue à être : une épouse. J'avais même fini par avoir le plus grand mal à imaginer ce que j'aurais pu faire d'autre de ma vie.

Et pourtant je restais longuement à la fenêtre avec la curieuse impression que celle que j'avais été, une part essentielle de moi, s'envolait au loin, et que je ne pouvais rien pour l'en empêcher. Elle quittait mon corps en se déroulant comme la ficelle d'un cerf-volant, emportée au loin, sa forme dans le ciel paraissant de plus en plus petite.

Au fond de moi, je savais que je ne devais pas lâcher prise. Mais jamais je ne me serais doutée que ma vie deviendrait aussi dangereuse une fois qu'elle aurait disparu.

3

Au son des sifflements et gargouillis de la cafetière, j'ai roulé ma nouvelle feuille en boule sous le coup de l'énervement, puis je l'ai jetée à la poubelle, avant de soupirer. Quoi que je fasse, impossible de tout caser dans mon budget. Frais de scolarité, provisions, essence, assurance auto. Je n'avais même pas compté le coût des cachets, puisque contrairement à ce que l'infirmière de l'hôpital avait insinué je m'en passerais dès que je serais prête, ce n'était qu'une béquille provisoire. Ça ne rentrait quand même pas. J'aurais peut-être pu faire un emprunt, mais je m'y refusais – je ne voulais pas être otage du gouvernement, des banques ou de quiconque accordait les prêts. Même si Beth payait le loyer, même si je travaillais à temps partiel, c'était tout bonnement infaisable. En outre, je n'avais pas menti concernant ma grand-mère. Elle avait beau s'en défendre, elle avait besoin de moi.

Des coups discrets ont retenti à la porte et, quand j'ai levé les yeux, le visage de l'étranger se découpait derrière la vitre, auréolé par la lumière du petit matin. La poignée a tourné, et il a passé la tête.

« Je peux entrer ?

— À votre avis ? Depuis quand vous demandez l'autorisation ? »

Il s'est faufilé par l'entrebâillement. J'ai alors constaté qu'il tenait une large boîte grise râpée.

« Qu'est-ce que c'est ? »

Il s'est approché, a retiré son bonnet et fait glisser la boîte sur le comptoir. Après s'être frotté les mains en soufflant dessus – il faisait de nouveau froid –, il l'a ouverte, révélant deux rangées de figurines en plastique mélangées.

« Un échiquier, ai-je constaté, surprise.

— Oui, a-t-il répondu, soudain radieux, comme si c'était plus fort que lui. Je l'ai trouvé dans la salle de jeux. Ça vous tente ? Je me suis dit que ça pourrait vous plaire si je vous expliquais. »

J'ai pris un cavalier et, le tenant dans ma paume, j'ai examiné la tête fière et ébréchée du cheval, dont le blanc avait jauni pour revêtir une couleur ivoire. J'ai caressé la crinière avec le pouce et retourné la pièce pour inspecter la feutrine collée dessous. « Vous devez vraiment vous ennuyer à mourir, là-haut.

— Quand même pas "à mourir". C'est un mal qui reste bénin. » Fouillant parmi les pièces du bout de ses doigts fins, il m'a jeté un regard pour voir si j'avais apprécié sa plaisanterie. « J'aime bien les échecs, c'est tout. Il y avait un échiquier à mon cabinet, dans une des salles de derrière. Avec mes confrères, nous jouions sans arrêt. Certains jours, nous ne faisions que ça.

— D'accord, ai-je cédé en touchant le plateau plié. Ce n'est pas la peine de m'expliquer, par contre.

— Oh... vous savez jouer ?

— Plus ou moins. Mon grand-père m'a montré, il y a longtemps.

— C'est formidable ! » Il rayonnait. « Est-ce qu'il était très fort ?

— Aucune idée. Il avait appris à l'armée. Il était assez fort pour gagner les cigarettes des copains, j'imagine. »

L'étranger est allé au placard chercher l'autre tabouret, dont il a laissé traîner les pieds par terre, puis il a installé l'échiquier. Un des fous était cassé en deux, et on avait remplacé un pion par une pile de neuf volts. Il a pincé le lourd objet rectangulaire entre ses doigts et l'a observé d'un air consterné.

Je le lui ai pris et l'ai placé sur une case. « Ça vous surprend ? C'est comme ça qu'on joue aux échecs chez les bouseux. »

Il m'a jeté un regard étonné, avant de se faire très sérieux.

« Vous n'êtes pas une bouseuse. »

J'ai ri, me demandant qui lui avait appris le sens de ce mot.

« Si, mais je m'en fiche. Ça fait un bail que je ne me soucie plus du jugement des autres. »

Il a eu une moue réprobatrice, qui, un court instant, lui a donné un petit air de ma grand-mère.

« Vous n'êtes pas du tout ce que vous dites, a-t-il insisté. Tenez, prenez les blancs, je prendrai les noirs. Vous connaissez de bonnes ouvertures ?

— J'en connaissais, avant. Quelques-unes, en tout cas. Je vais essayer de m'en souvenir. »

Après avoir contemplé le plateau quelques secondes, j'ai avancé un pion. Il a fait de même, et en moins de rien nous étions lancés. Il m'a battue facilement, mais tandis que nous déplacions nos pièces, l'esprit du jeu – cette façon d'anticiper les coups, d'établir une stratégie en fonction de possibilités invisibles – m'est revenu peu à peu.

« Une autre partie ? a-t-il proposé quand nous avons eu terminé.

— Ouais. Vous n'allez pas vous en tirer comme ça. »

Nous avons replacé les pièces en rangées bien alignées et recommencé. Tout était si rapide, si captivant, que j'en ai presque oublié l'improbable de la situation : lui, moi, assis tous les deux dans le magasin comme si ça n'avait rien d'insolite. J'ai regardé sa tête baissée, son air concentré, et je m'apprêtais à lui poser une question – à l'interroger d'une façon ou d'une autre sur sa présence ici – quand il m'a coupé l'herbe sous le pied :

« Comment était-il, votre grand-père ?

— Mon grand-père ? » Prise de court, j'ai contemplé les cases noires et blanches. L'image d'un homme en train de rire, aux dents jaunies, grand et mince malgré son âge, m'est apparue. « Je ne sais pas trop. Ça dépend à qui vous demandez, j'imagine. Ma grand-mère vous répondrait que c'était un… bon, je ne peux pas répéter le mot qu'elle utiliserait. C'était un vrai chameau. On va dire ça comme ça.

— Je vois. » Son cavalier a avancé vers mon camp. « Vous ne l'aimiez pas, donc ?

— Oh… non, ce n'est pas ça du tout. Je l'aimais beaucoup, en fait. » Sans quitter le plateau des yeux, j'ai pris un fou et l'ai fait glisser vers l'avant. « Moi, je voyais une facette de lui qui échappait à la plupart des gens. C'était un mari infernal, et un père tout aussi infernal, d'après ce que j'ai pu comprendre. Mais comme grand-père, il était plutôt pas mal. » Après quelques instants d'hésitation, j'ai lâché la pièce. « D'ailleurs, je dirais même qu'il était très bien. »

Il a observé mon déplacement en se grattant le nez.

« Il a changé en vieillissant, alors ? »

J'ai réfléchi à la question. Mon grand-père avait été quelqu'un de haïssable, je le savais, et pourtant un nombre surprenant des souvenirs que je gardais de lui étaient empreints de douceur. Je me revoyais la main dans la sienne tandis que nous allions acheter des bonbons au poids à la boutique qui plus tard allait devenir le magasin Miller, amusée par les plaisanteries qu'il me racontait pendant que, à genoux devant moi, il m'aidait à essayer des chaussures, ou encore assise à côté de lui à l'orgue de l'église, dont j'enfonçais les touches jaunies du bout des doigts. Doué pour la musique, il jouait parfois quelques mélodies à l'oreille après la messe, jusqu'à ce que le père MacIntyre lui demande poliment d'arrêter. Comment un homme par ailleurs si méprisable – et c'était le bon mot, aucun doute là-dessus – avait-il pu être, au moins par moments, un grand-père si affectueux ? Je n'ai jamais pu me faire à l'idée que ces deux hommes si diamétralement opposés aient cohabité au sein de la même personne.

Mes parents nous ayant eus très jeunes, mon frère et moi, nous avions habité quelque temps tous les quatre chez mes grands-parents, dans deux pièces à l'étage, à côté de la chambre où je vivais à présent. Un soir, me rappelais-je, mon grand-père était monté muni d'un recueil de poèmes – Emily Dickinson. Imprégné de l'odeur du bar où il travaillait à Carlisle, il s'était assis par terre dans la chambre que mon frère et moi partagions et nous avait fait la lecture, secoué de temps à autre par son habituelle toux brusque et gutturale. On racontait qu'il avait commis des atrocités en Corée, je l'avais plus d'une fois vu frapper ma grand-mère et même un jour la traîner dans la cuisine par les cheveux sans se soucier de ses cris. À sa mort, j'avais été à la fois triste et soulagée.

« Non, ai-je répondu, je ne crois pas que les gens changent vraiment. C'était juste quelqu'un de compliqué. En fait… » Le temps d'une pause, j'ai entortillé une de mes mèches dans mes doigts. « Disons-le franchement, c'était une saleté. » J'avais l'impression de le trahir, *mais il s'agit là de la vérité*, ai-je songé dans un élan frondeur, et mon grand-père lui-même aurait peut-être été fier de m'entendre prononcer ces mots. « C'était une saleté qui avait de bons côtés, par contre. Ce n'était pas évident de l'aimer, mais… je savais à quoi m'en tenir. Il n'a jamais fait semblant d'être quelqu'un d'autre. Quand j'étais plus jeune, c'était déroutant, mais en grandissant j'ai fini par l'accepter. Plus ou moins. » J'ai passé encore la main dans mes cheveux. « C'est plus difficile quand les gens se révèlent différents de ce qu'on croyait. C'est pour ceux-là que c'est… dur à encaisser. »

L'étranger a de nouveau joué son cavalier d'un geste lent et m'a pris un pion. Il a tenu la petite pièce au creux de sa main et l'a examinée, les cheveux tombant devant son front.

« Je vois ce que vous voulez dire, a-t-il déclaré finalement. Même si parfois on peut devenir quelqu'un qu'on n'avait pas prévu d'être. »

J'ai eu un léger haussement d'épaules et attendu qu'il poursuive.

« Et quelquefois, on se comporte comme si on était quelqu'un de bien parce qu'on aimerait l'être. Je crois que nous nous y essayons tous à un moment donné – à être la personne qu'on désirerait être. » Le pion a rejoint les autres pièces capturées. « Ce n'est pas un mensonge, plutôt une invention. Même quand nous sommes adultes, nous ne sommes pas très différents des enfants. Ça nous arrive à tous de souhaiter qu'une histoire soit vraie. Vous n'êtes pas d'accord ?

— Si, sans doute. »

Tandis que je réfléchissais à l'opportunité de bouger ma dame, il s'est redressé sur son tabouret et s'est frotté le menton, comme plongé dans ses pensées.

« Je n'ai jamais connu mon grand-père, a-t-il repris. Le père de mon père, je veux dire. Celui de ma mère, je le voyais tout le temps – il habitait un petit appartement dans notre quartier –, mais celui de mon père n'était pas de la région.

— D'où venait-il ?

— Nous ne le savons pas, en fait. Mon père a grandi dans un orphelinat à Moscou.

— Ah bon ? » J'ai levé les yeux vers lui. « Vraiment ?

— Oui. Il est arrivé en Ouzbékistan à dix-sept ans ou dans ces eaux-là. Un tremblement de terre avait détruit Tachkent en grande partie, alors le gouvernement a envoyé des hommes de Russie travailler sur les chantiers. C'était à l'époque soviétique, évidemment. On lui a ordonné d'y aller, il a obéi. C'est comme ça qu'il a rencontré ma mère. »

J'ai examiné son visage. Il était penché au-dessus du plateau, les bras croisés, concentré. Cette posture était si naturelle que j'avais presque la sensation de le regarder dormir. Jamais je ne lui avais associé une famille, même si bien sûr je le savais marié. Pendant un court moment, j'ai été désarçonnée par cette prise de conscience : il était tout aussi réel que moi, avait son univers à lui, ses pensées secrètes et des sentiments intimes. Le simple fait d'y songer m'a donné l'impression d'être indiscrète, d'entrer par effraction dans des espaces qui n'appartenaient qu'à lui, et qu'il avait le droit de garder pour lui.

Je me suis redressée.

« Vous avez des frères et sœurs ?

— Une sœur, oui. Elle a deux enfants, des garçons. »

J'ai assimilé cette information.

« Donc, vous avez des neveux.

— Ils ont trois et six ans. » Il s'est interrompu. « Non. Six et neuf. J'oublie toujours que tant de temps a filé. »

J'ai porté un pion capturé à mes lèvres en essayant de me figurer ces enfants.

« Est-ce que c'est... Est-ce que la vie est difficile pour eux dans votre pays ? Pas... pas à cause d'un problème que vous auriez pu avoir, hein. Juste... de manière générale. » J'ai refermé la main sur le pion, avant de le poser sur le comptoir. « Ça fait une éternité que je veux me renseigner sur la façon dont ça se passe là-bas, mais je ne l'ai toujours pas fait.

— La vie en Ouzbékistan est à peu près comme partout ailleurs – ça dépend du statut qu'on a. Si on a des relations, si on est riche... » Il a écarté les mains, comme si la fin de sa phrase coulait de source. « Mon père débordait d'ambition. Il a dirigé une entreprise du bâtiment pendant quelque temps, puis à l'indépendance... il a su tirer son épingle du jeu. Nous avons eu la belle vie. Beaucoup de chance. » Ses yeux se sont perdus dans le vague un instant. « Alors je pense – j'espère – qu'ils se portent à merveille. »

Inconsciemment, il a croisé les bras plus fort, donnant l'impression de les étreindre. Puis il a ajouté : « Ils me manquent. C'était de chouettes garçons. Je… »

Derrière nous, la porte s'est ouverte et Jerry est entré, sa carabine noire calée au creux de son coude.

J'avais déjà connu la panique – une panique subite, véritable – à trois occasions. Les deux premières avec Amos, et la dernière pendant l'incendie, quand j'avais pris conscience que l'odeur de fumée ne provenait pas du snack. L'expression qui s'est peinte sur le visage de l'étranger était exactement celle que j'avais dû avoir alors.

Pour la première fois, j'ai compris qu'il ne se cachait pas seulement parce qu'il n'avait pas en sa possession je ne sais quel document officiel. Il se cachait parce qu'il était recherché.

Tu ne peux pas rester, ai-je songé, cette vérité se fichant en moi comme une aiguille.

« Ouh là, a grommelé Jerry. Du calme, mon grand. »

Il avait les pieds fermement plantés sur le sol, la tête inclinée en arrière, et sa barbe luisait de reflets bleu-noir sous les néons. Affolée, j'ai regardé successivement l'étranger et la carabine.

Quelque chose ne tournait pas rond, plus que je ne l'avais soupçonné. Certes, c'était la saison de la chasse au fusil à poudre noire, mais l'arme de Jerry n'en était pas un. Comment les gardes forestiers ne s'en étaient-ils pas aperçus ?

Je n'avais jamais vu une arme aussi impressionnante.

Sous sa casquette, l'homme massif semblait jauger l'étranger.

« Tu es en avance, me suis-je forcée à dire d'un ton que j'espérais léger.

— Eh ouais. »

Jerry s'est raclé la gorge, avant de porter de nouveau son attention sur l'Ouzbek.

Je me suis tournée vers ce dernier à mon tour.

« Vous pourriez nous laisser ? ai-je demandé.

— Bien sûr », a-t-il murmuré avant de partir en frôlant le chasseur.

J'ai pensé que Jerry allait se fendre d'un commentaire, mais il n'en a rien fait. Il s'est contenté de suivre l'étranger du regard, puis est revenu à moi.

« Un chocolat chaud », a-t-il maugréé en se balançant d'un pied sur l'autre.

Le canon du fusil pendait à son bras, pointé vers le plancher.

« Ça marche », ai-je répondu du ton le plus égal possible, tout en déchirant un sachet de préparation en poudre, dont j'ai versé le contenu dans une tasse.

Je sentais qu'il m'observait, scrutait mes gestes. Quand peu après il m'a pris la boisson fumante des mains, j'ai cherché mon portefeuille.

« Bon, écoute, Kathleen. »

J'ai relevé vivement la tête.

Il a laissé passer quelques secondes.

« Ça va être plus cher, maintenant. Ça sera trois billets au lieu de deux. »

Je me suis figée, mon portefeuille dans la main, les yeux rivés aux siens.

« Le prix en pharmacie a augmenté, a-t-il ajouté.

— Oh. » Je suis restée immobile, en considérant tour à tour son visage et sa carabine. Elle était toujours dirigée vers le sol.

« Ouais. »

Une profonde appréhension s'est emparée de moi.

Refuse, me suis-je enjoint. Mais quelles seraient les conséquences ? Que lui prenait-il ?

« Si c'est trois billets, ai-je dit, comme pour moi-même, en laissant traîner mes mots, ça fait…

— Soixante. Pour vingt cachetons. Ouais. »

Les mains sur le comptoir, je n'ai pas bougé. Soixante, je n'avais pas les moyens. Quarante, c'était déjà un sacrifice.

Mais la façon dont il avait scruté l'étranger m'avait fait une drôle d'impression. Un picotement m'avait alors traversée comme un courant électrique.

D'un autre côté, si je refusais, il me faudrait me passer des médicaments ou me les procurer par un autre biais. Et cela signifierait que je n'étais plus juste quelqu'un à qui l'oncle d'une amie rendait un petit service de temps en temps, petit service dont je n'avais pas vraiment besoin. Cela signifierait que j'étais quelqu'un d'autre, quelqu'un que je savais ne pas être.

J'ai sorti des billets de cinq et de dix, tâchant de gagner du temps en comptant. Lorsque j'ai de nouveau levé les yeux vers lui, l'argent en main, je me suis aperçue que je retenais ma respiration.

J'avais assez. De justesse, mais c'était bon.

Quand je lui ai tendu la somme, nos regards se sont croisés.

Il a déposé le sachet en papier sur le bar et laissé sa main dessus un moment. Sa casquette enfoncée bas sur son front jetait une ombre sur son visage.

« À la prochaine, Kathleen », a-t-il lâché finalement en traînant des pieds vers la porte, sa carabine qui pendait toujours au creux de son coude.

Quand le loquet a cliqueté derrière lui, j'ai relâché mon souffle. Je me suis courbée au-dessus du comptoir, les jambes faibles et flageolantes, les doigts comprimés les uns dans les autres.

J'ai attendu sans quitter la pendule des yeux que dix minutes se soient écoulées. Puis, j'ai fait glisser du bras les pièces d'échec dans la boîte et je suis sortie dans le froid.

Quand je suis entrée dans le refuge, Martin n'était pas dans les parages. Je suis montée à l'étage et ai déambulé dans le couloir, cherchant la chambre où logeait l'étranger. Aucune n'était allumée.

Après en avoir choisi une au hasard, j'ai frappé.

« Hé oh », ai-je appelé.

J'ai alors cogné aux portes à mesure que je passais devant, à petits coups légers.

« Allez, ai-je insisté. C'est moi. »

Finalement, un battant s'est ouvert à ma droite et nous nous sommes trouvés face à face. Dès que j'ai vu son expression, j'ai eu de la peine pour lui. Le visage brillant d'une pellicule de sueur, il serrait les dents bizarrement, comme s'il tentait de sourire alors qu'il suffoquait.

« Ah, vous voilà ! ai-je dit, cherchant à me rassurer en même temps que lui. Tout à l'heure, c'était... ce n'était que Jerry. C'est quelqu'un que je connais. Je suis désolée qu'il vous ait surpris, mais... tout va bien. Je le connais. » J'ai pris une grande inspiration. « Ça n'a rien à voir avec vous.

— D'accord, a-t-il répondu d'une voix ténue, comme l'écho d'un son produit par quelqu'un d'autre.

— Je vous jure. Ne vous inquiétez pas pour ça.

— D'accord », a-t-il répété.

Je me suis souvenue que je lui avais rapporté la boîte de jeu et la lui ai tendue. Quand il me l'a prise, j'ai pu constater qu'il avait encore le souffle très court.

« Je suis désolée. J'aurais dû surveiller l'heure. Je ne me suis pas aperçue que...

— Ce n'est pas votre faute », m'a-t-il coupée en m'adressant un drôle de salut très raide, avant de se détourner et de claquer la porte.

La bibliothèque baignait comme toujours dans une atmosphère bleutée. Mes grosses chaussures ont laissé des empreintes sur la moquette au bleu défraîchi tandis que je circulais entre les rayonnages de livres à reliure noire et bleue, passais devant les bibliothécaires aux longues jupes bleues et au visage fermé vaguement bleuâtre. Les ordinateurs aux écrans d'un bleu uni se trouvaient dans un coin, sous une fenêtre. J'ai traîné jusqu'à eux une chaise pliante sans me soucier des regards désapprobateurs des employées, et ouvert le navigateur. Dehors, il neigeait de nouveau. Parfois, on avait l'impression que la neige n'allait jamais cesser.

Tout en contemplant les flocons, j'ai pensé à Jerry et à sa carabine, l'imaginant devant moi en train de scruter l'étranger d'un air indéchiffrable. Mais j'ai chassé cette image de mon esprit. Mon échange avec Jerry n'avait rien à voir avec l'Ouzbek. Ça n'était pas possible, j'aurais été tout bonnement paranoïaque de croire le contraire.

Je me suis rapprochée du moniteur, mais j'ignorais comment formuler ma requête. *Ouzbékistan*, ai-je tapé, ce qui ne m'a pas donné les résultats espérés – seulement des statistiques, la météo et des photos de bâtiments. Je me suis recalée dans ma chaise en me grignotant une petite peau. Ce que je désirais savoir pouvait difficilement être formulé par des mots : Pourquoi l'étranger paraissait-il à la fois si sophistiqué et si vulnérable ? Que traduisait son regard quand Jerry était entré ? *Je ne le connais pas du tout*, ai-je médité. Ou plutôt, ce que je savais ne pouvait être exprimé. Sa façon de parler, sa gestuelle, ses mouvements hésitants, son visage tandis qu'il contemplait les montagnes lorsque nous étions sur la terrasse. Sa patience résignée dans l'attente d'un bus qui ne viendrait jamais. Ses bras croisés quand, assis devant l'échiquier, il évoquait son pays.

Le curseur clignotait.

Pourquoi les gens quittent l'Ouzbékistan, ai-je tenté.

C'était un peu mieux, sans être tout à fait satisfaisant. J'ai obtenu des articles au sujet d'un dictateur, grosso modo ce que j'avais escompté pour un endroit si lointain au nom si obscur. D'autres parlaient de journaux condamnés à cesser leur activité, d'écoutes téléphoniques, d'enfants et de personnes âgées acheminés en car depuis les villes pour travailler de force dans les champs de coton. Il y avait de cela quelques années, semblait-il, l'armée avait ouvert le feu sur des civils dans l'est du pays, répression dont on ne connaîtrait jamais le nombre de victimes. Des journalistes s'étaient entretenus avec des femmes rassemblées devant un hôpital, brandissant des photos de leurs fils et de leurs maris, réclamant qu'on leur donne des nouvelles, le visage stoïque mais chargé de chagrin. Une base militaire américaine avait été fermée à la suite de la manifestation dispersée dans le sang, ai-je lu, penchée en avant, me demandant si mon frère était passé par là. Mais cette pensée était si inattendue, si incongrue, que je l'ai vite écartée.

Suivaient des articles sur le dictateur lui-même, et davantage encore sur sa famille très glamour, surtout ses filles. La main sur la souris, j'ai observé ces deux femmes. Elles évoluaient dans un monde que je ne pouvais qu'imaginer, et pas seulement parce qu'elles vivaient à l'autre bout de la planète. L'aînée, semblait-il, sautait de continent en continent, portait des fourrures et dansait jusqu'à l'aube à New York, Moscou ou Londres, jouait dans des films et chantait dans des clips, et enfilait un tailleur pour s'exprimer à l'ONU.

J'ai secoué la tête ; la vie était la même partout. Certains naissaient dans un univers différent du commun des mortels, et ils ne le quittaient jamais, voletant tels des anges dans les cieux, leurs pieds effleurant à peine notre bas monde. Nous pouvions lever la tête vers eux mais jamais les toucher.

J'ai continué à cliquer sur les liens, presque au hasard, commençant à désespérer de comprendre ce que j'essayais si maladroitement de saisir.

Puis, comme si un voile noir s'était abattu devant le soleil, j'ai trouvé les photos. Des pages et des pages de clichés aux couleurs implacables. Des photos que j'ai aussitôt regretté d'avoir vues.

Il existait tant de choses auxquelles j'avais appris à faire face, à penser, après l'accident. Sang, os, nerfs, la peau et tout ce qu'on pouvait lui faire. Pourtant, les images à l'écran étaient si dérangeantes que j'en ai eu le souffle coupé. J'ai repoussé ma chaise, comme pour prendre de la distance avec ce qui était apparu devant moi.

J'avais cru en savoir long sur les mille façons possibles d'infliger la douleur, les innombrables manières de tordre un membre, de meurtrir, brûler ou fendre la chair.

Je me trompais.

Ces images provenaient d'un lieu pourvu de barreaux, et le pire, ai-je constaté aussitôt, c'était les yeux. La plupart des photos de prisonniers, ou de détenus politiques, peu importe ce qu'ils étaient, ne montraient pas les visages ; on ne voyait que torses, dos, bras, des peaux flagellées – comme l'indiquait la légende – à coups de câbles électriques, contusionnées par les passages à tabac, gonflées d'avoir été plongées dans l'eau bouillante. Des mains auxquelles il manquait des ongles, des pieds fracturés ou mutilés. Mais les yeux, les yeux semblaient ceux de cadavres, même si tous étaient vivants, du moins quand on avait pris les photos.

Luttant contre une envie de vomir, j'ai fermé le navigateur.

Ils m'ont emmené pour m'interroger, avait-dit l'étranger.

Pas la police classique, mais une police spéciale. Celle qui se charge de ces choses-là.

Une année, quand mon frère et moi étions très jeunes, nous avions passé le repas de Thanksgiving à écouter les bafouillements du frère de ma grand-mère, ramené pour l'occasion de l'hôpital ou de je ne sais quel endroit où il résidait d'habitude. Il paraissait plus vieux qu'il ne l'était, les cheveux blancs et le teint cireux. Au dessert, son flot de paroles ininterrompu avait dérivé sur un évènement vieux de quarante ans : une colline herbeuse sur une île, un prisonnier japonais agenouillé avec les mains nouées dans le dos, le couteau tenu par un autre, des oreilles et un nez tranchés, du sang partout. Quelqu'un avait dû le faire taire, mon grand-oncle ; ce n'était pas ça, la guerre, tout le monde le savait. C'était des marins qui embrassent de jolies infirmières, c'était de vieux messieurs assis sur les estrades d'honneur lors des parades.

Oreilles sectionnées, nez tranchés, brûlures, coups de fouet.

Je me suis levée, agrippée au dossier de la chaise le temps que ma nausée se dissipe. Les bibliothécaires se sont détournées pour me regarder partir.

Au Joyride avec Beth, ce soir-là, je n'ai pu me départir de l'impression que le monde avait dévié de son axe pour former une version parallèle de lui-même. *Ton oncle,* avais-je envie de dire, *se balade avec une .45-70 hors saison. Et je viens de passer les cinq dernières heures à penser à quoi ressemble une personne qu'on a ébouillantée.*

Nous avons commencé une partie de fléchettes, mais je me perdais dans mes réflexions dès que je me mettais en retrait avec mon verre dans un coin plus sombre. Les photos semblaient flotter, suspendues devant moi.

Sans pouvoir être certaine que c'était là la source des angoisses de l'étranger, j'en avais l'intuition. L'histoire était peut-être plus complexe, mais ce que j'avais vu en constituait l'arrière-plan.

Beth, elle aussi, était inhabituellement mutique. Quand j'ai atterri et lui ai demandé ce qui n'allait pas, elle a secoué la tête. « Oh, rien de spécial. C'est juste… la situation, quoi. Mark qui n'est pas là, le petit que je dois gérer toute seule. C'est tout. J'ai un petit coup de mou. »

Je l'ai regardée, et les images qui m'encombraient l'esprit se sont dissipées un instant.

« Tu es sûre ?

— Ouais. » Avec un sourire en coin, elle m'a pris par la main et m'a entraînée vers un espace vide. « Tu m'accordes cette danse ? Si ça se trouve, ça va nous remonter le moral. »

Nous avons esquissé quelques pas comme parfois lorsque le bar n'était pas trop fréquenté, exécutant des pirouettes avec une ironie à peine dissimulée, mais le cœur n'y était pas. Je me suis arrêtée et me suis appuyée contre le billard. Quand je me suis reconcentrée, elle était déjà à l'autre bout de la piste. La tête inclinée en arrière, son soda débordant sur ses doigts, elle se balançait toute seule d'un air mélancolique, perdue dans son monde.

« Tu sais, m'a-t-elle dit quand elle est revenue, par moments je me pose des questions sur tout ça.

— Tout ça quoi ? »

Elle a mis la tête sur mon épaule.

« Je sais pas. Tout, quoi. » Elle a levé la main en signe d'impuissance. « Les trucs qu'on fait. La façon dont la vie s'empare de nous. On croit que notre route est toute tracée, et puis d'un coup... » Elle a soupiré. « Tu vois ? »

Les images continuaient à flotter devant moi. J'ai bu une grande rasade, l'alcool m'a chauffé la gorge.

« Ouais, ai-je répondu. Je vois très bien. »

4

Pendant deux jours, l'étranger n'a pas quitté sa chambre. Régulièrement, je trouvais un prétexte pour aller sur la terrasse, comme nettoyer la poussière sur les tables et les chaises, et jetais un coup d'œil à la fenêtre que je pensais être la sienne. Je ne détectais aucun mouvement derrière le rideau. Je me le figurais allongé sur son lit dans la clarté grise et blême, contemplant le plafond les mains sous la tête, en train d'imaginer les souffrances qu'il redoutait le plus. Ou de se les remémorer.

J'ai attendu, soucieuse de respecter son angoisse. *Aucune raison*, me répétais-je, *de croire que la situation – quelle qu'elle soit – a changé.* Jerry venait de prendre conscience qu'il pouvait profiter de moi ; certes, ça ne me plaisait pas et j'ignorais comment j'allais y remédier, mais ça ne concernait que lui et moi. Tout ce qu'il avait pu voir en entrant dans le magasin, c'était deux personnes en pleine partie d'échecs, même si l'une d'elles se montrait particulièrement à cran.

Je comprenais la peur panique, surtout la peur ancrée dans le passé et donc beaucoup plus coriace. Ce que je comprenais plus que tout, c'était le désir de se couper du monde.

J'ai pourtant fini par perdre patience. Quoi que cet homme très étrange soit venu faire ici, croyait-il vraiment qu'il pourrait rester caché à tout jamais dans un trou perdu au fin fond de la Pennsylvanie ? Ce n'était pas réaliste. Il était plus intelligent que ça – et moi aussi.

Le lendemain matin, quand je suis sortie de la voiture le journal sous le bras, le break de Martin était garé derrière le refuge. J'ai déposé ce que je portais sur le capot de la Jeep et je me suis baissée pour attraper une poignée de gravier. Après avoir grimpé la côte, je me suis placée de sorte que l'étranger puisse me voir et j'ai armé le bras. Les cailloux ont cliqueté sur la fenêtre de l'étage, d'un bruit léger mais insistant. Je les ai lancés jusqu'au dernier, puis j'ai fourré les mains dans mes poches et attendu.

Pas de réponse. Après avoir marmonné un juron en me rongeant un ongle, j'ai fait demi-tour.

Alors que j'avais déjà descendu la moitié de la côte, la porte s'est ouverte en grinçant, l'étranger est sorti et s'est dirigé vers moi en contemplant le panorama. Quand nous nous sommes rejoints, il a plaqué les bras le long de son corps comme pour se donner du courage, puis détourné le regard.

« Je suis désolé, a-t-il déclaré. J'ai été assez malade, figurez-vous. J'aurais bien aimé passer vous voir mais je ne voulais pas vous transmettre mes microbes. Heureusement, j'ai l'impression que ça va mieux aujourd'hui, mais… »

Je l'ai interrompu.

« Les gens qui vous ont amené ici, ai-je dit en le fixant droit dans les yeux. Ils ne reviendront pas, hein ? »

Il a respiré un grand coup.

« Personne ne m'a amené ici, a-t-il répondu. Je suis venu à pied.

— Ah bon ?

— Oui, bien sûr.

— Ce n'est pas ce que vous m'avez dit, l'autre jour. »

Il s'est tu un long moment.

« Allez, quoi, ai-je insisté. N'essayez pas de me baratiner. Je croyais qu'on avait dépassé ce stade depuis longtemps. »

Il a changé de pied d'appui et frotté une chaussure contre l'autre.

« C'est vrai, oui, a-t-il murmuré avant de s'éclaircir la voix. Excusez-moi.

— Je ne veux pas fouiner dans vos affaires, hein. Par contre, je tiens à vous aider. » J'ai écarté les cheveux de mon visage. « Je ne sais pas exactement ce que vous faites là, d'accord, mais ce qui est sûr c'est que vos projets ont capoté. Vous ne vouliez pas vous retrouver ici, ou en tout cas vous n'aviez pas prévu de rester plus de quelques jours. Contrairement à ce que vous croyez, ce n'est pas du tout le bout du monde. J'ignore ce que vous fuyez, mais… ce n'est pas l'endroit idéal pour vous. Vous n'êtes pas à l'abri, ici. » J'ai serré les poings dans mes poches. « Et si vous ne vous en rendez pas compte, vous êtes beaucoup moins malin que ce que je croyais. »

Pendant ma tirade, il avait baissé les yeux, donnant l'impression de se renfermer. Quand je me suis tue, il a plongé le regard dans le froid, paupières plissées, en direction des arbres.

« Voilà, ai-je poursuivi, j'ai dit ce que j'avais à dire. Vos affaires ne concernent que vous. Si vous avez besoin de moi, faites-moi signe. »

Je me suis détournée vers le magasin et j'ai repris la descente d'un pas rapide, en gardant la tête haute et le dos droit. J'avais presque atteint la terrasse quand sa voix a retenti :

« Attendez. »

J'ai jeté un coup d'œil par-dessus mon épaule. Il se tenait encore voûté, et pour une fois, il paraissait petit.

« Vous avez raison, a-t-il dit.

— À quel sujet ?

— Ils ne reviendront pas. »

Je l'ai considéré posément.

« Pourquoi ? »

Il semblait s'adresser au sol.

« Je ne sais pas.

— Ils auraient dû ?

— Oui. »

Lentement, avec raideur, je suis remontée.

« Je vais vous aider, ai-je annoncé après l'avoir rejoint, en détachant chaque mot. Dites-moi de quoi vous avez besoin. Je ne peux rien vous promettre, mais à nous deux, avec Martin, je suis sûre que…

— Vous m'aidez déjà. Tous les jours. »

J'ai secoué la tête avec impatience.

« Ce n'est pas de ça que je parle. Dites-moi où vous voulez aller, et l'un de nous deux vous y conduira. »

Alors que je prononçais ces mots, un sentiment inattendu m'a traversée telle une douleur lancinante, poussière de réticence qui m'a irrité la peau comme du sable. Mais je n'y ai pas prêté attention et j'ai gardé le regard braqué sur lui.

Il a levé les yeux vers moi.

« Non, a-t-il dit finalement. Je n'ai nulle part où aller. »

Je l'ai examiné.

« Pourquoi pas New York ? Je n'y ai jamais mis les pieds, mais si vous tenez vraiment à disparaître ce serait un bien meilleur choix. Je peux vous y conduire en deux heures. » J'ai réfléchi. « Bon d'accord, un peu plus que ça. Mais je peux vous emmener quand même.

— Vous êtes adorable. » Son regard s'est arrêté sur la cheminée en ruine du haut fourneau. « Mais je ne peux pas accepter ça.

— Comment ça, vous ne pouvez pas ? »

Il s'est tu un certain temps, la figure toujours tournée vers les pierres effondrées.

« Vous êtes très intelligente, bien sûr, a-t-il repris. Mais vous ne comprenez pas ce que vous me proposez. »

La manière dont il avait prononcé ces mots – « bien sûr » – m'a déplu, et j'ai eu un mouvement de recul.

« Ah ? ai-je fait, surprise et piquée au vif. Je peux savoir ce que je ne comprends pas, au juste ?

— Je ne peux pas vous l'expliquer.

— Essayez quand même », ai-je insisté sèchement.

Il a soupiré.

« Je suis désolé. Je ne cherche pas à vous mettre en colère. De toute façon, ça n'a pas d'importance. Comme je vous l'ai dit, je n'ai nulle part où aller. »

Renfrognée, j'ai frotté le sol du bout du pied et craché vers le côté d'un air dédaigneux, comme j'avais vu tant d'hommes le faire.

« D'accord, c'est quoi la suite du programme, alors ?

— Je ne sais pas.

— Ça au moins, c'est clair. »

Nous sommes restés face à face. Il tordait ses mains nerveusement, faisait craquer ses articulations.

« Qu'est-ce qui vous est arrivé, là-bas ? »

Il m'a observée longuement, comme s'il essayait de lire dans mes pensées. Mais il a gardé un visage tout à fait impassible et n'a rien dit.

« Très bien, ai-je lâché. Comme vous voulez. »

Après avoir tourné les talons, je suis redescendue au snack sans me retourner. Cette fois, il ne m'a pas retenue.

Dans le magasin, j'ai gratté le gril déjà immaculé, puis, ne tenant pas en place, je suis vite ressortie. *Il faut laver la Jeep*, ai-je décrété, et je n'ai pas ménagé mes efforts, retirant les tapis de sol pour les battre avec un balai. Après en avoir fait tomber le plus gros de la boue séchée, je les ai empoignés et secoués énergiquement, jusqu'à éprouver des élancements au dos et à l'épaule. J'ai vu mon reflet dans les vitres, mes cheveux ébouriffés, mon visage figé comme la pierre, et je me suis détournée d'une pirouette agacée.

À la fermeture, j'ai pris la route sans trop savoir où j'allais, mais sans m'en soucier tant que ce n'était pas à la maison. Je ne devais pas laisser ma grand-mère seule trop longtemps mais, puisqu'elle tenait tant que ça à son autonomie, elle pouvait bien s'en sortir sans moi encore une heure.

Sur un coup de tête, alors que j'approchais de la plaque indiquant l'ancien camp de prisonniers, je me suis garée sur le bas-côté et j'ai monté d'un pas lourd le chemin menant à l'entrée. Des broussailles mortes l'encombraient, mais je me suis frayé un passage à la force des jambes, mes chaussures s'enfonçant bruyamment dans les fougères. Les vieilles fondations de ciment se sont dessinées, fantomatiques, sur près de huit cents mètres de long, longues bandes vierges qui invitaient les esprits curieux – ou morbides – à imaginer à quoi avaient servi les bâtiments qui s'étaient dressés là autrefois.

Je me suis assise sur le rebord fissuré de l'ancien bassin de baignade, les bras autour des genoux, et j'ai contemplé la glace d'un impénétrable gris marbré.

La forêt était si calme que mes oreilles en sifflaient. J'ai imaginé le bassin tel qu'il avait pu être soixante ans auparavant, quand un public très différent pouvait s'y prélasser, prenant le soleil à l'endroit même où je frissonnais en ce moment. Des soldats américains venus nager là quand ils ne surveillaient pas les prisonniers, s'éclaboussant les uns les autres, torse nu. De jeunes gardiens qui étaient aujourd'hui des vieillards. Il était si facile de se les représenter, mâchoire carrée et peau lisse, yeux bleus exempts de tout tracas.

J'ai serré mes genoux plus fort lorsqu'une vision de Jerry et de sa carabine a chassé les soldats de mes pensées. Qui pouvait savoir, réellement, ce qu'on était prêt à infliger aux autres lorsqu'on était à l'abri des regards ?

La nuit tombait, transformait les arbres en nervures noires qui se découpaient sur le ciel. Pour être honnête, je devais encore découvrir ce qu'il advenait si on allait au sud de South Mountain ou au nord de North Mountain. Je n'avais jamais réussi à m'arracher à ce lieu, même lorsque j'avais essayé – même quand ma vie, au sens littéral du terme, en dépendait. J'avais échoué. Et voilà que je regardais quelqu'un d'autre échouer à son tour.

Mais il n'échoue pas, lui, me suis-je corrigée. Il se braquait. Ce qui rendait le tout d'autant plus exaspérant, plus incompréhensible. *Certes*, ai-je reconnu à contrecœur, *la vie est plus intéressante depuis son arrivée*. Mais ce n'était pas un endroit pour lui.

Pourquoi refusait-il de partir s'il le pouvait ?

Je me suis levée, me suis époussetée, et j'ai replongé dans la forêt. Il était tard lorsque je suis rentrée, et je me suis mise au plan de travail pour émincer des oignons, au son des claquements étouffés du couteau contre la planche à découper. « Vous êtes adorable. Mais vous ne comprenez pas. »

Mon œil. C'est ce que tu penses depuis le début ?

Le téléphone a sonné.

Je n'ai pas répondu, puis la sonnerie a de nouveau retenti. Agacée, je me suis essuyé les mains, j'ai jeté le torchon sur le comptoir et attrapé le combiné.

« Allô ? a fait la voix gutturale à l'autre bout de la ligne. Pourrais-je parler à Kathleen Guttshall, s'il vous plaît ?

— Kathleen McElwain », ai-je rectifié froidement. J'avais repris mon nom de naissance dès que j'avais pu. « C'est moi.

— Oh, salut Kathleen, a fait la voix d'un ton aimable. C'est John. »

J'étais toujours plongée dans mes pensées.

« Qui ça ?

— John McCullough. On s'est vus à la...

— Oh. » J'ai marqué une pause. « Oui. Salut.

— Je te dérange, peut-être ?

— Non, ça va. »

J'ai croisé les bras et attendu qu'il poursuive, en contemplant l'obscurité par la fenêtre.

« Je ne sais pas si tu te rappelles, mais on avait parlé de dîner ensemble, à l'occasion. Ça te dirait de passer dimanche ? Il faut que j'amène mon bahut au garage, mais après ça je suis dispo. Je serais ravi de te faire la visite. »

J'ai tenu le téléphone contre mon épaule, me représentant John comme je l'avais vu ce soir-là, l'air inébranlable dans son jean et sa chemise à carreaux.

« Euh, ben… »

Le visage de l'étranger m'est apparu, son expression presque trop patiente, trop compatissante, comme si c'était moi qu'il fallait plaindre et aider. « Vous êtes très intelligente. » *Mais pas assez.*

Mon estomac s'est noué.

« D'accord, ai-je dit dans le combiné. Avec plaisir, oui. À quelle heure ? »

Le visage que me renvoyait le rétroviseur, je l'évitais et en même temps ne pouvais m'empêcher de le regarder. Beth m'avait pomponnée à grand renfort de rose : blush, rouge à lèvres, chemisier bleu orné de rose, qu'elle avait apporté chez ma grand-mère.

« Beurk, avais-je protesté tandis que, perchée sur le plan du lavabo dans la salle de bains de l'étage, elle me maquillait. Le rose, ce n'est vraiment pas ma couleur.

— N'importe quoi. Ça te va à ravir, avait-elle rétorqué, sa main décrivant cercles et coups brefs avec une houppette qui me chatouillait.

Il ne te faut rien de plus foncé – ça ne ferait que t'affadir. »

La voix de ma grand-mère était montée du salon :

« Kathleen ! »

Beth avait sursauté, puis nous avions échangé un regard et ri.

« Non mais comment elle fait ? avait-elle chuchoté. Même si j'étais sergent instructeur, elle me ferait quand même flipper.

— Ouais, je sais. Me demande pas comment elle arrive à gueuler comme ça alors qu'elle est sous oxygène. »

Ma grand-mère avait de nouveau hurlé :

« Pourquoi elle marche pas, la télécommande ? »

J'avais soupiré, et Beth avait souri. Malgré cela, avais-je constaté, de grosses poches soulignaient ses yeux et sa peau paraissait inhabituellement terne, quand bien même sa voix était aussi enjouée que d'habitude. *Quelque chose la contrarie*, avais-je songé, *autre que l'absence de Mark*. Elle m'avait raconté, m'étais-je souvenue, qu'il avait passé toutes les soirs de sa permission dans la voiture, moteur éteint et radio allumée, le regard perdu dans l'obscurité. Elle entendait les fréquences changer, des échanges animés succéder à de la musique, sans arrêt, comme s'il ignorait ce qu'il écoutait ou ne s'en souciait pas. Juste des voix.

« Comment je dois l'appeler ta grand-mère, en ce moment, déjà ? m'avait-elle demandé dans un murmure.

— Oh là, c'est jamais clair. » Nous étions descendues et j'avais pris doucement la télécommande, que ma grand-mère serrait fort dans sa main. « Tu la tiens à l'envers », lui avais-je fait remarquer.

Elle me l'avait reprise comme un aigle se serait saisi d'une proie, avant de m'examiner de pied en cap.

« Johnny McCullough, avait-elle dit après quelques secondes, sans que je sache s'il s'agissait d'une question ou d'un reproche.

— Oui. » Un peu plus tôt, je lui avais expliqué où j'allais et m'étais miraculeusement évité un interrogatoire plus poussé. « Pense bien à ta cortisone. Et il reste du poulet au frigo. Je ne rentrerai pas tard.

— Ne t'inquiète pas pour moi. Je me débrouille toujours. Va donc. »

La ferme qu'habitait John se situait près de Shippensburg, dans une vaste étendue de champs de maïs rocailleux et de routes sinueuses, connue sous le nom de Quarry Hill, la colline aux Carrières. En chemin, j'ai enfilé un sweat-shirt pour couvrir la fine étoffe qui formait sur ma gorge un discret décolleté. Je ne voulais pas qu'il se fasse une fausse idée et croie que je m'habillais ainsi au quotidien – ce qui n'était clairement pas mon genre.

En plus, il s'intéressait à moi probablement davantage par curiosité qu'autre chose. Si j'arrivais en donnant l'impression d'être prête à aller plus loin, il risquait de bien en rire après. J'allais lui accorder le bénéfice du doute, mais je ne comptais pas lui laisser à penser que j'étais une imbécile.

Il n'y avait pas de bourg à proprement parler sur Quarry Hill, seulement une poignée de fermettes et de mobile homes distants les uns des autres, la plupart d'allure aussi décrépite que tout le reste dans la vallée. Mais quand j'ai trouvé la boîte aux lettres sur laquelle figurait l'adresse de John et tourné sur une longue voie privée creusée d'ornières, j'ai découvert avec surprise une petite maison d'aspect confortable, à l'extérieur rénové dans un style de chalet moderne, aux fenêtres illuminées.

Après être descendue de ma Jeep, j'ai contemplé la bâtisse un instant. Les rideaux bleu et blanc soignés, l'allée pavée. *Je dois être au mauvais endroit*, ai-je songé. Mais un tracteur routier, étincelant comme si on l'avait récemment lavé, était garé sur l'herbe à côté de moi.

La porte s'est ouverte. John est sorti, les pouces glissés dans ses passants de ceinture, tout sourire.

« C'est bien que t'aies un 4×4, a-t-il lancé. J'avais peur que tu t'enlises. Ce chemin de terre, je peux te dire que c'est un enfer pour les voitures plus petites.

— J'ai pas eu de problème, ai-je répondu en singeant malgré moi son accent traînant.

— Ouais, je vois ça. Tant mieux. » Il souriait toujours. « Allez, entre. »

Je me suis approchée, mal à l'aise. Devais-je lui serrer la main ? Le laisser me donner une accolade ? Ne rien faire ? Mais il a mis fin à mon dilemme en se détournant pour me précéder.

Je ne savais pas trop à quoi m'attendre, à vrai dire : sans doute un intérieur semblable à tous ceux que je connaissais, vieux meubles dépareillés, bibelots ébréchés sur les étagères, couvertures à motifs de grands cerfs et de truite bondissante, éventuellement un carillon à vent suspendu au plafond. Mais la maison de John était du même tonneau dedans que dehors, à la fois simple et agréable, pourvue de lourds meubles sculptés qu'il avait dû acheter à des mennonites. Un gros chien noir jusqu'alors étendu de tout son long devant la cheminée s'est levé pour venir vers nous, s'arrêtant à bonne distance et reniflant nonchalamment dans ma direction. Tout paraissait chaleureux et robuste.

Je me suis prise à me demander si sa femme avait un jour vécu là, et peut-être conféré cette atmosphère à l'endroit. Mais ce n'était pas le cas ; il m'avait dit qu'ils avaient divorcé quelque part dans le Sud. Il avait dû tout aménager lui-même.

Il s'est tourné vers moi, le bras tendu.

« Je te débarrasse ? »

5

Le lendemain matin, installée au comptoir, je m'amusais à envoyer des élastiques sur un calendrier suspendu au mur au-dessus de l'évier, aux clichés de rivières et de couchers de soleil, avec l'adresse de la paroisse de Martin imprimée tout en bas. Je visais la photo de février, une grange rouge dans la neige, mes projectiles claquant sèchement contre le papier. Quand j'ai été à court de munitions, je suis allée les récupérer dans l'évier, puis j'ai regagné mon siège pour recommencer. Les cases vides semblaient me narguer ; je ne faisais jamais que les barrer, les rayer tel un prisonnier dans un cachot ou un naufragé sur son île. Je crochetais les élastiques au bout de mon index, les expédiais aussi loin que possible. *Tac, tac, tac*. Après avoir atteint leur cible, ils s'éparpillaient par terre, inertes.

Je pensais à John, à sa maison. L'homme qui s'était tenu à table en face de moi, qui m'avait servi de la salade, était sans vraiment l'être celui que je m'étais imaginé. Sa voix était la même, son air dépenaillé et son sourire paresseux aussi, mais il était également quelqu'un de posé, bien dans sa peau, visiblement à l'aise. Son divorce ne s'était pas vraiment réglé à l'amiable, m'avait-il confié – « elle avait un caractère de chien », avait-il commenté non sans cacher une certaine admiration –, mais cela semblait l'avoir rendu plus réfléchi, lui avoir donné une profondeur que je ne lui soupçonnais pas. Une lueur dans ses yeux, une vivacité, me laissait penser qu'il était plus perspicace qu'il ne voulait bien le montrer.

Le dîner avait émoussé ma méfiance, ou presque. J'avais été sur mes gardes, au début, car je redoutais plus ou moins un traquenard. Il y avait eu des bougies, du rôti de porc, une tarte au dessert : *il en fait des tonnes*, avais-je jugé, au point que c'en était gênant. Pourtant, à mesure que la soirée avançait, j'avais eu du mal à rester sur le qui-vive. C'était dû au moelleux de la maison, à sa chaleur, à la satisfaction qu'elle semblait trouver en elle-même. On avait l'impression qu'elle m'avait fait une place, attendait que je me joigne à elle, que je vienne la compléter, que je m'enfonce dedans comme dans un bon fauteuil.

Après avoir de nouveau ramassé mes élastiques, j'ai visé la rangée monotone de jours vierges. *Tac, tac, tac*.

La conversation n'avait pas été désagréable. Je devais avouer qu'elle avait même été plaisante. Grâce à un goût prononcé pour les programmes d'information, il en savait plus que moi sur ce qui se passait dans le monde ; il avait tout le temps d'écouter la radio, lui qui parcourait la côte du Nord au Sud, depuis le Maine jusqu'aux marais de Floride. « Ouaip, avait-il dit en piquant un bout de viande avec sa fourchette, j'ai pas mal bourlingué. C'est vrai ce qu'on dit, par contre – on n'est jamais aussi bien que chez soi. C'est pour ça que j'ai acheté la maison. » Il avait mâché et avalé sa bouchée, sa barbe de plusieurs jours brillant à la lueur des chandelles. « Je me suis dit que c'était le moment de me fixer, de prendre des trajets plus courts, de retrouver tout ce qui m'avait manqué. M'asseoir dans mon fauteuil à la fin de la journée, devant ma cheminée. Me poser, quoi. Être sur la route, ça a du bon, je dis pas, mais on s'en lasse. » Il avait tapoté le ventre qui saillait par-dessus sa ceinture. « On arrive à un âge où c'est plus aussi facile d'être toujours en vadrouille.

— Ouais », avais-je approuvé, comme l'exigeaient les convenances, sans savoir tout à fait à quoi j'acquiesçais.

Il m'avait questionné à mon sujet, hochant la tête sans insister quand je ne répondais que par monosyllabes. Puis nous avions parlé de chevaux – il envisageait d'en acquérir deux, et les anciens propriétaires, aussi incroyable que cela puisse paraître, avaient laissé la quasi-totalité de leur sellerie, encore entreposée dans la grange. Il songeait aussi à reprendre des études, à suivre des cours à l'université publique de Harrisburg, sans toutefois être certain que l'idée l'emballait tant que ça. Les cours coûtaient beaucoup moins cher que les chevaux, avait-il plaisanté, mais au bout du compte il se demandait pour lesquels il devrait le plus cravacher.

Les chevaux, ai-je médité, hissée sur mon tabouret, en contemplant le calendrier et l'amas d'élastiques. Quand j'étais petite, mon grand-père en avait acheté un, un galopeur qui concourait à l'hippodrome du coin. Élancé, brun, plus tout jeune, il me lançait de longs regards pleins de sagesse quand je lui donnais des carottes et des pommes. Lorsque ma grand-mère avait découvert que leurs économies y étaient passées, elle avait refusé d'adresser la parole à mon grand-père pendant presque un mois. Il l'avait revendu au bout de un an, mais l'animal était resté au même endroit, courant sur la même piste chaque semaine et attendant patiemment dans le même box. Je lui avais rendu visite deux ou trois fois ; il avait continué à m'observer d'un air serein, la figure noble et paisible. Peut-être y était-il encore, plus vieux et plus raide, mais toujours à contempler ce qui l'entourait avec la même expression, ses transferts d'un propriétaire à l'autre n'étant des évènements marquants que pour les autres, simples documents changeant de main alors que sa vie demeurait en tout point identique.

Ne tenant pas en place, j'ai ramassé les élastiques et les ai laissés dans un tiroir. Puis j'ai servi deux cafés et je suis sortie.

J'ai gravi la côte munie des gobelets fumants, en prenant grand soin de ne pas glisser dans la boue. *Je dois ressembler à une sorte de magicienne,* ai-je songé, avançant avec lenteur vers le gîte, des volutes de vapeur blanche s'élevant de mes mains. Un bruit a retenti, et quand j'ai levé la tête l'étranger était devant la bâtisse, venant de refermer la porte. Il s'est approché de moi.

« Je suis vraiment désolé, a-t-il commencé. J'ai repensé à ce que je vous ai dit. Je ne sais pas pourquoi, je donne toujours l'impression de… En fait, je ne voulais pas insinuer que… »

Je lui ai tendu un gobelet.

« Parlez-moi de Paris », l'ai-je coupé.

Du café s'est renversé sur mes doigts et m'a brûlée, mais j'ai fait mine de ne pas m'en rendre compte.

« De Paris ? a-t-il répété.

— Oui. Racontez-moi. À quoi ça ressemble, ce que ça sent, ce que les gens y font. Je veux tout savoir. »

Il m'a pris le gobelet et nous sommes restés un moment face à face ; son regard semblait fouiller le mien.

« C'était il y a longtemps, a-t-il souligné.

— Ce n'est pas grave. Ça m'ira quand même. Si ça ne vous dérange pas.

— Vous n'êtes pas fâchée pour l'autre truc ? Parce que… »

J'ai écarté ce sujet d'un revers de la main.

« Nous pourrons en discuter plus tard.

— Bon, d'accord. » Il a frissonné de froid. « Où peut-on aller ?

— Je ne sais pas. » J'ai contemplé les alentours. « Je ne suis pas contre l'idée de sortir de ma boîte de conserve une heure ou deux. La salle de jeux, ça vous va ?

— Ouais, ça marche », a-t-il acquiescé avec une intonation américaine si inattendue que j'ai dû dissimuler un petit sourire. C'était un imitateur dans l'âme, même s'il n'était pas particulièrement doué. « Nous pourrons jouer aux échecs en même temps, a-t-il poursuivi. Je peux vous apprendre de nouvelles ouvertures. »

Je passais déjà à côté de lui, gravissant la pente en plantant fermement les pieds dans la boue.

« Si ça vous fait plaisir », ai-je répondu.

Ce soir-là, force est de m'avouer que ça n'était pas arrivé depuis des semaines, je n'ai pas pris les comprimés. J'avais mis plus de bois dans le poêle avant d'aller me coucher mais, dans la maison pleine de courants d'air, des bourrasques de froid se glissaient jusqu'à moi depuis la fenêtre. On annonçait une tempête verglaçante. Allongée sur le dos sur mon matelas, je braquais les yeux vers le plafond, que je ne distinguais pas. Contrairement à Carlisle, l'obscurité ici était totale, le silence absolu. Au bout d'un moment, j'ai eu l'impression de léviter, de flotter à quelques dizaines de centimètres du sol, de tournoyer lentement dans le vide. Ça ne me dérangeait pas, et parfois, lors de nuits comme celle-ci, je recherchais même cette sensation. Mon esprit larguait les amarres et voyageait dans l'inconnu, parmi les choses que moi seule pouvais voir. La plupart du temps, celles-ci étaient inoffensives, simples formes, couleurs et fragments de souvenirs. Quelquefois, en revanche, elles étaient plus tranchantes, paroles et instants que j'aurais préféré oublier. Les cachets présentaient l'immense avantage de réduire à néant la probabilité que cela se produise en empêchant directement la partie d'avoir lieu.

Ce soir-là, j'avais choisi de jouer.

La maison où j'avais vécu avec Amos avait presque toujours été silencieuse, sauf durant les quelques heures où il était à la maison et ne dormait pas – les bruits qui prédominaient alors étant des voix provenant de la télé et les crissements de nos fourchettes sur nos assiettes. Son travail l'épuisait et, avec le temps, j'avais appris à ne rien faire qui puisse perturber sa tranquillité – à tel point, d'ailleurs, que lorsqu'il était dans la pièce j'osais à peine bouger. J'avais appris à écouter sans répondre, me contentant de hocher la tête ou de la secouer d'un air compatissant, à rester en retrait. Dans les livres, me rappelais-je – surtout dans les histoires pour enfants – les personnages se pinçaient parfois pour vérifier s'ils étaient bien réels, s'ils n'étaient pas en train de rêver. J'aurais pu me regarder dans le miroir, toucher mon visage ou le coin d'une table pour m'assurer que j'étais en chair et en os. Évidemment, ça n'a jamais pris de telles proportions ; je n'ai jamais vraiment douté de mon existence. Mais le silence semblait parfois peser sur moi, m'envelopper d'une matière invisible qui ralentissait mes mouvements, me poussait à me demander si j'avais parlé toute seule.

Je quittais rarement la petite enfilade de pièces – Amos nous rapportait tout ce dont nous avions besoin, et de toute façon nous n'avions qu'une voiture –, mais quand ça arrivait je découvrais que je savais de moins en moins comment me comporter. L'employée d'une supérette me disait bonjour en scannant ma brique de lait, et moi j'hésitais avant de répondre. Je ne voulais pas dire ce qu'il ne fallait pas, ayant appris que je le faisais souvent ; d'un autre côté, je ne voulais pas paraître froide. Je baissais les yeux sur mon sac à main, un sourire timide aux lèvres, et mettais mes cheveux derrière mes oreilles en attendant la fin de la transaction. Peu de temps après l'ouverture du Walmart à Carlisle, j'avais surpris une caissière en train de confier à sa collègue que j'étais sûrement sourde.

« Ça ne m'étonne pas, avait rétorqué Amos quand je le lui avais raconté. Tout le monde a toujours pensé que t'avais un grain. C'est ce qu'on me disait quand on s'est mis ensemble. »

Il avait levé les yeux de son assiette et souri, aussi n'avais-je pas su s'il plaisantait ou s'il était sérieux. Peut-être avais-je toujours été bizarre. Ou peut-être, comme il le suggérait parfois, étais-je en train de devenir folle.

« Kathleen la Chtarbée, répétait-il en me caressant la joue avec le pouce. Kathleen la Maboule. Tu sais que les gens commencent à parler sur toi ? Tu devrais peut-être pas sortir, en fait. »

Très vite, les commentaires à mon sujet avaient changé de nature.

« Quelqu'un m'a dit qu'il t'avait vue au café de Boiling Springs. Qu'est-ce que tu faisais là-bas ?

— Rien, avais-je répondu, prise de court par son mécontentement évident. J'y suis allée après les courses. Juste pour le plaisir.

— Boiling Springs, c'est à quinze minutes du supermarché. T'as fait une demi-heure aller-retour juste pour le plaisir ?

— Je suis désolée. J'ai toujours trouvé ça joli – le lac, tout ça.

— T'as retrouvé quelqu'un ?

— Quelqu'un ? Genre qui ?

— Genre ton mec.

— Quoi ? » J'avais failli faire tomber le verre que j'étais en train d'essuyer. « Qu'est-ce que tu racontes ?

— Je sais pas, moi. À toi de me le dire. »

Je l'avais regardé d'un air abasourdi.

Il avait alors ri.

« C'est bon, va, je te charrie. » Pourtant, sa voix gardait une certaine dureté, du moins me semblait-il. Ça ne se passait pas bien à son travail. J'avais du mal à savoir quand il était vraiment en colère. Chaque jour, je me demandais quel Amos allait franchir la porte – celui qui m'embrassait sur la tête et me caressait affectueusement le bras pendant que je préparais le dîner, ou celui qui restait affalé des heures dans le canapé d'un air maussade et paraissait surveiller les moindres de mes faits et gestes.

À force, j'avais fini par comprendre qu'il valait mieux que je ne quitte pas la maison.

Je ne sortais donc pas.

Je n'ai jamais su pourquoi je m'étais résignée, à vrai dire. Il était plus costaud que moi – grâce aux travaux de maçonnerie il était plus costaud que presque tout le monde –, mais ce n'était pas à cause de ça. Il n'était pas violent, en tout cas pas dans le sens habituel du terme. Il demeurait le même Amos, celui que j'avais toujours connu, mais j'avais découvert petit à petit une part plus enfouie de sa personnalité, plus profonde que je ne l'avais jamais suspecté, telle l'eau d'un marécage, noire et tapie en embuscade, qui affluait brusquement pour remplir mes empreintes de pas avant même que je me sois aperçue de sa présence.

Ce jeune homme taiseux et secret, avais-je constaté, qui remarquait tout et gardait ses réflexions pour lui, possédait un don – un instinct déconcertant – pour rabaisser les autres. Il savait pointer la faille, un défaut que l'on soupçonnait chez soi tout en espérant se tromper. Il lâchait sa pique si doucement, sans la moindre colère ni trace d'émotion, qu'on était convaincu d'entendre la vérité.

« T'as l'air d'un petit garçon, m'avait-il dit un soir alors que nous nous endormions. Quand je te baise, c'est comme si je baisais un petit garçon. »

J'avais pivoté pour le regarder mais, tourné vers la fenêtre, il avait enfoui sa tête dans les oreillers et avait remonté la couverture sur ses épaules. Je m'étais blottie de mon côté sans rien dire mais, plus tard dans la nuit, je m'étais levée et faufilée en silence dans la salle de bains, où je m'étais observée dans la glace, examinant l'angle de ma mâchoire, la forme de mon nez et de mes yeux. Je n'avais pas pleuré. J'étais juste retournée me coucher, recroquevillée sur le flanc, les genoux serrés contre la poitrine, à contempler le mur jusqu'au lever du soleil.

De plus en plus souvent, il restait renfrogné dans son fauteuil, dans un coin sombre du salon, le visage éclairé par la lumière vacillante de la télé. Je sentais parfois qu'il me jetait des coups d'œil en biais pendant que je lisais.

« C'est vraiment mortel, la vie avec toi », m'avait-il dit un jour en me fixant d'un étrange regard froid, alors que j'étais plongée dans le roman posé sur mes cuisses. J'avais détecté de l'hostilité dans sa voix, un ton accusateur qui m'avait désarçonnée. Il m'avait scrutée jusqu'à ce que je referme mon livre.

Cet épisode m'avait tant perturbée que le lendemain j'avais décroché le téléphone. Mon orgueil m'interdisait d'appeler Beth, aussi, après une courte hésitation – je m'étais alors aperçue que je n'étais plus en contact avec grand monde – avais-je composé le numéro du cabinet dentaire où ma copine de lycée Melanie travaillait comme réceptionniste.

« Mortel ? » avait-elle répété. Un enfant criait à l'arrière-fond et apparemment elle mâchonnait quelque chose. « Tu crois que c'est de l'argot, un peu comme “d’enfer” ? Si ça se trouve, c’était un compliment de sa part. »

J’avais observé par la fenêtre le soleil qui irradiait sur les prés déserts où, comme on me l’avait fait comprendre, je n’avais aucune raison d’aller me promener seule.

« Je ne crois pas », avais-je répondu.

Un jour, alors que je faisais la vaisselle, il s’était discrètement approché de moi par-derrière, avait plaqué mes bras le long de mon corps et tenu sous ma gorge un couteau d’office argenté, au manche court. J’ignore pourquoi, quand le fil de la lame tranchante avait touché ma peau, j’avais continué à considérer les conserves de haricots cuisinés sur le plan de travail, que je devais ranger. Plus tard, c’était tout ce que je m’étais rappelé : des boîtes de fayots. Tout le reste me paraissait flou, obscur.

Je sentais son souffle derrière moi.

Puis il avait baissé le couteau. Il avait eu l’air de trouver ça amusant.

« T’as pas eu vraiment peur, hein ? » m’avait-il questionnée.

J’avais attrapé l’éponge, qui était tombée dans l’évier.

« Non », avais-je répondu doucement en frottant des traces coriaces de sauce tomate sur une assiette. L’eau avait pris une coloration rose pâle.

Avec le recul, il serait tentant d’estimer que ce nouvel épisode avait marqué le début des saloperies. Mais bien sûr, à l’époque, les saloperies avaient depuis longtemps pris racine et entamé leur irrémédiable poussée à l'aveugle vers la surface. Des années plus tard, je me suis demandé si j'aurais pu réagir autrement, ce que j'aurais pu faire pour empêcher les catastrophes d'arriver. Cette question m'a travaillée quand bien même j'en savais assez pour l'expulser de mes pensées, tout en comprenant qu'en réalité je n'aurais rien pu faire. Les gens sont comme ils sont, et lui, il était comme il était. Ça ne servait à rien d'être en colère contre lui – et même de songer à tout ça.

Mais la particularité de ces moments-là, ainsi que j'allais le découvrir, c'est qu'on ne s'en débarrasse jamais vraiment. Ils s'attardent cachés à notre vue dans des recoins oubliés de notre esprit, provoquant des ravages tout en restant invisibles, qu'importe depuis combien de temps ou avec quelle détermination on les repousse.

6

« Oh, ma belle, il me semble *charmant* cet homme », a commenté Beth quelques jours après mon dîner chez John, tout en me serrant par l'épaule dans le canapé où nous étions assises.

Elle a tendu un gobelet de jus multivitaminé rouge vif à Dylan, qui, agenouillé près de la télé, faisait rouler d'un air absent un camion d'avant en arrière sur la moquette, les yeux rivés sur un dessin animé. Il restait bouche bée, comme hypnotisé par les enfants qui chantaient devant lui.

« Ce n'était pas désagréable », ai-je reconnu avec réticence.

Beth avait contemplé la nuque de son fils, momentanément songeuse, avant de reporter son attention sur moi.

« Attention, hein, je dis pas que tu dois l'épouser. Mais tu devrais carrément le laisser te gâter un peu. Et si ça devient plus sérieux, tant mieux. » Elle s'est assise en tailleur sur les coussins. « Ça ne te ferait pas de mal de te changer les idées. De ne pas t'enliser dans ta routine, quoi. »

J'ai froncé les sourcils.

« Ma routine ?

— Me regarde pas comme ça. Tu me comprends. » Elle a posé la tête sur sa main. « Être avec quelqu'un c'est pas non plus la solution miracle, ça c'est sûr. Mais quand même… Je veux juste te voir heureuse. »

J'ai pris le camion en plastique et fait tourner les roues avec le pouce.

« Je le suis, ai-je dit.

— Ah bon ?

— Oui », ai-je affirmé d'un ton monocorde.

Elle m'a observée, puis elle a passé la main dans ses cheveux, révélant une mèche grise qui tranchait nettement sur le noir. J'ai essayé de ne pas penser à son oncle, à leur ressemblance.

« D'accord. Si tu tiens à faire ta tête de pioche… »

À la télé, les enfants du dessin animé exploraient une rivière, voguaient dans un univers fantastique à bord d'un bateau volant.

« Et toi, quoi de neuf ? l'ai-je questionnée, cherchant à détourner son attention.

— Purée, rien du tout. Je suis enlisée, moi aussi, sauf que moi c'est pour le bien de mon pays, bla-bla-bla. » Elle a ouvert un soda posé sur la table basse. « Tout le monde se gargarise en répétant que femme de militaire c'est un job super important. Mais bizarrement, ça se bouscule pas au portillon. » Elle a désigné le salon de ses parents, les jouets un peu partout et le tas de linge à côté de nous sur le sofa. « J'aime mon mari et rien ne compte plus pour moi que mon fils, mais parfois je me demande quelle idée les gens se font vraiment de moi, s'ils insinuent en fait que je n'aurais rien pu faire de mieux. » Elle a contemplé sa canette. « Ça te choque que je dise ça ?

— Bien sûr que non.

— Tant mieux. » Elle a souri. « D'un autre côté, tu ne devrais peut-être pas écouter ce que je raconte – il s'est réveillé trois fois cette nuit, le pauvre bonhomme, du coup je suis de mauvais poil. » Elle a allongé le bras au-dessus de la table pour ébouriffer les cheveux de son fils. « N'empêche, sans plaisanter, tu devrais le revoir, machin. Tu n'as rien à perdre, non ? »

Les personnages à l'écran se tenaient la main et entonnaient une autre chanson.

« Je ne sais pas. Ça m'étonnerait que ça marche, franchement. » La musique commençait à m'agacer un peu, même si je m'efforçais de ne pas le montrer. « Et puis, j'ai du mal à croire qu'il soit motivé par autre chose qu'une curiosité malsaine. Je ne vois pas trop ce qu'il pourrait me vouloir, sinon.

— Tu rigoles ? C'est clair que tu lui... attends. » Elle a décollé le regard de la télé pour le braquer sur moi. « Une curiosité malsaine ?

— Ouais. » Je me suis morigénée de ne pas avoir tourné sept fois ma langue dans ma bouche. Au fond, je n'étais pas certaine de le penser vraiment, et qui plus est il n'y avait pas de raison de remuer un sujet que nous prenions toutes deux grand soin d'éviter.

« Qu'est-ce que c'est que cette histoire ? s'est-elle enquise. Une curiosité malsaine pour quoi ? »

J'ai eu un petit rire.

« Tu sais bien, ai-je dit, mal à l'aise.

— Non, pas du tout. Tu n'es pas une bête de foire, que je sache ? Pourquoi tu attirerais les curieux ? »

Je ne comprenais pas pourquoi elle jouait les imbéciles. Mais elle attendait quand même que je poursuive.

« À cause de ce qui s'est passé. »

Elle semblait toujours perplexe.

J'ai cherché les mots justes.

« Parce que les gens pensent que j'étais... impliquée. Ne me dis pas que tu n'es pas au courant.

— Comment ça, impliquée ?

— Enfin, évidemment que j'étais "impliquée". Mais ils sont persuadés que je suis responsable.

— Qu'est-ce que tu racontes, bordel ?

— Tu sais bien. » Je ne pouvais pas me résoudre à employer le mot « accident », mais c'était inutile.

Elle me fixait.

« Je ne crois pas qu'ils aient une théorie sur mes motivations ou la façon dont je m'y serais prise, ai-je tempéré. Je ne suis pas nombriliste à ce point. Ils ne s'amusent pas à réfléchir à un truc qui est arrivé à quelqu'un d'autre il y a des années. Mais ils soupçonnent que c'est ma faute. Que je suis coupable. Que c'était prémédité, quoi. C'est injuste, mais c'est comme ça. Je ne leur en veux pas, n'empêche que je vais pas les laisser se foutre de moi.

— Kathleen, a-t-elle fait, et j'ai été surprise qu'elle ait un ton si contrarié. C'est n'importe quoi. Tu as entendu ça où ?

— Nulle part, à vrai dire. Je le sais, c'est tout. C'est pas grave – ça ne me dérange pas trop.

— Mais c'est faux ! »

Ses mots étaient presque étouffés.

J'ai posé le jouet sur la table. Nous l'avons contemplé toutes les deux.

« Je suis sincère, là, a-t-elle insisté. Va me chercher la bible dans la chambre de mes parents, que je te le jure dessus. Je rencontre les mêmes gens que toi, et je n'ai jamais – absolument jamais – entendu qui que ce soit dire un truc pareil.

— Ils n'ont pas besoin de le dire. Mais je t'assure, c'est pas grave. Je m'en fiche. »

Elle s'est renversée dans le canapé.

« C'est ce que tu penses, *toi* ? m'a-t-elle finalement demandé.

— Quoi ?

— Que tu es responsable de ce qui est arrivé ? »

Je suis restée sans voix quelques secondes.

« Bien sûr que non. Pourquoi je penserais ça ? »

Elle s'est penchée vers moi, les mains croisées sur ses genoux.

« Parce que ça expliquerait beaucoup de choses. »

Je me suis écartée d'elle.

« Je ne vois pas de quoi tu parles, là. »

À son tour, elle a cherché des mots qui traduiraient sa pensée sans la formuler trop abruptement.

« Tu crois que je me sens coupable pour l'accident ? ai-je repris d'une voix plus aiguë que d'ordinaire, incrédule. Ou de tout ce qui s'est passé avant ?

— Ça m'a traversé l'esprit. »

Je suis demeurée immobile, le souffle court.

« Le plus frustrant, a-t-elle poursuivi, pour moi, ton amie qui t'aime et pense que tu es la fille la plus intelligente que je connaisse, c'est que depuis tu acceptes ton sort sans broncher. Ce snack à la con et son propriétaire qui profite de toi. Tes parents qui se la coulent douce pendant que tu te cognes ta grand-mère. Ça et tout le reste. Tu te laisses faire, tu ne te bats pas. Ça me bouffe. Alors forcément je me demande pourquoi t'es comme ça.

— Je ne comprends pas ce que tu racontes, » ai-je répondu, ébranlée, courroucée.

Elle m'a lancé un regard chargé de mille pensées inexprimées.

« Ça, j'ai du mal à le croire.

— Tout ce que je ressens, ai-je affirmé d'un ton véhément, c'est de la colère envers ce type. Tu n'imagines pas à quel point. Ça me ronge. Ça m'empêche de dormir. » Le simple fait de prononcer ces mots a fait jaillir en moi une violente émotion, fulgurante et aveuglante. « Je n'éprouve rien d'autre, et ce n'est pas près de changer. Je n'ai pas la place pour autre chose. Je serais quelqu'un de beaucoup plus fréquentable si je tournais la page, mais j'en suis incapable. Si tu savais ce que je lui ferais si je pouvais le revoir un jour. » Tous ces fantasmes qui me venaient la nuit, auxquels je n'aurais pourtant pas dû m'adonner, tout ce que je m'imaginais lui infliger. Les façons dont je le forcerais à implorer un pardon que je ne lui accorderais jamais. Les façons dont je le ferais souffrir. « Je ne me suis jamais sentie coupable – même pas une seconde. Parce que je ne le suis pas. Le coupable, c'est lui. »

Elle a laissé passer un silence, choisissant visiblement ses mots avec soin :

« Je sais que c'est ce que tu affirmes maintenant. Ou que tu le penses, plutôt. Mais tu l'aimais. Tu l'as aimé, à un moment. Tu ne peux pas le contester. Je m'en souviens. » Elle a examiné mon expression, m'a regardée dans les yeux. « Et quand tout s'est effondré, ça a été un deuil pour toi. Quand il a changé de visage et qu'il s'est mis à te traiter comme il l'a fait, même si tu crois que je ne suis pas au courant. Tu étais anéantie. Tu l'es encore, d'ailleurs. Mais je ne sais pas comment, il a réussi à te convaincre que c'était de ta faute. Quelque part au fond de cet immense chagrin dont tu nies l'existence, tu en es encore persuadée, à mon avis. C'est pour ça que c'est si dur. » Elle s'est frotté les paupières. « Parfois, je pense que tu crois encore tout ce qu'il disait sur toi. Et que tu vas rester bloquée là-dessus, jour après jour, pendant des années et des années, et continuer à t'empoisonner la vie à cause de ça. »

Je me sentais sur le point de suffoquer tant ma colère était violente.

« Je n'ai jamais cru *un seul mot* de ce que m'a raconté cet homme. J'espère que, là où il est, il paie chacun de ses mensonges. C'est *moi* qui ai choisi de vivre comme ça. Tout ce que tu me vois faire, c'est *ma* décision. Je m'occupe de ma grand-mère parce que c'est normal quand on est quelqu'un de bien. Je travaille parce qu'il le faut. Pour le reste, je remplis mes obligations et je fais ce qui me rend heureuse. Ce n'est pas à toi de remettre ça en doute. Je n'accepterai pas qu'on me dise que je suis vraiment trop cruche d'être encore sous l'emprise de ce... » Il n'existait pas de mot pour le qualifier. « De ce connard.

— Ne te fâche pas, a-t-elle tenté de me calmer en me prenant les mains. Je ne te traite pas de cruche. Je m'inquiète, c'est tout. J'ai l'impression de te voir t'immoler par le feu jour après jour. Tu as trop d'orgueil pour reconnaître que tu souffres, alors tu aggraves les dégâts. Un peu comme une... eh bien, presque une pénitence. Tu te flagelles, tu te fais toujours plus de mal. Comment veux-tu que j'assiste à ça sans intervenir ? »

J'ai retiré mes mains, me renfrognant tandis que mon corps se rétractait, comme s'il redoutait les propos qu'elle tenait.

« Tu n'as pas le droit, ai-je bredouillé, aucun droit... »

Alors que j'essayais d'exprimer ma pensée sans perdre mes moyens, Dylan a retourné son gobelet en l'air. Le couvercle s'est détaché, libérant un flot de jus rouge sur les bras et les jambes du garçon, sur la moquette blanche. Après un coup d'œil aux dégâts, puis à nous, il s'est mis à hurler.

« Oh, merde, a soupiré Beth. Merde, merde et merde. Désolée, ma chérie. » Elle a posé la main sur mon épaule. « Attends-moi là, je reviens. »

Mais je n'ai pas attendu. Alors qu'elle se précipitait à la cuisine, je me suis levée et suis partie.

C'était la période de l'inventaire au magasin. Je passais mes journées dans l'arrière-boutique munie d'un bloc-notes, à compter les boîtes, relever les dates d'expiration dépassées, ce qu'il fallait commander et ce que nous avions accumulé en trop grande quantité, comme les crocodiles en gélatine. Je ne l'aurais avoué à personne, mais c'était presque apaisant d'avoir ainsi la responsabilité des catégories et des nombres, d'être celle qui ordonnait tout dans les moindres détails. Je me concentrais sur les colonnes de chiffres tracés à la main, comme si j'attendais une révélation incroyable, focalisée sur cette tâche et elle seule.

Presque chaque jour, l'étranger m'invitait à jouer aux échecs dans la salle de jeux pendant ma pause déjeuner, et alors aussi j'étais vive et déterminée. Je perdais quand même. *Pourtant mes coups sont précis et assurés, et c'est déjà un progrès*, pensais-je.

À deux reprises, quand je suis rentrée à la maison, le voyant du répondeur clignotait. La première fois que j'ai pressé la touche, la voix posée et enjouée de John m'a annoncé qu'il avait acheté les chevaux, deux juments, et qu'il serait ravi si je venais pour qu'on les monte ensemble.

La deuxième fois, c'était Beth. Elle s'excusait, ces questions la travaillaient depuis longtemps, elle avait voulu m'aider mais, de toute évidence, elle s'y était mal prise. À la fin du message, je suis restée immobile un moment, puis je l'ai effacé. Après avoir raccroché, j'ai senti ma grand-mère qui rôdait derrière moi telle une chouette, clignant des paupières, m'observant de ses yeux larmoyants, appuyée sur le déambulateur dont mon père l'avait obligée à s'équiper. Je me suis détournée et je l'ai ignorée.

Au magasin, j'ai passé les étagères au peigne fin, débusquant conserves bosselées et paquets déchirés que j'allais jeter, le visage couvert de poussière et la hanche endolorie à force de multiplier les allers-retours. Loretta Lynn et Patsy Cline se succédaient dans le lecteur de cassettes. Je chantais à tue-tête avec Patsy tout en traînant des cartons vers la porte, refusant de remarquer l'élancement dans mon épaule.

Je me dirigeais une fois de plus vers la benne métallique, quand j'ai constaté que Martin m'attendait à côté et contemplait les cartons et les sacs poubelle. « On rend la justice d'une main impartiale, à ce que je vois.

— Tu me connais. »

Je me suis essuyé les yeux du revers de la main.

« Ça te dérange si je descends des trucs et que je travaille sur la terrasse ? »

J'ai soulevé un carton pour le mettre aux ordures et haussé les épaules.

« Tu fais ce que tu veux. »

Je garde un souvenir de toi... chantait Patsy avec mélancolie. *Ou... est-ce lui qui me retient ?* J'ai enfoncé la touche d'avance rapide d'un geste impatient. Quelquefois, on avait l'impression que cette femme n'avait jamais connu un seul instant de bonheur.

Les « trucs » de Martin consistaient en un sac rempli d'éléments pour sa machine mystérieuse. Alors que je franchissais la porte chargée d'un sac poubelle plein, je me suis arrêtée pour jeter un œil à son bric-à-brac de ferraille.

« C'est un vélo », ai-je déclaré.

Il s'est accroupi, avant de lever une rondelle dans la lumière.

« Je te dis rien. Tu verras quand ce sera fini. »

Il a sorti de sa poche arrière des lunettes de lecture que je n'avais encore jamais vues, avant de les chausser. Elles lui donnaient un air intellectuel, presque sage.

Après l'avoir observé un moment, j'ai soupiré et je me suis assise, le sac poubelle appuyé en équilibre contre le mur.

C'était la première fois que je me posais vraiment depuis le début de la semaine. J'ai croisé les mains sur mes cuisses et senti mon dos se détendre.

L'étranger avait trouvé une guitare dans la salle de jeux quelques jours plus tôt, et le son de l'instrument ruisselait vers le bas du coteau. Je ne voulais pas lui dire qu'on l'entendait, même si j'aurais sûrement dû l'avertir. Chaque fois que me parvenaient ses mélodies décousues, je l'imaginais étudiant, semblable à n'importe quel autre, attablé à la terrasse d'un bar ou d'un café dans sa ville énigmatique, en train de gratouiller un morceau, entouré d'amis qui riaient, d'une future épouse admirative, de gens qui fumaient et buvaient dans la bonne humeur, adressant des signes aux passants. Sans que je sache pourquoi, je ne pouvais me défaire du sentiment que c'était la réalité, qu'il s'était vraiment agi de lui en des temps plus heureux, les notes pincées flottant dans l'air nocturne, douces et invisibles, telles des aigrettes de pissenlit.

« Qu'est-ce qu'on va faire en ce qui le concerne ? »

Martin considérait les pièces détachées qui l'entouraient, l'air ravi de se frotter à pareil casse-tête.

« Qui ça ? » a-t-il demandé.

J'ai désigné le gîte du menton.

Il a suivi mon regard, puis m'a jeté un coup d'œil par-dessus ses lunettes. Il a pris un écrou et l'a fait rouler entre le pouce et l'index.

« Tu vois, j'ai travaillé dans une animalerie, avant ce que tu sais. On ne donnait pas de nom aux animaux, parce qu'en théorie ça devait nous empêcher de nous attacher à eux. » Il a semblé attendre une réaction de ma part. Celle-ci ne venant pas, il a conclu : « Ça ne marchait pas, au cas où tu te poserais la question. »

Je n'ai pas rebondi, en partie parce que j'étais encore bloquée sur les mots « avant ce que tu sais ». Nul n'ignorait que Martin s'était absenté quelques années, même si personne ne lui avait jamais demandé où il était allé durant cet intervalle. J'étais quant à moi très jeune, à l'époque, trop jeune pour entendre autre chose que de vagues bruits ou comprendre leur signification. Si quelqu'un avait tenté de lui tirer les vers du nez, il n'avait donné aucun détail, et lui et moi n'avions jamais abordé le sujet.

« Je préférerais que tu ne sois pas si intelligent, parfois, ai-je déclaré à la place.

— Et moi, je me réjouis chaque jour que tu le sois autant. »

Il s'est emparé de deux tubes métalliques, a joint leurs extrémités plates l'une contre l'autre pour voir si le boulon passait dans l'orifice, mais ce n'était pas le cas. Il s'est gratté la tête, puis a reposé les tubes.

« Je suis désolée, ai-je repris en contemplant le creux de mes mains. J'ai l'impression que je ne suis pas aussi sympa avec toi que tu l'es avec moi, ces derniers temps.

— J'aurais tendance à être d'accord, en toute franchise. Mais c'est pas grave. On traverse tous des moments difficiles, j'en ai conscience. » Il s'est mis à genoux, les fesses sur les talons. « Tu voulais me parler de quelque chose ?

— Non, c'est bon. Par contre j'aimerais vraiment qu'on décide ce qu'on va faire pour…

— Danya. Oui, je sais. » Il a trouvé une rondelle qui correspondait à l'écrou, mais s'est contenté de la serrer dans sa paume. « Je ne crois pas qu'on doive s'en préoccuper. Il est majeur et vacciné, on ne peut pas le forcer à quoi que ce soit. Et moi je ne vais pas le fiche à la porte. En ce qui me concerne, il y aura toujours une chambre pour quelqu'un qui en a besoin. Il ne dérange pas, et il n'est pas manchot quand il faut me filer un coup de main. » Il s'est assis par terre, les jambes tendues devant lui. « Par moments, je suis tenté de lui demander s'il veut reprendre l'affaire, pour que je puisse tirer ma révérence.

— Je ne plaisante pas.

— Ouais, je sais. Je ne vois pas quoi te répondre d'autre, c'est tout. J'aimerais bien. » Il a de nouveau replié les jambes sous lui. « Nous essayons tous d'agir pour le mieux. »

Les notes détachées nous parvenaient toujours, se glissant à côté de nous tandis que la présence invisible plus haut sur le versant tâtonnait pour retrouver sa mélodie. Je l'imaginais tête courbée et paupières fermées, l'air très concentré. Les photos, celles que j'avais vues au cours de mes recherches sur l'Ouzbékistan, me sont réapparues, et je me suis surprise à jeter un coup d'œil par-dessus mon épaule vers la côte qui menait à la route, celle qui passait devant le camp de prisonniers. Une pensée m'est venue, j'y ai réfléchi, l'examinant sans tout à fait comprendre sa forme.

« Tu as déjà entendu parler d'une cage à suée, toi ? » ai-je finalement demandé.

Martin a repris ses tentatives d'assemblage de pièces métalliques.

« Une quoi ?

— Une cage à suée. Là-haut, au vieux camp. Genre… un cabanon où on enfermait les prisonniers en été pour les punir. Pour qu'ils crèvent de chaud.

— Tu parles du camp de prisonniers ? Non, ça me dit rien. » Il a réfléchi, l'air perplexe. « À vrai dire, je n'ai presque jamais rien entendu au sujet de cet endroit. Pourquoi ? »

J'ai baissé les yeux vers mon pied, qui se balançait au-dessus des planches.

« Tu crois que ça pourrait être vrai ? »

Il a ramassé une poignée de vis et entrepris de les trier en différents tas avec un doigt.

« Je peux pas trop me prononcer sans en savoir plus. » Il a levé la tête et semblé avoir une autre considération. « Et puis, on est en Amérique.

— Et donc ?

— Ne sois pas si cynique. Je suis lucide et j'ai bien conscience qu'on n'est pas des anges. Tous mes oncles ont fait le Vietnam. N'empêche, je ne pense pas qu'on ait ramené des types ici pour les coller dans une sorte d'instrument de torture. » Tenant toujours les vis, il a disposé les barres autour de lui à la façon d'un squelette.

« Ça serait se donner beaucoup de mal pour pas grand-chose, tu trouves pas ?

— J'ai entendu dire qu'il y en avait eu une. Et je suis convaincue que les gens sont capables de tout s'ils s'y croient autorisés. »

Il a secoué la tête.

« Je préfère avoir foi en mon prochain. Je pars du principe que tout le monde a bon fond, jusqu'à preuve du contraire. »

J'ai cogné le plancher avec le bout de ma chaussure.

« Tu dois te manger pas mal de déceptions.

— Non… très peu. En fait, je me suis rendu compte que ce n'est pas du tout une mauvaise façon de cheminer dans la vie. » Il a saisi un tube et semblé hésiter. « Je sais que parfois on traverse des… Je comprends bien que par moments on en bave. Tu peux me croire, j'ai donné. Mais malgré tout, je pense qu'il vaut mieux être capable d'accorder sa confiance aux autres. Sans ça… eh bien, on perd pied. On finit par faire des trucs qu'on regrette. Et je n'ai pas envie que ça arrive à quelqu'un comme toi. » Son front s'est plissé. « Ça serait tragique, si tu veux mon avis. »

Il a posé sa barre, et je suis allée à la benne, le sac pendant au bout de mon bras. Après l'avoir balancé dans l'ouverture béante, je suis restée immobile, sachant que je devais un merci à Martin, incapable de réprimer un frisson.

Peu de temps avant la fin, j'avais disjoncté.

Les semaines précédentes n'avaient pas été si affreuses ; c'était le tout début de l'été, il faisait chaud, et les fanions bleus, blancs et rouges décoraient toujours Carlisle, où nous avions assisté quelques jours auparavant à la parade du Memorial Day. Depuis le trottoir où nous nous étions assis, nous avions admiré camions de pompiers, groupes de petits joueurs de base-ball et de fillettes scouts, Amos me tenant par la main, des badauds bavardant joyeusement dans des chaises de jardin derrière nous en buvant leurs gobelets de thé glacé XXL. Des hommes en uniforme de l'armée et de la marine nous avaient fait signe, et Amos leur avait rendu leur salut – c'étaient des copains. « Personne m'organisera un défilé, à moi », avait-il soupiré, mais quand je lui avais lancé un coup d'œil méfiant, il souriait.

J'avais souri moi aussi, sans desserrer les lèvres, flottant au-dessus de la scène dans mon imagination comme je le faisais souvent. Même si j'avais arrêté la fac, je rechignais encore à me voir comme une énième fille au short en jean coupé qui regardait le défilé à Carlisle, une jeune femme dont l'avenir se devinait sur les visages et les corps de toutes les autres autour d'elle. Les rayons du soleil étincelaient sur le cuivre des tubas aux courbes amples, les pompons des majorettes, les rangées d'enfants qui paradaient devant nous en adressant des saluts à ceux qu'ils connaissaient dans la foule. La main d'Amos, robuste et chaude, m'ancrait au sol. Je m'étais appuyée contre lui tout en redoutant sa réaction, et à mon grand soulagement il m'avait entourée de son bras. Quand les pom-pom girls étaient passées, je m'étais attendue à ce qu'il se fende d'un commentaire, mais il s'était abstenu et m'avait juste embrassée sur la tête. Je m'étais détendue. C'était ainsi que je traversais mes journées – heure par heure, minute par minute, comme une nageuse qui retient son souffle. Vues sous cet angle, les choses ne me paraissaient pas si terribles. *Je peux tenir le coup*, pensais-je.

Puis il avait perdu son travail.

Ça ne m'avait jamais convenu de rester cloîtrée dans la maison, à m'agiter d'une pièce à l'autre, mais au moins cela me procurait une certaine liberté, la liberté – en tout cas au sein de cette petite sphère fermée – de faire ce qui me plaisait. Avec Amos chez nous, assis dans le salon à observer par la fenêtre, je devais être sur mes gardes en permanence. J'étais privée de mes moments passés seule à l'évier de la cuisine, à contempler les prés. Si j'essayais, Amos venait derrière moi, me tordait le bras d'une façon qu'il croyait facétieuse mais qui n'en était pas moins douloureuse. « À quoi tu penses ? me demandait-il.

— À rien », répondais-je, et c'était la vérité. À cette époque, je m'efforçais de ne pas penser, surtout à l'épisode du couteau d'office. Ce moment demeurait en moi comme un poids mort, une certitude, mais je tenais à ne plus jamais me le remémorer.

Au lycée, j'avais eu pour copine une fille de terminale timide, très ronde, au visage doux et aux longs cheveux bouclés teints en noir, qui pendaient sur un tee-shirt Led Zeppelin ou Marilyn Manson. Ce n'était pas vraiment ma copine, en fait, bien qu'elle aurait pu le devenir si la vie en avait décidé autrement. Nous étions ensemble en cours de sport, nous nous saluions dans les couloirs – nous avions dû nous asseoir quelques fois à la même table à la cafétéria, aussi, car plus tard je m'étais aperçue que je me rappelais distinctement son visage, ses paupières qui se plissaient quand elle écoutait les plaisanteries des uns et des autres en buvant son chocolat chaud. Elle avait des bracelets brésiliens arc-en-ciel au poignet, des fossettes lorsqu'elle souriait, et elle faisait partie d'une classe d'éducation spécialisée, pour les lycéens qui n'avaient pas de pathologie établie mais qui étaient juste un peu moins vifs que les autres. Nous étions tous au courant qu'elle avait un petit copain, un type filiforme d'une trentaine d'années, que j'avais dû rencontrer au moins une fois, probablement à une fête, parce que je savais à quoi il ressemblait avant qu'on publie sa photo dans le journal. Une nuit, au printemps, il l'avait emmenée dans la forêt, forcée à s'agenouiller au bord d'un ruisseau, puis lui avait tiré une balle dans la tête.

Il était allé en prison – en tout cas, je le supposais – et, sur les clichés qui avaient paru dans la presse, il avait une expression très particulière, le regard éteint, l'air traqué et retors, comme s'il ne comprenait pas qu'on le persécute ainsi. Peut-être n'était-ce dû qu'à la façon dont on le photographiait mais, lorsqu'on voyait ses yeux, sa bouche ouverte, on avait l'impression de plonger dans un néant terrifiant.

J'ai fini par éprouver la même sensation avec Amos. Pas toujours ; jusqu'à la toute fin, il avait ses moments de gentillesse. Mais je me suis mise à repenser à ma copine, à l'imaginer assise en face de moi à la cafétéria, avec ses bracelets multicolores et son chocolat chaud, les coudes sur la table, qui riait en se cachant dans ses mains.

Il lui avait tiré – lui, son petit ami – à la base du crâne, près de la nuque. La balle était ressortie par devant. C'était ce qu'on relatait dans le journal.

Elle n'avait sans doute plus de visage quand on l'avait enterrée.

J'essayais de ne pas songer à son sort horrible, pourtant j'ai vite constaté que je ne pouvais m'y dérober. Cela survenait souvent quand je m'attardais devant le miroir de la salle de bains, la seule pièce de la maison où je pouvais m'isoler et être tranquille quelques instants. Je la voyais tout en me voyant en même temps, mes yeux fixés sur moi dans la glace. Je détournais le regard, mais je n'échappais jamais vraiment à cette image de moi qui me révélait tant de ce que j'aurais préféré ne pas savoir.

« Pourquoi tu me regardes comme ça ? » m'avait un jour demandé Amos.

Pas tout à fait en colère, ou du moins pas encore.

« Comment je te regarde ?

— Je sais pas trop. C'est un peu bizarre. Comme si j'étais pas là.

— Je le sais que tu es là.

— Ah ouais ? » Il m'avait alors surprise en s'approchant de moi pour me donner un baiser sur le front. « Tu m'aimes toujours ?

— Oui, avais-je répondu. Bien sûr. »

S'il avait décelé quoi que ce soit d'inhabituel dans ma voix, il n'en avait rien montré.

Un soir, peu de temps après, alors que je m'essuyais les mains sur un torchon après avoir mis un plat au four, Amos m'a appelée depuis le salon.

« Viens t'asseoir ici. »

Je m'étais posée au bord du canapé à côté de lui, la télé murmurant en fond sonore. Il m'avait attirée vers lui et embrassée, avant de glisser la main sous mon tee-shirt. Je l'avais laissé faire, et quelques instants plus tard je l'avais entendu déboutonner son pantalon. Je n'avais pas bougé, me gardant bien de m'éloigner même si je commençais déjà à craindre que le plat brûle.

À ma grande stupéfaction, il avait retiré sa ceinture et me l'avait passée autour du cou, puis avait enfilé l'extrémité percée de trous dans la boucle. Il s'était alors rassis et avait tiré.

Quand le cuir s'était resserré sur ma gorge, je m'étais instinctivement penchée vers lui. Il avait reculé vers l'autre bout du canapé avant de tirer de nouveau, comme s'il tenait un chien en laisse. J'avais glissé les doigts entre la ceinture et mon cou pour tenter de la desserrer.

« Touche pas », avait-il ordonné. Il s'était levé et avait tiré plus fort.

« Arrête.

— Me dis pas d'arrêter », m'avait-il rabrouée en tirant de plus belle.

Je m'étais retrouvée par terre, à genoux.

« C'est excitant, avait-il repris. Je trouve ça bandant. » Puis il avait ajouté : « Tu sais que je pourrais te tuer, comme ça ? »

J'avais levé les yeux vers lui, interloquée. Plusieurs secondes s'étaient écoulées ainsi ; agenouillée, les mains sur le cou, j'avais compris pour la première fois – comme si j'avais senti la terre trembler – ce qu'était la véritable peur.

Enfin, une expression étrange s'était peinte sur son visage et il avait lâché la ceinture avant de s'éloigner en s'ébrouant comme si lui aussi était troublé par son acte.

Quand j'avais servi le repas, nous avions juste mangé. Nous n'avions pas évoqué ce qui s'était passé.

Le lendemain matin, j'avais craqué. Ça n'avait pas été intentionnel, ça s'était produit spontanément. Amos s'était absenté, et j'étais en train de faire le ménage, allumant les radios chaque fois que je changeais de pièce pour ne pas être seule dans le silence, sans me soucier de ce que le poste diffusait. La maison avait soudain grondé d'une cacophonie de voix provenant de diverses stations, et je m'étais figée dans ce brouhaha, un chiffon pendant mollement à mes doigts. Sans trop savoir ce qui me prenait, j'avais descendu l'escalier d'un pas lent. Puis j'étais sortie dans la lumière du jour et j'avais fermé la porte derrière moi. J'avais laissé tomber le chiffon dans l'herbe à côté de la maison et je m'étais mise à marcher, les mains sentant toujours le produit de nettoyage, les cheveux rabattus en arrière sous un bandana. Je n'avais pris ni argent ni affaires de rechange. Je n'avais rien emporté.

J'étais partie comme ça.

Mes pas m'avaient menée à la route cantonale, puis à la départementale. J'avais dépassé les prés, les vieux chênes, la source qui coulait sous le petit pont près des voies ferrées. La caserne de pompiers était apparue à ma gauche, le magasin Miller à ma droite, puis les montagnes s'étaient dressées au loin, imposantes et vertes. J'étais restée sur le bas-côté, les yeux braqués devant moi, mes chaussures laissant des empreintes dans la poussière. Mon tee-shirt collait à ma peau poissée de sueur, mais j'avais continué, gravi la longue côte qui filait en un clin d'œil quand on la montait en voiture. Le soleil me brûlait les bras, les cuisses – après tant de mois enfermée, j'étais très pâle –, mais j'avais persévéré, m'abritant à l'ombre des arbres. Des pick-up et d'autres véhicules ralentissaient en me dépassant, et quelqu'un avait fini par s'arrêter pour m'emmener à Gettysburg. J'avais baissé la vitre et savouré la fraîcheur du vent sur mon visage tandis que le conducteur – un vieil homme trapu qui portait des bretelles, à la figure mangée par une barbe blanche de plusieurs jours – fumait un cigare. Il n'avait rien dit et moi non plus.

Après qu'il m'avait déposée, j'avais contemplé le versant opposé. La route lisse, dont le goudron mollissait et crachait des fumerolles de vapeur, traversait les bourgades qui vivaient des conserveries, passait devant les fabriques et les grappes de maisons où, en gros, personne n'habitait. J'avais mal aux genoux et j'avais soif, mais ma faim s'était effacée comme par magie, comme évaporée sous le soleil. J'avais continué mon chemin, mes chaussures en toile commençant à se désagréger, la semelle gauche claquant par terre à chaque pas. Je m'étais reposée un petit moment devant une ancienne école, admirant les nuages à l'ouest qui se teintaient de rouge et d'orangé. Quand une voiture avait ralenti à ma hauteur, cette fois, j'avais fait signe à l'automobiliste de ne pas s'arrêter, avant de me lever et de repartir.

La nuit était tombée depuis longtemps quand j'avais atteint Orrtanna. La lampe au-dessus du panneau indiquant l'église était, semblait-il, la seule à des kilomètres à la ronde ; elle brillait en retrait de la chaussée, le nom du père MacIntyre et les horaires des messes comme en suspens dans l'obscurité. Alentour, grillons et grenouilles chantaient, offrant un fond sonore doux mais impénétrable. Il n'y avait aucun signe de vie dans les maisons de plain-pied et les mobile homes qui parsemaient les abords des routes, ni dans le presbytère, dont j'avais peu après monté les marches. J'avais frappé à la porte en retenant mon souffle. L'air nocturne était froid, aussi avais-je serré les bras autour de mon buste, laissant enfin mon esprit former une pensée complète et cohérente pour la première fois de cette journée : je regrettais de ne pas avoir emporté une veste. Et j'aurais vendu père et mère pour un verre d'eau.

J'avais porté la main à ma gorge, où la ceinture avait serré. Elle n'avait laissé aucune marque. Je n'en avais pas décelé, en tout cas.

Le curé m'avait ouvert en maillot de corps, ses cheveux – déjà blancs à cette époque – tombant sur ses yeux qui, derrière ses lunettes, étaient effrayés et larmoyants. Il se tenait courbé vers moi, le menton pointé devant lui, mais en me voyant il s'était redressé, frappé de surprise et de confusion. « Oh, avait-il hoqueté. C'est Mme… Mme…

— Kathleen. » Je n'avais même pas escompté qu'il me reconnaîtrait ; je n'étais pas allée à la messe depuis mon mariage. Parcourue de légers frissons, j'avais frotté mes bras.

« Entrez, m'avait-il invitée en allumant une lumière dans le vestibule. Entrez donc. » Il m'avait fait signe de le suivre, et j'avais obtempéré. Le couloir était étroit, le papier peint rouge et or défraîchi, et tandis qu'il avançait à pas mal assurés j'avais eu l'impression qu'on m'entraînait dans une grotte. Ce n'était toutefois qu'un salon semblable à tous les autres dans la vallée – paire de vieux fauteuils relax, petit canapé à fleurs, tapis à poils longs. Une vieille télé volumineuse était posée sur une table, son antenne projetant des ombres sur le mur. Le prêtre avait allumé une lampe. « Asseyez-vous, asseyez-vous. Qu'est-ce qui vous amène ? En fait, si vous voulez bien m'excuser, je dois vous laisser une minute, mais installez-vous. »

J'avais pris place tout au bord d'un des fauteuils non sans une certaine gêne, ayant deviné qu'il souhaitait passer aux toilettes. Pendant son absence, j'avais examiné la pièce en remuant nerveusement. Sans m'expliquer pourquoi, j'avais pensé qu'à son retour il serait vêtu de la soutane que je lui avais toujours connue mais, quand il s'était assis en face de moi, il portait encore son maillot blanc distendu. Il s'était penché vers moi, serrant l'une dans l'autre ses mains arthritiques.

Amos doit être en train de me chercher depuis des heures, avais-je songé vaguement. Il serait sur les nerfs.

« En quoi puis-je vous être utile, Kathleen ? Que se passe-t-il ? » Il avait remonté ses lunettes sur son nez, me fixant d'un regard bienveillant mais méfiant. Avant que j'aie pu lui répondre, il avait baissé les yeux. « Bonté divine, vous vous êtes blessée. »

J'avais regardé mes pieds moi aussi et vu que du sang détrempait le bout d'une de mes chaussures.

« Je suis désolée, avais-je dit rapidement en me levant. Je...

— Non, ne bougez pas, ce n'est pas grave. Je vais vous chercher des bandages. Vous croyez qu'il faut appeler le médecin ?

— Non, ça doit juste être des ampoules. »

J'avais lancé des coups d'œil autour de moi, plus embarrassée que jamais. Le seul objet indiquant qu'on était chez un homme d'Église était un tableau de la Vierge accroché dans une encoignure. J'avais vu des phalangères empoussiérées, un cendrier au fond couvert d'une pellicule grise. Le prêtre était de nouveau parti en vitesse, et j'avais entendu le cliquetis d'un interrupteur, suivi par un frottement et des bruits métalliques provenant vraisemblablement de la cuisine.

Je m'étais renversée dans le fauteuil et avais observé le tableau. Il n'avait rien de spécial, ne représentait que la Vierge seule, en manteau bleu, humble, portant le deuil pour l'humanité entière. J'avais détourné le regard et fermé les yeux. L'odeur de tabac froid qui imprégnait le siège était vaguement réconfortante, et j'avais calé ma tête contre le cuir, pris de grandes inspirations en écoutant les marmonnements qui me parvenaient de la cuisine.

Quand j'avais rouvert les paupières, un verre d'eau était posé sur la table juste à côté, ainsi qu'une boîte de pansements poussiéreuse. Le curé était assis en face de moi, en train de lire un livre. Il avait mis un pull.

« Merci, avais-je dit en m'emparant du verre, reconnaissante, avant de le boire d'un trait. J'ai dormi longtemps ?

— Non. Le temps d'une courte sieste. Vous avez fait bon un bout de chemin, si j'ai bien compris. » Il était allé me chercher un autre verre d'eau puis avait repris sa place. « Bien, expliquez-moi en quoi je peux vous aider.

— C'est mon mari.

— Oui ?

— En fait... » Je ne savais pas quoi dire, et j'avais fait un pas titubant dans la vérité avant d'en ressortir précipitamment. « Je me suis enfuie. Enfin, pas vraiment. J'avais juste besoin de quitter la maison une journée.

— D'accord. » Il avait ajusté ses lunettes, croisé les jambes et serré son genou dans ses mains. « Et qu'est-ce qui vous a poussée à venir ici ?

— Je ne sais pas. » Puis j'avais lâché ce que je ne m'étais encore jamais avoué. « Je... J'ai peur. Parfois. »

Imaginant Amos au volant de sa camionnette, furieux, inquiet, en train de me chercher, j'avais éprouvé un accès de culpabilité – de panique – que j'avais repoussé.

« De quoi avez-vous peur ? » Il m'avait examinée d'un air attentif. « Est-ce qu'il vous bat ?

— Non, c'est... Eh bien. Pas vraiment.

— Pas vraiment ?

— Il fait d'autres choses. C'est dur à expliquer.

— Quelles choses ? »

J'avais secoué la tête. Mes pieds me faisaient souffrir ; les jambes allongées devant moi, je les avais contemplés.

Le prêtre m'avait observée, sa tête donnant l'impression d'osciller doucement de bas en haut. La peau de son cou pendait en plis au-dessus de sa pomme d'Adam, comme fatiguée elle aussi. Il avait joint les mains en chapiteau devant lui.

« Vous êtes la petite-fille de Howard », avait-il déclaré.

J'avais relevé la tête, ne sachant pas s'il s'agissait d'une question ou d'une affirmation.

« De Howard et Lydia. Oui.

— Je vois. »

Moi je ne voyais pas, mais je m'étais tue, le regardant qui détaillait le bout de ses doigts.

« Votre mari est-il heureux ? avait-il fini par demander.

— Non. Enfin si. Ça arrive. » J'avais tripoté la boîte de pansements. « Il a perdu son travail.

— Ah, avait-il dit sur le ton d'un homme qui vient de faire une découverte. Oui, oui. Je comprends.

— Mais je ne pense pas que ce soit à cause de ça, m'étais-je dépêchée d'ajouter. Pas vraiment.

— C'est dans des moments tels que celui-là que les hommes sont le plus vulnérables. Le plus enclins à s'égarer dans l'erreur. »

Il hochait la tête comme pour me témoigner son approbation.

« Peut-être, oui. Mais même avant il...

— Il doit être très malheureux, avait-il poursuivi, comme s'il ne m'avait pas entendue. Très, très affecté. Vous savez, en tant que chrétiens c'est notre devoir d'aimer ceux qui souffrent et de les aider à retrouver le droit chemin. »

Il avait marqué une pause.

« Hmm, avais-je murmuré.

— Pensez au Christ sur la croix, avait-il repris. À la douleur qu'il a endurée pour nous racheter. C'est un exemple pour nous tous. Vient toujours un temps où il nous faut supporter certaines souffrances pour respecter la volonté du Seigneur. C'est ça le sens de l'amour. »

Je n'avais pu que le dévisager, tandis que quelque chose en moi se décrochait lentement et tombait dans le vide, telle une falaise s'effondrant dans l'océan.

« Soyez patiente, avait-il continué d'un ton moins formel. De nombreux ménages traversent des périodes difficiles. Mais avec le temps, et de l'amour, nous pouvons tous grandir et changer. » Il avait toussé dans sa main et remué dans son siège pour se redresser. « Soyez juste patiente et ayez la foi. Dieu vous a unie à votre mari, et si vous lui obéissez – j'avais cligné des paupières, me demandant s'il parlait d'Amos ou de Dieu –, si vous lui obéissez, vous vous apercevrez que vous pouvez grandir et apprendre ensemble. J'ai pu en témoigner chez beaucoup de couples depuis que j'officie. Rentrez chez vous, pardonnez à votre mari, et demandez-lui pardon. C'est la seule chose à faire. »

La lampe étalait une flaque de lumière par terre. J'avais contemplé le curé, son visage à moitié plongé dans l'ombre, en cherchant des mots que je ne trouvais pas. Dans la chaleur de la pièce, j'avais soudain pris conscience qu'il y flottait une odeur particulière, un parfum floral artificiel, écœurant et lourd.

Il y avait eu du bruit dehors, crissement aisément reconnaissable de pneus dans une allée de gravier, une voiture qui pilait. Ma tête s'était relevée d'un coup brusque et j'avais jeté un regard abasourdi à ce vieil homme rabougri assis dans le fauteuil en face de moi, mes yeux lui adressant une question à laquelle il n'avait pas répondu.

« Tout le monde est capable de changer, avait-il repris. Tout le monde peut se racheter. C'est le fondement même de notre foi, n'est-ce pas ? En quoi pouvons-nous croire si nous ne croyons pas à cela ? »

Un deuxième crissement avait suivi, puis des grondements de moteur, une portière qui claque. Je m'étais levée et, dressée devant lui, je l'avais fixé d'un air terrifié.

« Attendez, avais-je dit. Laissez-moi passer la nuit ici. Ne me renvoyez pas. Je rentrerai demain, je... »

Des coups avaient retenti à la porte, articulations contre verre, secs et sonores.

« Ça doit être votre père, avait expliqué le prêtre en se levant à son tour. Je l'ai prévenu pendant que vous vous reposiez. J'espère sincèrement que je n'ai pas... »

La porte s'était ouverte et Amos s'était engouffré dans la maison, gigantesque, donnant l'impression de remplir tout le couloir. La tête baissée, il me scrutait par en dessous. Son souffle était irrégulier, comme s'il luttait pour retenir des cris, ou des larmes.

« On y va », m'avait-il dit, sans même saluer le père MacIntyre.

Pétrifiée, agrippée à l'accoudoir du fauteuil, j'avais jeté un coup d'œil au vieil homme. L'air embarrassé, il nous observait l'un et l'autre.

Amos m'avait saisi le poignet, s'était détourné puis dirigé vers la porte d'un pas déterminé. J'avais trottiné par à-coups derrière son dos large, avant d'émerger dans la nuit.

Devant la maison, comme dans un rêve, mes parents attendaient dans leur camionnette, le regard rivé sur Amos, sur moi. Ils paraissaient déroutés, effrayés. Ils étaient alors sortis, la bouche ouverte, mais ils semblaient avoir perdu leur voix.

Amos était passé devant eux sans tourner la tête, me traînant en serrant mon bras comme dans un étau. J'avais jeté un coup d'œil par-dessus mon épaule et les avais vus figés telles des statues, les cheveux de ma mère voletant dans la brise nocturne, tous deux plaqués contre leur camionnette comme s'ils y étaient cloués.

Ils m'avaient laissée partir.

Le pick-up grondant d'Amos avait descendu notre versant, nous ramenant chez nous, vers la maison où le chiffon gisait toujours dans le jardin. Plus tard, le seul souvenir qui me resterait de ce trajet était l'odeur âcre qui semblait émaner de moi, mélange de sueur et de peur.

« Je suis désolée », avais-je tenté quand il avait coupé le moteur.

Il était sorti dans un bruit mat de grosses chaussures à bout coqué sur l'asphalte. Je l'avais observé par le pare-brise, sans dire un mot, tandis qu'il faisait le tour jusqu'à mon côté. Ma portière s'était ouverte en grinçant.

Il m'avait aidée à descendre. J'avais levé les yeux vers lui, mais il s'était détourné, puis était rentré.

Dans la cuisine, une tasse de café était posée sur la table, froide, à côté du téléphone sans fil. Une pellicule s'était formée sur le pot de crème. La chaise en face de la tasse était en retrait, et j'avais imaginé Amos installé là, voûté, le regard rivé sur l'appareil en attendant qu'il s'anime.

Il s'était assis lourdement pour défaire ses lacets. Je m'étais mise près de l'évier, attendant sans vraiment savoir ce que j'attendais. Une lueur blafarde et grisâtre naissait à l'horizon. L'herbe était couverte de rosée.

Il s'était levé dans un soupir, en s'appuyant de ses poings fermés sur la table. Se frottant le visage dans les mains, il s'était approché, le regard apparemment dirigé non sur moi mais vers la fenêtre. Puis, avec une douceur qui m'avait étonnée, il m'avait prise par le coude, fait pivoter et emmenée vers la porte. Nous étions allés dans le garage, à l'emplacement vide et parsemé de taches où d'ordinaire il garait le pick-up. Tandis que ma vue s'adaptait à la pénombre – je distinguais les mêmes rangées d'étagères et de boîtes que d'habitude, les scies et les clés plates suspendues au mur, un sachet de clous sur l'établi –, il m'avait lâchée. J'avais senti qu'il baissait les yeux vers moi. Puis il était reparti dans la maison en claquant la porte derrière lui.

J'étais restée immobile un instant, déroutée. Je ne voyais rien que j'aurais eu à nettoyer, aucun carton à faire ou à défaire. J'étais si hébétée que j'en avais presque oublié mon épuisement, les élancements douloureux dans mes pieds.

Après avoir confirmé d'un coup d'œil alentour que rien ne requérait mon intervention, j'étais allée à la porte et j'avais tourné la poignée.

C'était fermé à clé.

« Amos ? » avais-je murmuré.

Pas de réponse.

Dehors, très loin, le coq d'une ferme de mennonites avait chanté, son cri réduit en plainte grêle par la distance.

J'avais de nouveau secoué la poignée, plus vigoureusement. M'armant de courage, j'avais appelé plus fort :

« Amos ? »

J'avais entendu ses pas tandis qu'il quittait la cuisine et montait l'escalier.

J'avais alors levé les yeux vers l'endroit où le détecteur qui commandait l'ouverture automatique du garage aurait dû se trouver. Il n'y avait plus qu'une gerbe de fils épars qui saillaient dans le vide.

La gorge nouée par la peur, j'avais fait un pas en arrière et soulevé le paillasson, cherché à tâtons la clé de la maison.

Elle n'était plus là.

J'étais restée là, seule, incrédule, à des kilomètres du premier voisin.

Emprisonnée.

7

Mon offensive contre le désordre de la réserve se poursuivait. Je traînais derrière moi la boue du cœur de l'hiver au fil de mes allers-retours, la nettoyais à coups de balai à franges chaque soir, la ramenais sous mes semelles chaque matin. Équipée d'une éponge et d'une échelle, j'ai lessivé les murs au mépris du risque de chute. Je chantonnais dans cet antre avec si peu de retenue que je faisais du bruit pour deux, tambourinant parfois au passage sur le coffre-fort métallique encastré dans un coin.

L'étranger observait mes allées et venues depuis la terrasse du gîte, les yeux braqués vers moi par-dessus son cache-nez. Puis il a fini par descendre.

« Ce n'est pas en restant planté là-haut à guetter ce qui se passe que vous vous ferez moins remarquer, ai-je commenté. Surtout avec votre écharpe.

— Vous avez une jolie voix quand vous chantez. »

Je l'ai regardé en lâchant un grognement narquois, avant de jeter un carton dans la benne.

« Qu'est-ce que vous faites ? m'a-t-il demandé.

— Je rachète mes fautes, ai-je répondu en repartant à grandes enjambées vers la grotte poussiéreuse. Il faut croire. »

Il m'a suivie jusqu'au seuil, l'air contrarié.

« Pardon ?

— Non, rien. Laissez tomber. C'était une blague. » Je me suis essuyé le visage, la poitrine comprimée par un serrement fugace. « Plus ou moins. »

Avec un cutter, j'ai ouvert un autre carton, farfouillé dedans, puis l'ai retiré de la pile.

« C'est quoi, là-dedans ? s'est-il enquis.

— Ça ? Des petits oursons.

— Ah bon, ça se périme ?

J'ai soupiré.

« Ce n'est pas la question.

— D'accord. »

Je suis allée à la benne, mais sans raison apparente, alors que j'y lâchais le carton, j'ai senti mon énergie m'abandonner. J'ai essuyé mes mains sur mon jean et considéré l'étranger. Il s'était détourné pour admirer le panorama du parc, les ondulations infinies de roche et d'arbres, les branches nues qui paraissaient presque avoir renoncé, s'être résignées et changées en pierre.

Ce paysage était encore beau, à sa façon.

Je l'ai rejoint et me suis postée à côté de lui.

« Si c'était la dernière chose que vous deviez voir de votre vie, a-t-il demandé, seriez-vous heureuse ? »

Je suis restée silencieuse un instant, me demandant ce qui avait provoqué chez lui cette interrogation. Avait-il pu deviner que je m'étais tenue là, un jour, à me poser exactement cette question ?

« Ça ne se passe pas comme ça, ai-je fini par répondre.

— C'est-à-dire ?

— Quand il arrive vraiment quelque chose et qu'on pense que c'est la fin. On ne fait même pas attention à ce qu'on voit. »

Il m'a fixée du regard. Je suis retournée à la benne pour en ressortir la boîte que je venais d'y jeter.

« Tenez, des oursons. »

Il m'a pris un paquet des mains. Sans lui laisser le temps de prononcer un mot, je suis repartie comme une flèche dans la réserve, où j'ai ouvert un autre carton d'un coup de lame, et quand je suis ressortie il était parti.

Cela faisait presque trois mois que je n'avais pas reçu de carte postale de mon frère.

Un dimanche, j'ai enfin rappelé John, non sans avoir tenu le combiné longtemps avant de composer le numéro. Quand il a décroché, il avait le ton amène dont il semblait ne jamais se départir.

« Tu m'as parlé d'une balade à cheval, c'est ça ? » ai-je demandé.

Il a ri.

« Je crois bien que oui. Tu veux passer ? »

Sur place, j'ai gravi la colline avec lui, et à la grange nous avons sellé les chevaux. Poussière et brins de paille s'échappaient du grenier, flottaient dans la lumière froide et vive tandis que je l'aidais à serrer les sangles. C'étaient de bonnes montures, ni trop âgées ni trop jeunes, qui ont trotté sans effort sur les bourrelets des prés jusqu'à l'orée de la forêt, où nous nous sommes engagés sur un sentier. John reposait lourdement sur sa selle mais gardait le dos droit, une main sur le pommeau et l'autre sur son chapeau. Je tenais la bride coincée entre mes doigts comme on me l'avait appris quand j'étais petite, enserrant de mes jambes les flancs de la jument qui soufflait et s'ébrouait, humant l'odeur irrémédiablement animale de sa sueur, au son des grincements et cliquetis du cuir et des étriers.

En rentrant à la ferme, elle est passée au petit galop, et je ne l'ai pas retenue, d'abord nerveuse, puis je me suis dressée sur mes jambes, en équilibre – je volais. Elle a accéléré, le cou allongé vers l'avant. J'avais oublié cette sensation de filer comme le vent, de me sentir si légère, des sabots martelant le sol au-dessous de moi et une crinière fouettant le bas de mon visage baissé. Des mottes de terre jaillissaient derrière nous, mais la jument gardait une cadence régulière, sa fixation sur le foin et la chaleur qui l'attendaient l'emplissant d'une assurance qui nous portait toutes les deux. Lorsqu'elle a enfin ralenti, nous étions l'une comme l'autre essoufflées. J'ai basculé en avant et lui ai flatté l'encolure.

John m'a rejointe, cahotant sur sa monture au lieu d'aller au trot enlevé.

« Je ne savais pas que tu allais faire ça, a-t-il commenté.

— Moi non plus. »

J'ai glissé mes doigts dans mes cheveux mouillés de sueur, les ai tirés en arrière jusqu'à obtenir une sensation agréable, puis les ai relâchés.

Nous avons contemplé le domaine. Vu d'ici, la ferme semblait immense, les prés s'étendant très loin, entrecoupés de chênes et d'ormes imposants. Je préférais être dans la montagne que dans un espace aussi vaste, pourtant ce n'était pas déplaisant.

J'ai fermé et rouvert les yeux, gagnée par l'impression qu'une main lourde s'était retirée de ma tête.

John m'observait.

« Merci, lui ai-je dit en pivotant sur moi-même pour le regarder en face. Sincèrement. »

Tout sourire, il a rajusté son chapeau. « Pas de quoi. »

Sur le chemin du retour, j'ai chanté avec la radio en battant la mesure sur le volant, la fenêtre entrouverte pour que mes cheveux flottent au vent malgré le froid. À la supérette, j'ai pioché dans les rayons avec mon bras valide et entassé des articles dans mon panier. Mes vêtements sentaient encore le cheval, une fatigue gratifiante engourdissait mes muscles. Quand j'ai soulevé mes achats pour les mettre sur le comptoir, j'ai fait mine de ne fournir aucun effort.

En approchant de chez ma grand-mère, j'ai repéré une voiture inconnue garée dans l'allée.

Son capot violet étincelait au soleil, les champs parsemés de restes de neige et de pieds de maïs cassés se reflétaient dans ses vitres. Mes courses sous un bras, j'ai poussé la porte avec l'épaule et découvert ma tante Jeanine – celle de Pittsburgh – assise à la table de la salle à manger avec ma grand-mère et mes parents.

Mon estomac s'est noué.

« Oh », ai-je fait en les observant l'un après l'autre.

À part ma grand-mère, tous semblaient stupéfaits, comme s'ils avaient oublié que je vivais là. Deux grandes bouteilles limpides trônaient au milieu de la table tels des monuments miniatures, Jeanine et mes parents avaient devant eux des verres à liqueur. Ma tante avait un visage brun à l'aspect buriné, et un foulard tenait en arrière ses cheveux d'un gris négligé. Mon père était à moitié avachi sur ses coudes, et l'on aurait pu croire que ma mère, empourprée et décoiffée, revenait d'une très longue promenade sous un vent cinglant.

« Kathleen ! » a-t-elle coassé, le regard vaguement dirigé vers moi, en clignant des paupières.

Ma grand-mère a détourné la tête avec un rictus narquois.

J'ai soupiré et laissé le sac de provisions au bas de l'escalier, puis je me suis traînée jusqu'à ma chambre. Au bas du placard était rangée une vieille valise en carton qui avait appartenu au père de ma grand-mère, vert olive, et qui sentait le cigare. J'avais presque fini de la remplir quand j'ai entendu les pas lents et laborieux de ma grand-mère dans l'escalier.

« Tu ne restes pas ? s'est-elle enquise, sans paraître le moins du monde surprise.

— Non. »

J'ai fourré une dernière paire de chaussettes dans la valise et l'ai fermée.

« Comme tu le sens », a-t-elle dit, formule qu'elle avait apprise à la télé.

Une fine ligne de mucus luisait encore sur sa lèvre supérieure, laissée par la canule de sa bonbonne d'oxygène, laquelle devait donc être en bas, à côté de la table, près de sa tasse de thé en train de refroidir. Cette habitude de boire du thé, là encore, lui avait été inspirée par la télévision. Apparemment, toutes les femmes âgées qu'on y voyait – celles qui étaient épanouies, en tout cas – en consommaient. C'était sa façon à elle de faire savoir qu'elle aurait souhaité connaître un destin plus heureux.

Je me suis penchée pour chercher une autre paire de baskets sous le lit et elle est repartie d'un pas lourd vers sa chambre, où elle ne se rendait que rarement depuis qu'elle dormait sur le canapé. Quelques minutes plus tard, elle est revenue en tenant fermement un bout de papier décoloré, qu'elle m'a tendu. C'était un billet de vingt dollars.

« C'est quoi, ça ? ai-je demandé en jetant un coup d'œil au billet qu'elle m'avait fourré dans la main avec ses doigts d'une force surprenante.

— À ton avis ? »

Elle s'est tournée vers l'escalier.

Je l'ai regardée repartir, flottant sans sa robe corail trop lâche qu'elle avait achetée dans un vide-greniers.

« Je n'ai pas besoin de ton argent, mamie.

— Et alors ? » Elle s'est engagée sur la première marche, vers la petite sauterie qui se déroulait en bas, les verres qui s'entrechoquaient et cognaient d'un bruit sourd contre le bois. « Va donc t'amuser un peu. Ça leur fera les pieds. »

Je suis partie sans dire au revoir à ma tante, qui m'a observée d'un air ébahi en posant, m'a-t-il semblé, une question à ma grand-mère. Mon père a levé la tête vers moi, un paquet de cartes dans les mains, et j'ai soutenu son regard quelques instants. Puis il a détourné vivement les yeux, embarrassé, avant de distribuer.

« Qu'elle prenne bien ses médicaments, surtout, ai-je ordonné à la cantonade en pointant l'index vers ma grand-mère. S'il lui arrive le moindre pépin, vous serez responsables et je ne l'oublierai jamais. »

La porte s'est fermée dans un bruit mat tandis que j'allais à ma voiture.

Au gîte, Martin m'a dévisagée d'un air interrogateur lorsque j'ai déposé ma valise par terre devant le bureau de la réception et sorti mon portefeuille.

« Ça ne va pas la tête ? Pas question que tu paies. » Il a repoussé mon argent vers moi. « Ce n'est pas l'affluence des grands jours, de toute façon. Il n'y a toujours que lui et moi, ici, les deux mousquetaires.

— Merci. Il me faut juste de quoi faire mon lit, alors. »

Avant de chercher dans le placard de la literie, il a examiné mon jean éclaboussé de boue et ma posture fatiguée.

« Tout va bien ?

— Ouais. Ça roule. »

J'ai pris la clé qu'il m'a remise, partagée entre l'envie d'exprimer ma gratitude et de la cacher. Puis il m'a tendu autre chose, une petite carte blanche jusqu'alors posée sur le bois laqué du comptoir.

Tyler McDougal, y était-il inscrit. *Police de Pennsylvanie*.

Je l'ai retournée ; dans le creux de ma main, ses bords m'ont paru tranchants. « C'est quoi, ça ?

— Ils sont passés tout à l'heure. Je préférais te mettre au courant.

— Qu'est-ce qu'ils voulaient ?

— Tu ne devines pas ?

— Qu'est-ce qu'ils ont dit ? Pourquoi tu ne m'as pas prévenue tout de suite ?

— D'une, tu n'étais pas là, et de deux je ne voyais pas l'intérêt de t'inquiéter. » Il a fermé le registre. « Quelqu'un me soupçonne de donner asile à un sans-papiers, à ce qu'il semble. »

Je l'ai regardé et j'ai dégluti, le spectre du visage de Jerry m'apparaissant fugacement.

« Je parie que c'est un garde-forestier, a-t-il ajouté. Qui d'autre peut remarquer ce qui se passe ici ou s'en soucier ? Je pourrais très bien être le boss du plus gros réseau de tueurs à gages de la côte Est, et on n'y verrait que du feu.

— Qu'est-ce qui s'est passé, alors ?

— Eh ben rien, en fin de compte. Ils sont arrivés, ils m'ont posé quelques questions et ils sont repartis. Ce qui est logique, vu que personne ne fait rien de mal.

— Quoi comme questions ? Il était là ?

— Il était en bas dans la salle de jeux. Ils ne l'ont pas vu. » Il a tripoté son crayon. « Ils voulaient savoir s'il travaillait pour moi. J'ai répondu non, que je ne le payais pas un kopeck, qu'il me filait juste un coup de main de temps en temps. Ils m'ont ensuite très gentiment expliqué le sens de l'expression “donner asile”. » Il s'est gratté l'arrière du bras. « Je leur ai rappelé que je dirige un gîte d'étape. C'est mon métier de donner asile aux gens.

— C'est tout ? Ils ne sont pas allés le chercher ?

— Ils n'avaient pas de mandat. Je suis pas aussi neuneu que j'en ai l'air – je sais comment ils bossent. Je leur ai demandé de partir et ils n'ont pas insisté. »

J'ai imaginé Martin face aux policiers, leur tenant tête, et j'ai éprouvé une grande admiration mêlée d'inquiétude.

« Tu leur as dit ça ?

— J'allais me gêner ! Tu les laisses te marcher sur les pieds une fois et ils se croient tout permis. C'est un coup de poker – s'ils décident de revenir t'emmerder, ils risquent de ne pas y aller de main morte. Mais je ne vois pas comment ils pourraient le justifier, ils sont juste venus là parce qu'on leur a ordonné de le faire. Et au bout du compte, je préfère partir du principe qu'ils ont mieux à faire que grimper jusqu'ici pour vérifier une rumeur. Ce n'est pas le genre de truc qui te vaut une promotion. »

Je me représentais toujours la scène, médusée.

« Je n'aurais jamais eu ta présence d'esprit, moi.

— Que veux-tu... C'est un des acquis que je garde de ma jeunesse dissipée. » Il a eu un sourire en coin. « Bref, je ne pense pas qu'il y ait lieu de paniquer. En plus, c'est quand on panique qu'on prend de mauvaises décisions.

— Il est au courant ? » J'ai relevé le menton pour indiquer l'étage où se trouvait la chambre de l'étranger.

« Le type s'est baladé ici comme un cow-boy, alors ça aurait été dur de ne pas l'entendre. Je crois que Danya est en haut, si tu veux lui parler. Tiens, je vais te porter ta valise.

— Non, c'est bon, laisse. »

J'ai gravi l'escalier aussi vite que possible, puis j'ai remonté le couloir, plongé dans la pénombre.

Il n'y a pas eu de réponse quand j'ai toqué.

« C'est Kathleen », ai-je annoncé.

Il y a eu un blanc, puis un bruissement de papiers. La porte s'est entrouverte légèrement, révélant un œil méfiant et des cheveux mouillés. Il devait sortir de la douche.

« Oh, a-t-il fait. Quelle surprise ! » Il a élargi l'entrebâillement de sorte que je voie son visage perché sur son cou blanc. « Je croyais que vous étiez rentrée chez vous.

— J'étais rentrée, oui. » J'ai posé ma valise. « Mais je suis revenue. Ça va ?

— Oui, bien sûr. Entrez », m'a-t-il invitée, avant de me précéder dans une pièce sombre éclairée par une seule lampe.

Il était torse nu, une serviette nouée autour de la taille. J'ai détourné le regard et vu un livre sur le lit, un tas de feuilles, un stylo. Ses chaussures étaient alignées près de la table pliante censée servir de bureau, ses vêtements posés soigneusement sur le large appui de fenêtre, la guitare en équilibre dans un coin. Il a relevé le store, mais si tard dans la journée la chambre n'en a pas été plus claire. De longues lignes roses hachuraient son dos, discrètes mais distinctes sur sa peau pâle, semblables aux plis qu'aurait laissés un drap froissé, mais plus profondes et plus foncées. Gênée, j'ai contemplé le sol.

Il s'est tourné vers moi, et lorsqu'il a pris un pull j'ai entraperçu d'autres marques rosées à l'intérieur de son bras. Celles-ci étaient petites et rondes, à peine plus grandes qu'une pièce de dix cents, et ont vite disparu quand il a enfilé son pull avant de rattraper maladroitement sa serviette qui menaçait de tomber.

« Asseyez-vous, je vous en prie », a-t-il dit en désignant la chaise métallique du bureau, avant de remarquer ma valise dans le couloir, les yeux écarquillés. « Vous vous installez ici ?

— Oui. Enfin je veux dire, pas dans cette chambre, bien sûr. Dans une autre.

— Mais vous vivez juste à côté. C'est ce que je croyais, en tout cas. »

Avec son pull et sa serviette, il ressemblait à un épouvantail ridicule. De près, je me rendais compte qu'il avait l'air éreinté, mais je n'ai pas décelé chez lui l'effroi ou la terreur auxquels je m'attendais.

« Ouais, c'est juste, ai-je confirmé. Ma grand-mère avait des invités, alors j'ai préféré décamper.

— Décamper ?

— Partir, quoi. » J'ai observé ses mouvements. « Vous êtes sûr que ça va ?

— Oui, oui. Je vous apporte votre bagage. » Il est allé à la porte, où il a touché les flancs craquelés de la valise, sa poignée rouillée. « Mince alors. C'est une antiquité.

— Oui. Elle appartenait à mon grand-père.

— Elle me rappelle celle que mon père possédait dans sa jeunesse, quand il a fait le voyage de Moscou à Tachkent. Il l'a toujours quelque part, mais ça ne m'est jamais venu à l'idée de l'utiliser. »

Il a posé la valise avec précaution près du bureau et fermé la porte.

J'ignorais si je devais être soulagée ou alarmée par son apparente sérénité.

« Je ne pensais pas que vous seriez aussi calme.

— Par rapport à la police ?

— Oui, évidemment. »

Il s'est assis au bord du lit, regardant ailleurs tout en lissant les couvertures à gestes doux.

Ses jambes maigres dépassaient de sa serviette comme deux baguettes. « Lorsqu'ils sont arrivés, ça m'a... J'ai paniqué, bien sûr. Mais ce genre de peur, c'est pareil qu'un incendie. Ça flambe très fort d'un coup et c'est terrible, puis quand ça passe, on se sent juste vidé. »

De l'eau a dégouliné de ses cheveux sur son cou. Il semblait sans défense, vulnérable, comme un homme lâché au milieu d'une nature sauvage et hostile.

C'est vrai, ai-je songé. Je connaissais ce genre de peur, si violente qu'elle ne laisse que l'épuisement dans son sillage, une sorte d'indifférence à notre sort. C'était là un sentiment dangereux. Il engendrait un certain type de prise de décision, comme chez un somnambule choisissant de ne pas fermer à clé avant d'aller de coucher.

« Je ne voudrais pas donner l'impression de radoter, lui ai-je dit en grattant une traînée de boue sur ma cuisse, mais ça me paraît évident que vous devriez... »

Il a levé les mains avant de les laisser retomber.

« Martin est convaincu qu'ils ne reviendront pas tout de suite. En attendant, je vais réfléchir à ce qui serait le mieux. »

L'espace d'un instant, j'ai éprouvé un soupçon de ce que Beth devait ressentir, et que j'ai soudain compris, chaque fois qu'elle tentait de me raisonner. Une exaspération mâtinée de pitié.

« Bon, très bien. Je vais aller dîner, ai-je annoncé. Mais à mon retour je frapperai à votre porte – si vous n'êtes pas couché, nous pourrons peut-être discuter.

— Je vous accompagne.

— Quoi ? » J'ai eu un temps d'arrêt. « Non. Non, non, non. Pas question.

— Pourquoi ? Ça me plairait.

— Non, ai-je répété. Jamais de la vie. Je vous ai vu vous démener pour essayer de vous rendre invisible. Je ne pense pas que ce soit la meilleure chose à faire, mais je ne vais pas vous aider à tout bazarder sur un coup de tête. Ça non. »

Il a eu un rire timide.

« Vous êtes une bonne amie. Et je vous remercie de votre bienveillance, mais… à mon avis, ça ne changera rien. Si je reste ici, je suis une cible facile, comme on dit. Et puis… » Il a balayé du regard la petite pièce carrée au plancher nu et aux meubles gris. « À force d'être enfermé, vous savez, je… »

Il n'a pas achevé sa phrase, mais il n'en avait pas besoin. Je l'imaginais assis là, à contempler les murs blancs, vierges, ressassant les mêmes pensées. Sursautant au moindre bruit.

« Je comprends bien. Je vous assure. Mais c'est quand même une très mauvaise idée.

— Si ça se trouve, rien de ce que je fais n'est une bonne idée.

— Ce n'est pas impossible, mais…

— Je vous en prie », a-t-il insisté doucement.

Ces mots sont restés en suspens, délicats et légers, tel un papillon de nuit pris dans une toile d'araignée.

J'ai rejeté la tête en arrière et regardé le plafond.

« Bon, d'accord, ai-je enfin accepté, sans parvenir à étouffer la certitude que c'était une erreur.

— Merci. Par contre... si c'était possible... plutôt dans un endroit... »

J'ai compris.

« Oui, nous pouvons aller au *diner* ouvert vingt-quatre heures sur vingt-quatre, en bord d'autoroute. C'est toujours plein de gens de passage. Ça limitera les risques qu'on nous remarque. »

La pluie s'était mise à tomber, aussi a-t-il fallu rouler lentement. Dans le siège passager, l'étranger ne disait pas un mot et observait la chaussée qui se déroulait face à nous, tournant la tête chaque fois que nous passions devant une maison ou une grange même si l'on n'aurait pu voir que des ombres. Il sentait le savon.

Lorsque nous nous sommes engagés sur la bretelle d'accès, il m'a regardée. « Vous avez l'air soucieuse.

— Je me balade en voiture avec un cinglé. C'est normal, non ?

— J'ai l'impression que c'est plus profond que ça.

— Ah. » J'ai jeté un coup d'œil aux phares dans le rétroviseur. « Non, ce n'est rien. »

Je me suis insérée dans le trafic très clairsemé. Le soir, en général, personne n'empruntait ce tronçon à l'exception des poids lourds, semi-remorques qui fonçaient, anonymes, vers Allentown, Scranton, New York. Ou plus loin.

« Ces invités qui sont chez vous, a repris l'étranger avec précaution. Vous ne les aimez pas ?

— C'est ce qui vous inquiète en ce moment, vous voulez rire ?

— Je ne suis pas inquiet, à vrai dire. Vous avez juste l'air un peu…

— Absolument pas. » J'ai baissé ma garde. « Ce n'est pas la question de les aimer ou pas. C'est la famille. Nous sommes différents, c'est tout.

— Différents, dans quel sens ?

— Ça n'a pas d'importance. Ils ont fait des choix que je n'aurais pas faits. Je l'espère, en tout cas. »

J'ai enclenché mon clignotant pour doubler un pick-up.

« Oui, la famille, ça peut être comme ça. Croyez-moi, mon père – bon, je vous raconterai ça plutôt une autre fois. Et bien sûr, ce n'est pas bien de manquer de respect à ses parents. Non que je vous accuse, hein », s'est-il empressé d'ajouter.

Son extrême politesse m'a arraché un sourire.

« Pas de problème, ai-je répondu.

— Puis-je vous demander ce qu'ils ont fait ?

— C'était il y a longtemps. Ça n'a plus d'importance. » Nous avons dépassé une aire de repos à l'entrée de laquelle stationnaient des poids lourds en enfilade, leurs chauffeurs probablement en train de dormir dans leur cabine. Les calandres de plusieurs camions étaient décorées de motifs dessinés avec des guirlandes de Noël, essentiellement des crucifix. L'étranger a pivoté dans son siège pour les observer, mais très vite les arbres qui bordaient les voies ont masqué les apparitions flottantes et l'obscurité nous a enveloppés.

L'enseigne au néon du *diner* brillait au bout du parking. Les clochettes de la porte ont tinté quand nous sommes entrés, et l'Ouzbek, en sursautant, s'est cogné contre moi. Je l'ai senti se crisper. « Doucement », ai-je murmuré, avant de demander à l'hôtesse d'accueil – une femme d'allure pétulante et dynamique qui tenait un stylo dans sa bouche – une table en salle fumeurs. Elle a hoché la tête et pris vivement deux menus sur une pile, son stylo toujours coincé entre les lèvres.

« Je ne savais pas que vous fumiez », a commenté l'étranger tandis que nous nous installions dans un box. Il s'est replié en avant, les mains dans les poches, puis a jeté un coup d'œil alentour.

« Je ne fume pas. En temps normal, en tout cas. Mais apparemment tous les autres clients sont non-fumeurs, ce soir. » J'ai désigné du menton les banquettes qui nous entouraient. « Nous pourrons parler sans craindre les oreilles indiscrètes.

— Je vois. » Il a ouvert son menu et l'a considéré d'un air dubitatif. « Je n'ai pas très faim, en fait.

— Commandez quand même, lui ai-je conseillé. Sinon il y a plus de risques qu'on se souvienne de vous.

— D'accord. » Il a examiné la carte comme si elle était couverte de hiéroglyphes. « Qu'est-ce que je dois choisir ?

— Il n'y a rien qui soit de la grande gastronomie, mais le rosbif n'est pas mal. À mon humble avis.

— Entendu, je vais prendre ça. »

Il a refermé le menu et s'est renversé contre son dossier. L'enthousiasme qui l'avait animé jusqu'alors semblait s'évaporer maintenant que nous étions au restaurant. Je l'ai observé qui promenait le regard, offrant une piètre imitation d'homme décontracté.

Lorsque la serveuse s'est présentée, j'ai commandé pour nous deux, le rôti pour lui et une omelette pour moi. Deux cafés. Dans une autre vie, quand Amos et moi avions commencé à nous fréquenter, nous venions souvent là, mangions des œufs brouillés et des galettes de pommes de terre tard dans la nuit sans raison particulière. *Tels les adolescents que nous étions*, ai-je pensé avant de chasser ce souvenir.

« Alors, ai-je lancé, dès que la serveuse fut repartie après nous avoir apporté nos plats. Qu'est-ce que vous allez faire ? »

Il a retourné sa fourchette comme le font les Anglais à la télévision et donné de petites poussées à sa viande.

« Comment ça ?

— Vous ne pouvez pas rester. Pas si vous craignez que quelqu'un vous retrouve. Vous le savez bien. »

Tout à coup, la peau autour de sa bouche a semblé s'affaisser.

« Comme je vous l'ai dit, c'est... je ne peux aller nulle part.

— Pourtant vous êtes venu ici. Dans le parc naturel, s'entend. »

Il a bu une gorgée de café et considéré sa nourriture.

« Oui. J'ai eu de la chance. »

J'ai contemplé les manchettes râpées de sa chemise, les boutons ternis de sa veste, tous les détails que j'avais fini par connaître par cœur et qui, à leur façon, retentissaient d'un désespoir flagrant. J'ai écarté mon assiette.

« Je ne vais pas vous supplier, ai-je repris, mais je vous assure que je peux vous conduire quelque part. Même dans un autre coin de campagne, si c'est ce que vous souhaitez. Peu importe s'il faut rouler des heures, ça ne me dérange pas. »

Il a pris un peu de purée avec sa fourchette et l'a examinée sans me répondre. Ses cheveux lui tombaient devant les yeux. *Peut-être est-ce parce qu'il se trouve dans un endroit nouveau*, ai-je songé, mais je ne l'avais jamais vu si fragile, si usé.

J'ai pris une grande inspiration pour m'armer de courage.

« Qu'avez-vous fait de si affreux, au juste ? » lui ai-je finalement demandé.

Il a relevé brusquement la tête.

« Ce n'est pas pour ça que la police est venue.

— Je ne parlais pas de ça. »

Il m'a fixée dans les yeux un long moment. Nous n'avions jamais échangé ce genre de regard, pas de cette façon. Ses iris étaient foncés, les plus ténébreux que j'aie jamais vus, et avec une soudaineté presque vertigineuse, je me suis rappelé que je m'adressais à un homme de douze ans mon aîné, qui avait voyagé, dont les mots simples visaient sans doute à atténuer une intelligence qui autrement aurait été écrasante, un homme qui, si sa vie avec suivi un cours normal, ne serait jamais entré dans ce *diner*, n'aurait jamais mis les pieds dans les parages, ne se serait jamais retrouvé à cet endroit à discuter avec quelqu'un comme moi.

J'ai baissé les yeux et fourré les mains dans la poche avant de mon sweat-shirt. Malgré son comportement irrationnel, sa maladresse, j'étais en admiration devant lui. Inutile de me voiler la face. Et même s'il me semblait encore irréel que nous soyons là tous les deux, l'un en face de l'autre sous la rotation lente des ventilateurs du plafond et les lumières tamisées de ce restaurant d'autoroute, je devais reconnaître que l'étranger avait apporté du mieux à mes journées, quelque chose qui jusqu'alors me manquait. Je vivais très bien la solitude ; j'avais appris très tôt à me contenter de ma seule compagnie. Mais je ne pouvais nier que son arrivée avait jeté un éclairage nouveau sur les mois, et même les années, qui avaient précédé. Jamais je ne le lui aurais avoué ; jamais je ne l'aurais dit à personne. Et pourtant, quand je songeais à cette période, j'avais maintenant l'impression de me dresser au bord d'une lisière. *Ces jours n'ont pas été une terre en friche,* me disais-je. Ils n'avaient pas été désertiques, mais ils avaient été différents et, en toute honnêteté, je n'étais pas sûre d'être prête à y retourner. Pas tout de suite.

« J'ai trahi des gens », a-t-il déclaré doucement, interrompant mes considérations.

J'ai reporté le regard vers lui dans un sursaut. Il avait les yeux baissés devant lui.

« Hein, quoi ? »

Il n'a pas répondu.

« Je ne comprends pas », ai-je lâché. Il s'est apprêté à parler de nouveau, puis s'est ravisé. « Vous avez déçu quelqu'un, c'est ça ? »

Il s'est raclé la gorge, sa grande tasse serrée dans ses mains.

« Non. » Il a choisi ses mots avec soin. « Ce que je veux dire, c'est que j'ai trahi des gens. Voilà ce que j'ai fait. »

Au-dessus de nos têtes, le ventilateur tournoyait.

« Je suis désolée, mais je ne comprends toujours pas.

— C'est normal, a-t-il soupiré. J'oublie tout le temps que vous n'avez jamais quitté cet endroit. » J'ai dû grimacer, parce qu'il a vite ajouté : « Vous vivez dans un pays où ces choses-là ne se produisent pas, je veux dire. »

Il s'est tu un moment, qui s'est prolongé. La jeune employée a reparu, nous a resservis en café tandis qu'il gardait les yeux rivés sur son assiette, puis elle est repartie en vitesse.

« Je peux vous expliquer, a-t-il finalement repris. Mais vous devez comprendre que ce sont des actes que je regrette. »

J'ai moi aussi refermé les doigts autour de mon mug.

« D'accord. »

Il a toussé et s'est penché vers moi.

« Dans ma ville, Tachkent, il y a une dizaine d'années – pas tout à fait dix mais presque –, il y a eu une série d'attentats. Six voitures piégées en une seule journée. C'était horrible. Il y a eu des blessés par centaines. J'étais à mon cabinet, et j'ai entendu une des explosions. Je suis sorti voir et là… » Il a écarté les mains. « Que des éclats de métal et de verre. Du sang partout. C'est indescriptible – on nous montre ce genre d'images aux informations, mais lorsqu'on est sur place, on voit les gens, on entend les cris, on sent… » Il a secoué la tête afin de chasser ce souvenir. « En Ouzbékistan, la plupart des gens – les Ouzbeks, pas les Russes tels que moi – sont musulmans. Pas du genre qui prie beaucoup… plutôt relax, en général. Quand j'étais plus jeune, à l'époque soviétique, le gouvernement surveillait tout de très près – pas seulement les mosquées, mais aussi les églises et tous les autres lieux de culte. L'État contrôlait la façon dont on pouvait pratiquer sa religion, en gros, alors personne n'était très fervent. Pas vraiment. » Un air exaspéré est passé fugacement sur son visage. « Tout allait beaucoup mieux en ce temps-là, je vais vous dire. »

J'ai ouvert la bouche pour protester, mais je l'ai laissé continuer.

Il s'est enfoncé un peu dans sa banquette, concentré sur les fleurs artificielles au milieu de la table.

« Quand les attentats ont eu lieu, les autorités en ont attribué la responsabilité aux musulmans – les plus pratiquants. Alors bien sûr des tas de gens ont fait pareil. » Il a eu un geste désabusé. « J'y ai cru, moi. Comme presque tout le monde. C'est seulement plus tard qu'on a commencé à poser des questions. À se demander si le gouvernement lui-même n'avait pas pu... » Il a pris une grande inspiration et l'a relâchée. « Bref. Ça n'a pas d'importance. Nous ne saurons jamais. »

Il a marqué une pause, puis poursuivi :

« J'étais avocat, je vous en ai déjà parlé.

— Oui, je m'en souviens.

— J'avais... » Sa voix a chancelé. Ses cheveux étaient retombés devant ses yeux. « J'avais des clients, bien sûr. On me confiait beaucoup de choses. Et j'avais beaucoup d'amis à l'université. J'étais... très sociable. »

Il a pris sa cuillère à café, l'a essuyée sur sa serviette et s'est mis à la frotter légèrement contre le bord de la table.

« D'accord, ai-je dit.

— Un jour, j'ai reçu un coup de téléphone, sur mon portable, et on m'a annoncé que j'étais invité. »

Ses yeux restaient fixés sur la cuillère.

« Invité où ?

— C'est le terme qu'ils utilisent. Ils vous “invitent”. » Un coin de sa bouche a tressailli, esquissant un sourire fugace et dépourvu de toute chaleur. « Comme pour un dîner officiel.

— Quand vous dites “ils”, c'est la... la police secrète dont vous m'avez parlé la première fois ?

— Oui, mais pas tout à fait du même genre. Un cran au-dessus. » Il s'est appuyé contre le coussin en vinyle orange du box. « Évidemment, on ne peut pas refuser. Alors j'y suis allé. » Il a levé les yeux vers la suspension qui éclairait notre table. « J'ai pris le bus, et je me souviens encore de ce trajet très en détail. Les autres voyageurs semblaient tous savoir où je me rendais. Personne ne me regardait. C'était très étrange.

« Quand je suis arrivé, ils étaient deux, comme dans les films. L'un était grand et paraissait costaud, l'autre était plus petit et assez gros. Ils avaient la même tête, par contre, au point qu'ils auraient pu être cousins. Ils étaient tous les deux très pâles, comme s'ils ne voyaient pas beaucoup le soleil.

« Je suis entré, et ils ont servi des verres de vodka, un pour moi et un pour chacun d'eux. Ils ont d'abord voulu bavarder un peu, que je leur parle de mon travail, de ma famille, d'un cours que je donnais à la fac. Et puis ils sont entrés dans le vif du sujet. Ils m'ont demandé ce que j'avais entendu. »

Il a marqué une pause.

« Ce que vous devez comprendre, a-t-il poursuivi, c'est que j'avais peur et que j'étais en colère à cause des bombes. Nous étions des milliers dans ce cas. Et pour ma part, je suis partisan d'une – ha, comment dit-on – d'une société sécularisée. À l'indépendance, nous étions déjà très nombreux à redouter qu'il y ait trop de changements, que notre pays devienne méconnaissable. Moi, je… » Il a plongé le regard dans le fond de sa tasse. « J'en étais même convaincu. J'ai commencé… à donner des noms. Pas n'importe lesquels, les noms de ceux dont je savais, ou avais entendu dire, qu'ils étaient des activistes. C'est d'eux que j'ai parlé, au début. Pour la plupart, j'étais certain qu'ils étaient déjà fichés. Je pensais que ça ne pouvait pas porter préjudice. » Sa voix s'est adoucie. « Le problème avec ce genre d'agents, c'est qu'ils en savent plus sur vous que vous-même. Pourtant, ils ne sont pas spécialement intelligents. D'ailleurs ce sont souvent d'anciens mauvais élèves, mais ils savent se montrer convaincants. » Il m'a lancé un bref coup d'œil. « Ils n'arrêtaient pas de me demander… Eh bien, ils voulaient que je leur relate ce que j'avais entendu, ce qui se racontait. Récolter d'autres noms.

« Et moi, j'aspirais à quitter le pays. Ils le savaient. Ils étaient au courant que j'avais étudié les langues étrangères à la fac, que je rêvais d'une autre vie. » Il a dégluti. « Et bien sûr, il y a toujours une menace qui plane derrière ce qu'ils disent, même si ce n'est jamais formulé explicitement. J'avais déjà fait de la prison une fois, comme je vous l'ai expliqué – mon père essayait d'obtenir le remboursement d'une dette, et il s'est mis à dos des gens qu'il vaut mieux éviter. Je ne voulais pas... Je n'aurais jamais supporté de subir ça de nouveau. Quand on va en prison en Ouzbékistan, on n'est jamais sûr de... » Il a laissé sa phrase en suspens. « Et donc, au bout du compte j'ai accepté de travailler pour eux. Je connaissais beaucoup de monde. Mes clients, mes amis. Des étudiants que j'avais eus en cours lorsque j'étais maître de conférences. Ils me faisaient confiance, ils me racontaient tout... Et moi je les ai trahis. Chaque semaine, je retournais dans cet immeuble voir les agents qui m'avaient "invité". Et je trahissais. »

Il s'est frotté les yeux avec les paumes, même s'il ne pleurait pas. Il avait surtout l'air épuisé.

« Il y avait une jeune femme, une peintre. Je me souviens d'elle parce qu'elle portait des fleurs en soie dans les cheveux. C'était une pasionaria – elle n'hésitait pas à crier ses opinions sur les toits. Elle m'agaçait beaucoup. Ses idées ne valaient rien. » Il a paru se replier sur lui-même, ses épaules se sont voûtées. « Ils l'ont arrêtée. Je me suis dit qu'elle devait s'y attendre, à force de tenir des propos aussi osés devant tout le monde. Je... »

Il n'est pas allé au bout de sa pensée.

J'étais trop abasourdie pour rebondir. Nous sommes restés l'un en face de l'autre ; la fumée de la cuisine dérivait sur nous, les pales du ventilateur brassaient l'air sans discontinuer.

« Rentrons », ai-je dit au bout d'un moment, et il a hoché la tête.

Nous nous sommes glissés hors du box et sommes allés régler.

Dans l'obscurité de la voiture, j'ai posé les mains sur le volant, contre les coutures rugueuses du cuir. J'ai regardé droit devant moi.

« Et qu'est-ce qui leur est arrivé ? ai-je demandé. À ceux que vous avez... dont vous avez parlé aux agents ? »

Il a paru s'exprimer avec difficulté :

« Ils ont été interrogés.

— En prison ?

— Oui. » Il avait pris un cure-dents dans un petit pot près de la caisse du restaurant, mais il ne l'utilisait pas, se contentait de le faire tourner entre ses doigts, pressant les pointes contre sa peau. « Pour certains... Je n'en sais rien. Je n'ai plus eu de nouvelles. Peut-être qu'ils se méfiaient de moi, ou alors ils... »

Encore une fois, il n'a pas fini sa phrase.

J'ai démarré. Sur la route, une image m'est revenue, ce cercle de visages joyeux oscillant comme des bouchons à la clarté de bougies à la table d'un café, écoutant l'étranger plaisanter et jouer de la guitare. Ils disparaissaient lentement, un par un, tel le chat du Cheshire, jusqu'à ce que même les sourires s'effacent, ne laissant qu'une maigre trace de lueur dans les ténèbres.

Gagnée par un profond malaise, j'ai pensé aux photos des prisons.

« Et enfin, je suis venu ici, a-t-il repris, comme s'il se sentait obligé de terminer son récit. Je... Je connaissais les bonnes personnes pour tout organiser afin que je puisse partir. » Il a contemplé les paumes de ses mains. « Quand je suis arrivé, j'ai d'abord été étudiant – je suis allé à l'université en Virginie, en vivant sur mes économies. J'avais un visa. Puis il a expiré. » Il a courbé le cure-dent, qui a fini par se briser. « J'ai déposé une demande d'asile, mais ils ont réussi à savoir ce que j'avais fait.

— Qui ça ? me suis-je forcée à le questionner.

— Les Américains. Le juge. On m'a répondu qu'on ne pouvait pas me l'accorder. Il existe une règle, voyez-vous. On ne peut pas obtenir l'asile si on coche certains critères. Et ils m'ont indiqué que c'était mon cas, parce que j'avais travaillé pour mon gouvernement. Parce que j'avais... » Il a pris une grande inspiration. « ... dénoncé des gens. »

La boule au ventre, j'ai été submergée par une image du jour où Amos m'avait enfermée dans le garage. L'odeur du lieu, l'obscurité.

Il m'y avait laissée trois jours.

Sans eau ni nourriture.

« Il existe une autre règle, par contre, poursuivait l'étranger, selon laquelle même si on se voit refuser l'asile on ne peut pas être renvoyé dans un pays où l'on va être – eh bien, où l'on risque de subir un certain sort. Mais le juge a déclaré : "Vous avez travaillé pour votre gouvernement. Pourquoi s'en prendrait-il à vous ?" » Je percevais son incrédulité, comme si cet échange venait d'avoir lieu. « Il ne comprenait pas que les dirigeants seraient furieux – qu'ils seront furieux – en apprenant que j'ai parlé de ce que j'ai fait. De ce qu'on a exigé de moi. Ça entache leur image. » Il a eu un petit rire dénué d'humour. « Sans blague. »

Je me suis revue en train de crier dans le noir jusqu'à en perdre la voix, de marteler la porte et de secouer la poignée à en avoir les mains en sang et les ongles décollés. Finalement, je m'étais recroquevillée contre la porte sans un bruit, tellement assoiffée que j'étais sûre de mourir.

Une sueur froide poissait mes mains, couvrait ma nuque.

« Donc, vous n'avez pas obtenu l'asile, ai-je rebondi.

— Non.

— Et vous êtes venu ici. Ou vos amis vous ont amené.

— Oui, a-t-il confirmé. En fin de compte. »

Une bonne partie de mes cris – plus que je ne souhaitais m'en souvenir – avaient été à l'intention de mes parents. Je me les représentais sans cesse dans l'allée du presbytère. Ce qui s'était passé ne faisait aucun doute : le père MacIntyre les avait appelés, puis ils avaient prévenu Amos. J'étais certaine qu'ils s'étaient rendu compte de leur erreur. Ils l'avaient vu entrer au pas de charge chez le curé, me sortir de là par la force, puis m'emmener. Ils ne pouvaient qu'être inquiets. Ils allaient venir chez nous, m'entendre hurler.

Ils n'avaient pas bougé le petit doigt.

Il leur inspirait en fait une terreur encore plus grande qu'à moi. Mais beaucoup moins justifiée.

« Combien ? ai-je demandé tandis que nous quittions l'autoroute.

— Pardon ?

— Combien de personnes avez-vous… livrées ? »

Il s'est tourné vers moi, surpris.

« Je n'en sais rien. » Une bourrasque s'est engouffrée par les cimes des arbres tandis que nous traversions Centerville, projetant sur la voiture une mitraille de pluie. « Une centaine, je pense. Peut-être plus. »

Un frisson m'a parcourue, une véritable sensation de froid sous laquelle ma peau s'est rétractée.

« Une centaine, ai-je répété.

— C'est possible. Honnêtement, je ne sais pas. J'ai dû attendre longtemps avant de pouvoir m'échapper.

— Combien de temps ? »

L'espace d'un instant, j'ai cru qu'il n'allait pas répondre.

« Cinq ans », a-t-il indiqué doucement.

J'ai actionné mes feux de détresse et me suis rangée sur le bas-côté. Les pneus ont crissé sur les feuilles et le gravier.

L'étranger m'a observée. J'ai gardé les yeux fixés au loin, sur le point où l'asphalte se fondait avec les ténèbres. Les warnings cliquetaient doucement en clignotant.

J'ai visualisé les photos, les membres ébouillantés, les brûlures laissées par l'électricité, les regards vides. Le désespoir.

« Ils sont morts, ces gens ? » ai-je demandé.

Pendant un long moment, il a semblé débattre de ce qu'il allait dire.

« Certains ont avoué, a-t-il dit. Ça, c'est certain. On peut confesser beaucoup de choses quand on est soumis à… à une forte pression. » Il a remué légèrement sous sa ceinture de sécurité. « Et dans mon pays, on prend les aveux très au sérieux. C'est très difficile de revenir dessus. Presque impossible, en fait. »

J'ai serré le volant avec force.

« Donc, ils sont morts », ai-je conclu.

Il n'a pas répondu. Sa tête était tournée de l'autre côté, sa gorge longue et blanche.

J'ai détaché ma ceinture et ouvert la portière.

« Attendez », a-t-il dit, mais je ne l'ai pas écouté.

Dehors, dans le froid, je suis allée derrière la voiture et me suis appuyée contre la carrosserie. Les feux palpitaient d'une lueur rouge, brillant dans la nuit. J'ai contemplé la route déserte dans l'obscurité. Un crachin froid s'était mis à tomber et me mouillait le visage. À force, il a trempé mon jean.

À l'hôpital, Amos avait expliqué que j'étais tombée malade, mais que j'avais refusé d'aller chez le médecin ; manquant d'équilibre, j'avais laissé tomber une lourde charge de bois de chauffage, qui m'avait écorché les doigts.

Après mon passage aux urgences, on m'avait renvoyée chez moi. Il m'attendait à la réception et m'avait prise par le bras. Puis nous étions partis.

J'ai essuyé la bruine sur ma figure. Lentement, presque calmement, je me suis pliée en deux et j'ai vomi. Quand ça s'est arrêté, je me suis redressée. Puis j'ai mis les mains sur les genoux et j'ai vomi de nouveau.

Lorsque la nausée a fini par se dissiper, je me suis avachie contre la voiture et me suis assise sur la croûte de neige. La pluie me dégoulinait dans les yeux, et je l'ai laissée couler, la tête appuyée contre la tôle chaude.

Un long moment a passé, puis je me suis relevée et suis retournée à l'avant de la Jeep. L'étranger n'avait pas bougé et fixait ses mains. Mon siège était constellé de gouttes de pluie.

Je me suis assise et j'ai refermé ma portière.

« Votre femme », ai-je dit dans le silence.

Je sentais qu'il m'observait, mais je me suis refusée à lui rendre son regard.

Il a eu une voix chétive.

« Oui ?

— Vous l'avez laissée là-bas ? »

Il a détourné les yeux.

« Oui. » Ce mot a semblé rester coincé dans sa gorge. « C'était dangereux de partir. Et elle ne savait rien. De… tout ce que je vous ai raconté. » Il serrait fort ses mains sur ses genoux. « Je pensais que ça la mettrait à l'abri. »

La pluie crépitait sur le pare-brise.

« Et ça a fonctionné ? »

Il a contemplé ses pouces.

J'ai tourné la clé dans le contact et saisi le levier de vitesse, avant d'enclencher mon clignotant même s'il n'y avait personne. Nous nous sommes engagés sur la route.

« Vous êtes en colère ? » m'a demandé l'étranger alors que nous entrions dans le parking et arrivions face à la masse de brique silencieuse du refuge.

« En colère, ce n'est pas le terme exact, ai-je répondu. Oublions ça pour ce soir. Nous en reparlerons demain.

— Vous êtes sûre ? Je...

— Oui, j'en suis sûre. » J'ai coupé le moteur. « Il me faut du temps. »

La chambre que Martin m'avait attribuée était obscure et froide. Machinalement, je me suis déshabillée, j'ai enfilé mon pyjama et je me suis brossé les dents à la lumière crue de la salle de bains, avant de me coucher sur le matelas dur. Dans le ciel sans lune, on ne voyait que les nuages de pluie. Les deux premiers cachets n'ont pas fait effet, les deux suivants non plus. Je revoyais sans cesse les photos, la peau meurtrie, à vif. Les yeux bleus du médecin tandis qu'il se penchait sur moi. Le prêtre avec son visage effrayé et son pull distendu, seul sous la clarté de l'ampoule qui pendait au-dessus de la porte du presbytère, prenant conscience de son erreur beaucoup trop tard.

Finalement, j'ai retourné le sac en papier au-dessus de ma main, puis j'ai avalé une poignée des comprimés blancs sans les compter. Après m'être recroquevillée en boule, je suis restée un moment à frissonner, respirant l'odeur légèrement animale de la couverture. Quand les ténèbres se sont abattues sur moi, elles m'ont percutée violemment et m'ont expédiée dans un lieu vide de toute pensée.

Un vrai soulagement.

8

En début d'après-midi, je me suis réveillée lentement, m'élevant vers l'état de conscience tel un plongeur sous-marin remontant vers la surface. Quelque part au loin retentissait un bruit sec et répétitif, dur et régulier, comme une marche militaire. *Les prisonniers*, ai-je songé confusément, les imaginant émerger du brouillard, vêtus des uniformes qu'ils avaient portés un jour, en haillons, les mains croisées derrière la tête. Mais non, ce n'était pas eux. C'étaient des coups contre la porte, quelqu'un qui frappait à la chambre qui, me suis-je souvenue au bout d'un certain temps, n'était pas la mienne.

« Tu es là ? » a appelé Martin.

Je me suis redressée dans mon lit et suis allée ouvrir d'un pas chancelant. Une lumière aveuglante se déversait par les fenêtres.

« Ça va ? » Il m'a examinée de la tête aux pieds. « Je viens de me rendre compte que tu n'étais pas au magasin.

— Je prends un congé maladie, aujourd'hui », ai-je répondu péniblement.

Il me regardait toujours, inquiet et hésitant, quand j'ai refermé.

En sortant de la douche, je me sentais moins vaseuse, même si tout semblait vouloir m'échapper des mains et qu'il m'a fallu longtemps pour m'habiller. Je suis restée assise au bord de mon lit, avec l'impression de flotter hors de mon corps, éprouvant toute la peine du monde à interrompre le tourbillon de mes pensées pour les ordonner. Petit à petit, la soirée de la veille m'est revenue.

À un moment, des pas se sont immobilisés devant ma porte, doux et caoutchouteux. Je n'ai pas bougé, et ils ont fini par s'éloigner.

J'ai bu un verre d'eau, dont je contemplais le fond entre deux gorgées. Puis j'ai pris mes clés et je suis partie.

Le trajet jusqu'au bas de la montagne est passé presque sans que je m'en rende compte, la voiture paraissant planer au-dessus de la route. J'ai tourné dans la station-service et me suis arrêtée à côté du téléphone public, le ventre vide et les cheveux encore mouillés.

L'appareil ne se trouvait pas dans une cabine ; il était juste fixé à un poteau bas. Je l'ai observé en tripotant les pièces dans ma poche.

J'ai pris le combiné, la tonalité a retenti.

Puis j'ai raccroché.

En me massant le front, je suis allée d'un pas indolent à la boutique, où j'ai acheté un paquet de Marlboro. De l'autre côté du parking, il y avait de longs espaces de stationnement pour les semi-remorques, et j'y ai déplacé ma Jeep, dans un angle tout près de la pelouse. Je me suis hissée sur le capot et adossée au pare-brise, puis j'ai allumé une cigarette, les jambes courbaturées à cause de la balade à cheval, qui n'avait eu lieu que la veille mais me semblait déjà très lointaine. Le soleil miroitait sur la porte de la supérette quand elle s'ouvrait et se refermait pour laisser passer le flot de la clientèle.

La cigarette s'est consumée jusqu'au filtre. Je l'ai écrasée contre la semelle de ma chaussure et suis remontée en voiture. Il y avait trop de monde, ici ; il me fallait un endroit plus calme, plus solitaire. Je ressentais comme une profonde démangeaison intérieure, pareille à l'agitation aiguë qui s'emparait de moi quand je ne prenais pas mes comprimés.

Je me suis rappelé où j'étais la première fois que j'avais vu les autres photos, celles que l'archéologue avait évoquées alors que je préparais les hamburgers. C'était le printemps ; je me trouvais seule dans ma cuisine vide, assise à la table, quelques jours avant que je laisse la banque confisquer la maison. Presque tous les meubles étaient déjà partis, soit entreposés dans le sous-sol de ma grand-mère, soit – pour la plupart – revendus. Quant à moi, je m'étais installée dans la chambre chez ma grand-mère et n'étais presque jamais revenue. Il y avait des toiles d'araignée dans les coins, de la poussière dans l'évier, des quotidiens empilés sur le perron dans leur emballage orange. J'avais rentré les journaux et, déjà fatiguée par le simple effort de marcher, je les avais laissés tomber sur la table. J'avais pris celui qui me paraissait le moins décoloré. Et c'est là qu'elles étaient apparues, les photos, à la une. On avait publié les plus abjectes à l'intérieur, afin que les enfants ne puissent pas les voir. Des hommes nus formant des pyramides. Des hommes traînés en laisse, menacés par des chiens, contraints à se masturber devant leurs tortionnaires, un autre cagoulé et relié à des fils électriques. J'avais observé en détail les couleurs, les sourires ravis des gardes en uniforme, la terreur des hommes qui se plaquaient contre un mur. Puis j'avais regardé longtemps par la fenêtre.

Abu Ghraib. Dans divers endroits disposant d'une télé, j'avais entendu discuter de ces photos – dans ces émissions où les hommes sont systématiquement en costume et les femmes en robe courte colorée, comme si elles se prenaient pour des fleurs. D'autres en parlaient aussi à la radio – ces hommes qui crient tout le temps, toujours convaincus d'avoir raison.

Ils semblaient tous sûrs de savoir ce que nous – les gens comme moi – pensions, à cause de ce que nous étions. Il ne leur est apparemment jamais venu à l'esprit que nous puissions avoir une opinion différente. Un regard différent. Que nous puissions ne pas fermer l'œil de la nuit à force d'imaginer ou de nous rappeler, de nous poser des questions.

Ils nous avaient roulés, voilà ce que je pensais. Tous autant qu'ils étaient. Ces charlatans nous avaient vendu l'armée avant d'envoyer nos êtres chers subir des morts atroces pour des motifs qui ne tenaient pas la route. Ils nous avaient vendu la douleur et seriné que ce n'était pas si grave. Ils nous vouaient le plus profond mépris, certains que nous ne nous en rendions pas compte. Simplement parce que nous vivions dans nos campagnes, parce que nous étions ce que nous étions. Ils ne croyaient pas possible que certains d'entre nous puissent, devant de telles horreurs, déceler quelque chose de familier, quelque chose qui nous emplissait de dégoût. Ils n'avaient pas assez d'imagination.

Et je les blâmais pour cela. Je les jugeais responsables, avec une lucidité implacable.

Ils me croyaient stupide et crédule, faite d'un bloc, débordante de colère contre quoi on me disait d'être en colère, et incapable d'éprouver autre chose. Ils partaient du principe que j'ignorais ce qui était inhumain ou injuste.

Ils se trompaient.

Sur une aire de repos en bord d'autoroute, parcelle d'herbe arborée pourvue d'un petit abri accueillant des toilettes et des distributeurs automatiques, j'ai franchi la porte du bâtiment et gagné le téléphone fixé dans un coin sombre. Le sol en dessous de l'appareil était jonché d'emballages de friandises, de gobelets en carton écrasés et de traces de boue noire.

Je suis restée là longtemps, me voyant comme si je m'observais de loin. Mon esprit me paraissait encore comme suspendu à des fils, mais aussi animé d'une clarté rare.

J'ai soupesé le combiné.

Puis j'ai inséré mes pièces dans la fente.

Je ne connaissais pas le numéro de la police, ai-je réalisé. Mais je pouvais appeler le centre d'accueil du parc, où travaillaient les gardes forestiers. Ça suffirait ; après tout, le parc était leur territoire.

J'ai pressé les touches et attendu la sonnerie. Un clic a retenti quand on a décroché.

« Bonjour », a dit une voix de femme à l'autre bout de la ligne.

Je me suis préparée.

« Bonjour.

— Vous êtes en relation avec le centre d'accueil du parc naturel de Pine Grove Furnace à Gardners, Pennsylvanie, a poursuivi la voix. Veuillez laisser... »

J'ai maugréé un juron et raccroché. Quelques secondes après, j'ai retenté ma chance.

« Bonjour », a dit la même voix.

J'ai soupiré.

« Pardon ? a fait la femme.

— Oh... » J'ai empoigné fermement le combiné à deux mains. « Excusez-moi. Je, euh... Y a-t-il un garde à qui je pourrais parler de... euh, quelqu'un dans le parc ?

— Quelqu'un dans le parc ? a-t-elle répété. Avez-vous un problème au terrain de camping ?

— Non, c'est... pour autre chose.

— D'accord, dites-moi ce qui se passe et je vous indiquerai si nous pouvons nous en occuper. »

Elle avait un ton impersonnel et professionnel, une pointe d'accent du Sud.

« C'est difficile à expliquer. Je voulais... signaler quelqu'un. »

Le mot « signaler » a eu une sonorité criarde dans ma bouche, et j'ai serré très fort le cordon.

« Très bien, a-t-elle dit, visiblement imperturbable. Que fait-elle, cette personne ?

— Ce n'est pas pour quelque chose qu'elle est en train de faire, à vrai dire. Elle a fait quelque chose avant, par le passé. » J'ai revu le visage de l'étranger, ses joues creusées et ses rides fines. « Elle est recherchée.

— D'accord. »

Je l'ai imaginée en train de se renverser dans son siège et de tapoter sur son bureau avec un crayon, suspectant qu'elle était en ligne avec une siphonnée.

« Ce que je veux dire... » J'ai marqué une pause. Les touches métalliques étaient couvertes d'empreintes de doigts, traces d'inconnus que les circonstances avaient amenés à utiliser cet appareil, dans ce recoin jonché de déchets, tandis qu'au-dehors les voitures passaient à toute allure. Une cohorte de pauvres hères fauchés, brisés.

« Madame ? m'a relancée la garde forestière.

— Oui... pardon.

— Pouvez-vous me décrire cette personne ? »

Je me suis armée de courage.

« Il est grand. Mince. Les cheveux noirs.

— De type occidental ? »

Je ne m'étais jamais posé la question.

« Hmm… oui. Je suppose.

— Quel âge a-t-il ?

— Trente-neuf ans. Peut-être quarante, maintenant.

— Et quel est son poids, selon vous ? »

L'étranger m'est apparu fugacement. Son bonnet à la main, les yeux calmes et doux. J'ai soudain éprouvé une nette aversion pour moi-même.

À l'autre bout de la ligne, la garde forestière a soupiré.

« Écoutez, madame, si vous n'êtes pas… »

J'ai raccroché.

Dehors, je me suis assise sur un des bancs en bois de la table de pique-nique, d'où j'ai écouté le grondement de la circulation. Voiture après voiture, camion après camion. D'autres vies.

Le sol tremblait à chaque passage, sans relâche.

J'ai regardé plus bas sur la colline, où un chemin boueux ne menant nulle part se terminait sur une clôture de fil barbelé et une rangée d'arbres.

Les marques sur les photos, ai-je songé. Les traces de flagellation. Si elles avaient été moins vives, si elles s'étaient refermées, elles auraient eu le même aspect que les lignes roses dans le dos de l'étranger.

J'ai essayé de me rappeler exactement ce que j'avais dit à la garde forestière, quels éléments exploitables je lui avais fournis. Presque aucun, en fait. J'avais encore le temps de reconsidérer la question, de réfléchir à la suite. Grand, mince, noir de cheveux, la quarantaine. Ça pouvait être n'importe qui. Ils n'allaient pas lancer de recherches ; ils croiraient à un canular. Forcément.

Les gaz d'échappement en provenance de l'autoroute m'irritaient la gorge et le nez. J'ai appuyé fort les mains sur mes genoux et, sentant les vibrations de la table, je les ai observées. *Je ne suis pas faite pour ça,* me suis-je dit. *Chaque fois que j'essaie de comprendre, chaque fois que je suis sûre de moi, tout se dérobe. Qu'on me dise quoi faire. Si seulement on me disait quoi faire.*

La circulation continuait de déferler.

TROISIÈME PARTIE

1

Je me suis réveillée le lendemain matin la mâchoire endolorie d'avoir dormi en serrant les dents. Les buggys des mennonites passaient devant la maison. Ma grand-mère s'est servi un verre d'eau. Je me suis redressée lentement dans mon lit et j'ai repoussé les couvertures.

J'avais récupéré ma valise au gîte la veille, en coup de vent, sans qu'on me voie. Je n'avais pas raconté à Martin ce que j'avais fait. Je n'en avais parlé à personne.

Je me suis douchée et j'ai noué mes cheveux, remarquant que je perdais du poids. Mes cicatrices ressortaient toujours aussi crûment mais je les ai ignorées en enfilant mes vêtements et ai relevé la capuche de mon sweat-shirt sur ma tête. Je ne me suis pas encombrée d'un manteau pour aller au Miller. Le vent me mordait les jambes sous mon jean, les champs et pâturages paraissaient désolés, comme si la fin du monde – le Jugement dernier – était passée par là.

Le matin qui avait suivi l'incendie avait été semblable. Quand le feu s'était déclaré, quelques mois avant l'arrivée de l'étranger, j'étais au travail comme d'habitude, occupée à nettoyer le gras accumulé dans les interstices des fenêtres, en écoutant le vent. Les bourrasques déferlaient autour du magasin en sifflant, projetaient feuilles mortes et brindilles contre les murs de pierre. À force, j'avais remarqué un phénomène inhabituel : le vent changeait sans cesse de direction. *Une tempête rudement étrange se prépare*, avais-je alors songé.

Quand j'avais senti la fumée et jeté aussitôt des coups d'œil affolés au gril et au radiateur, gagnée par une panique grandissante, les gardes forestiers avaient débarqué dans un crissement de pneus. J'avais abandonné le snack comme ils me l'avaient demandé, mais en sortant j'avais été pétrifiée, paralysée par le spectacle des fines volutes qui sinuaient entre les arbres. Les gardes forestiers fonçaient déjà vers la caserne de la ville en contrebas ; en y repensant plus tard, j'avais pris conscience que les lignes téléphoniques qui reliaient le parc au monde extérieur devaient déjà être coupées. Après m'être finalement détournée, j'avais couru du mieux que je le pouvais jusqu'à la voiture et entamé à mon tour la descente du versant, mais la journée semblait s'enténébrer et la visibilité se dégradait de plus en plus. Les arbres en bord de route restaient relativement nets, mais derrière eux s'épaississait un rideau gris qui s'élevait et formait une chape, comme si je traversais une cathédrale bizarre dans un rêve lugubre. La fumée envahissait lentement la chaussée, une coulée par-ci, une coulée par-là. J'avais allumé mes phares et, une manche plaquée sur ma bouche, je respirais à travers le tissu. Dans le rétroviseur, on ne voyait presque plus rien – seulement quelques mètres de goudron, une courbe de fougères en suspens et de rochers déchiquetés, puis un néant surnaturel.

Tous mes repères avaient été engloutis, et j'avais soudainement atteint la vallée, m'apercevant de justesse en émergeant d'un couloir d'obscurité sans cesse plus dense que j'étais sur le point de griller le stop au pied de la montagne. J'avais pilé et m'étais retrouvée face à un troupeau de vaches qui, ayant battu en retraite contre les barbelés de l'autre côté du carrefour levaient la tête vers le ciel d'un air sinistre, meuglant et piaffant. Un hélicoptère avait survolé la zone en vrombissant avant de disparaître, suivi par un deuxième. J'étais rentrée à la maison, m'arrêtant au passage à niveau pour jeter de nouveau un coup d'œil vers le massif dans le rétroviseur. Pour brûler, ça brûlait – on ne pouvait pas l'ignorer. La mosaïque automnale vert et or sur le versant nord était mangée çà et là par d'épaisses nappes de gris qui s'élevaient lentement en panaches larges.

Le lendemain, quand j'étais remontée, la forêt ressemblait à de la dentelle, des poches intactes d'érables et de hêtres alternant avec des bosquets fantomatiques de troncs noircis, javelots calcinés entourés de couches de cendres chaudes. Après m'être garée, j'avais traversé l'étendue dévastée, le sol craquant et encore fumant sous mes semelles. Plus tard dans la journée, j'avais appris que les bâtiments officiels du parc avaient été épargnés, mais cette nouvelle ne m'avait pas autant rassurée que je l'aurais imaginé. J'avais cru tout savoir de cet endroit, jusqu'au moindre de ses rythmes, mais je m'étais trompée. Il était tellement plus grand, plus puissant, que moi. Je l'appréhendais à peine.

Je suis entrée dans le Miller et j'ai passé en revue les rayons. Le magasin était sombre, imprégné d'une odeur de journaux, de bonbons et du métal des armes à feu qu'on vendait au fond. La femme derrière le comptoir a détaché les yeux de la télé pour me regarder sans faire un geste.

Je me suis approchée.

« Il me faudrait une carte routière, ai-je annoncé.

— De Pennsylvanie ? a-t-elle demandé d'un air blasé. Maryland ? Côte Est ? »

J'ai réfléchi.

« Côte Est, oui. »

À l'écran, un éclat de rire a retenti. Deux femmes dans un appartement d'une grande ville, minces et élégantes même en jean, avec de beaux cheveux souples et soyeux, se disputaient. La caméra s'attardait sur leurs visages tandis qu'elles tournaient autour d'une table basse en pointant l'une vers l'autre un index manucuré.

J'ai posé l'argent sur le comptoir et je suis repartie.

De retour dans la cuisine de ma grand-mère, j'ai fouillé partout à la recherche de la boîte de thé tapie quelque part et mis la bouilloire sur le feu, observant la flamme qui dansait sous le métal, perdue dans mes pensées. Puis, appuyée contre le plan de travail, j'ai étalé la carte devant moi – *des Keys de Floride au Nouveau-Brunswick*, indiquait-on en couverture – et j'ai suivi le tracé des routes du bout du doigt.

J'ai contemplé longtemps les zones vertes représentant les forêts, les taches grises aux contours abrupts des métropoles, les points marron qui figuraient les villes de taille moyenne. Tout en buvant mon thé, j'ai réfléchi, indécise.

Puis j'ai replié la carte et l'ai emportée dans ma chambre, où je l'ai glissée sous le matelas.

Ce soir-là, j'ai préparé du hachis parmentier pour le dîner, mais j'ai été incapable d'en avaler la moindre bouchée, me contentant de le décortiquer avec ma fourchette alors que ma grand-mère se jetait dessus. Au moins, elle avait bon appétit.

Je l'ai regardée un certain temps.

« Mamie, ai-je fini par dire.

— Qu'est-ce qu'il y a ? »

J'ai tripoté les couverts à côté de mon assiette. Je souhaitais la questionner, mais je ne savais pas comment m'y prendre, ni même ce que je voulais lui demander exactement. Cela concernait une impression qui me taraudait, celle d'être surveillée, mise à l'épreuve et jugée pour ce que j'avais fait pendant ces quelques heures. À ma grande surprise, ça s'est traduit par : « Est-ce que tu crois en Dieu ? »

Elle a levé la tête vers moi, une traînée de purée dégoulinant sur sa joue.

« Si je crois en Dieu ? » a-t-elle répété d'un ton méfiant, comme si elle subodorait un piège.

Elle portait la robe à fleurs qu'elle mettait seulement lorsque j'oubliais de laver le linge.

J'ai choisi de ne pas me dégonfler.

« Ouais. »

Elle a réfléchi, en mâchant la bouche légèrement entrouverte.

« Non, je ne pense pas. Pourquoi ?

— Tu y croyais, avant ? »

Du bout des doigts, elle a détaché un coin de la tranche de pain posée sur son assiette pour saucer le jus de viande.

« Il me semble, oui. À une époque.

— Mais ça a changé.

— Ouais. » Elle a réfléchi encore en plissant la peau velouteuse de son front. « C'est comme ça.

— Pour une raison particulière ?

— Je n'en sais rien.

— Tu continues à aller à la messe, pourtant.

— Ben ouais. » Elle a haussé ses épaules frêles d'oiseau. « Faut bien sortir un peu. Pourquoi ?

— Comme ça. Laisse tomber. »

Nous nous sommes tues. J'ai imaginé l'étranger assis au bord de son lit, crispé et inquiet, redoutant de quitter sa chambre mais redoutant tout autant d'y rester. Je me le suis représenté qui se mettait debout, faisait les cent pas, les yeux rivés sur la porte, à attendre que quelqu'un vienne. La police. Quelqu'un comme Jerry, avec sa longue carabine noire. Moi.

J'ai fermé les yeux.

« Ton père a eu une sœur », a soudain déclaré ma grand-mère.

J'ai levé les yeux vers elle.

« Oui, bien sûr, ai-je fait, déroutée qu'elle saute ainsi du coq à l'âne. Tante Jeanine.

— Non. » Elle m'a rendu mon regard fixe en clignant des paupières avec la lenteur d'une tortue. « Une autre sœur. Lulu. »

Je l'ai scrutée d'un air circonspect.

« Je n'ai pas de tante Lulu.

— Si, tu en as eu une. Avant ta naissance. Bien avant. » Du jus de viande qui s'était retrouvé dans ses cheveux faisait pendouiller une de ses boucles. « Elle avait des problèmes.

— Comment ça ?

— Des problèmes, a-t-elle répété en restant vague. Elle ne s'est pas bien développée. Son cerveau ne marchait pas bien. Ça lui provoquait des crises d'épilepsie, entre autres. »

J'ai entrecroisé les doigts sans savoir quoi répondre.

« Je... je n'étais pas au courant. »

Elle a secoué la tête.

« Ils m'ont convaincue de la placer. Les gens du comté. Ils l'ont emmenée. Elle est morte à trois ans. » Elle a baissé les yeux, aligné son couteau et sa fourchette le long de sa serviette. « Trois ans et cinq mois. Elle n'a jamais parlé. C'est ce qu'ils m'ont dit. » Elle a toussé et s'est couvert la bouche. « Ce genre de choses ça arrivait, dans le temps. C'est pas comme maintenant, où ça se soigne. Tout était très différent. »

Elle a toussé encore et pris son verre de lait.

« Quand on m'a annoncé qu'elle était morte, je me suis sentie épuisée. C'est là que j'ai arrêté de penser à Dieu et à tout ça, j'imagine. Je n'en avais pas la force. Il faut de l'énergie pour y croire, c'est ce que j'ai découvert, et moi je n'en avais pas. J'étais trop accaparée par ton père, à ce moment-là. Il avait presque deux ans.

« Le prêtre m'a certifié que j'allais retrouver la foi, mais ça n'est jamais revenu. Je ne le lui ai jamais avoué, par contre. Je n'avais pas envie d'en discuter. »

Elle a effrité un morceau de pain.

J'ai ouvert la bouche pour intervenir, mais elle a poursuivi :

« Je ne voyais plus l'intérêt de tout ça – de continuer à vivre. J'ai fait ce qu'on attendait de moi. J'ai fait ce qui me paraissait le mieux. J'étais convaincue que ça l'aiderait que je l'abandonne, mais je me suis trompée. Je croyais que c'était la bonne décision. » Ses yeux se sont relevés vivement et elle m'a regardée fixement. « Tu lui ressemblais un peu, quand tu étais petite. Je l'ai toujours pensé. »

J'ai remué sur ma chaise.

« Tu as une photo d'elle ?

— Non. » Elle a fermé les paupières et secoué la tête. « Pas de photos. Nous n'avions pas d'appareil, à l'époque. » Elle a bu une grande gorgée de lait. « Il n'y a que moi qui me souvienne de son visage. » Sur quoi, avec un air ironique, elle a ajouté : « Moi et Dieu, je suppose. »

Elle a ramené plats et couverts vers elle, les a empilés négligemment. Quand elle a eu terminé, elle s'est immobilisée.

« J'ai fait ce qui me paraissait le mieux, a-t-elle répété. Encore aujourd'hui, je me demande si j'avais raison ou tort. Je n'ai jamais voulu lui faire de mal. Je n'ai jamais voulu ça. »

Elle s'est tue, réfléchissant visiblement à ce qu'elle pensait ajouter.

Le robinet de l'évier gouttait dans le silence.

« Je te jure, a-t-elle repris, je ne sais pas comment on finit par mal faire alors qu'on est persuadé d'avoir agi pour le mieux. Ça, c'est un truc que j'ai jamais compris. »

Nous sommes restées là toutes les deux. Tandis que je digérais ses paroles, il m'a paru que la maison nous observait, comme si nous étions les personnages d'une pièce de théâtre.

« Je peux te poser une question ? » me suis-je finalement lancée.

Elle a grommelé, roulé sa serviette en boule et l'a jetée sur les assiettes.

« Si tu connaissais quelqu'un qui a fait quelque chose de grave – je te parle d'un acte vraiment très, très grave... Qu'est-ce que tu ferais, tu penses ? »

Elle a pincé les lèvres et m'a fixée d'un air soupçonneux.

« Comme qui ?

— Je sais pas, quelqu'un. Un ami. »

Elle a haussé les épaules.

« J'en sais rien. C'est un truc qu'il m'a fait à moi ?

— Non.

— Alors dans ce cas, a-t-elle répondu en s'appuyant contre la table pour se lever, je ne vois pas en quoi ça me concerne. Mais d'un autre côté, je suis pas toujours en train de gamberger comme toi. » Elle a promené les yeux autour de nous. « Il est où ce truc que ton père m'a apporté ? »

Je suis allée chercher le déambulateur dans le salon, puis je l'ai observée tout en débarrassant le couvert jusqu'à ce qu'elle soit en sécurité dans son fauteuil. Elle a allumé la télé, monté le son, et sorti une cigarette.

Tu penses encore à elle, ai-je réalisé. *À Lulu*. Puis, brusquement, j'ai pris conscience que je contemplais une femme qui n'avait jamais cessé de penser à sa fille perdue, pour qui le passé n'était pas le passé et ne le serait jamais. Qui était rongée par le doute et le regret.

Qui était des tas de choses que je reconnaissais soudain avec une grande force.

« Je suis désolée, lui ai-je dit avant d'aller me coucher.

— À quel sujet ?

— Ce que tu m'as raconté tout à l'heure. Tante Lulu.

— Et moi donc », a-t-elle répondu, d'une voix qui, d'une certaine manière, n'était pas la sienne, mais celle d'une femme plus jeune, une femme qui ne se trouvait pas encore devant moi et ne se tuait pas à petit feu en fumant trop, la femme qui, une cinquantaine d'années plus tôt, à ce même endroit, avait regardé ses enfants jouer sur le tapis.

2

J'ai tourné la clé et poussé la porte en bois, qui adhérait un peu au chambranle. Les lampes se sont allumées. La vitrine à glaces et le gril m'ont montré leurs surfaces vierges et brillantes.

Il ne me semblait pas nécessaire d'avertir l'étranger de ce que j'avais fait. Je n'avais livré presque aucune information exploitable à la garde forestière, et de toute façon je doutais qu'elle ait noté quoi que ce soit. Même si c'était le cas, je n'étais pour elle qu'une cinglée à peine capable d'aligner trois mots.

Pourtant, je me sentais mal à l'aise. Quand j'ai ouvert mon livre, je me suis aperçue que je ne réussissais pas à lire et je l'ai repoussé.

Je venais de déballer mon sandwich, que je considérais dans l'espoir que ça me mettrait en appétit, quand les policiers sont entrés.

Ils étaient deux, un homme et une femme. Le premier était dégingandé et paraissait gêné aux entournures, la seconde menue et déterminée, les cheveux roux et frisés tirés en chignon.

Je me suis levée, la bouche soudain sèche.

En dépit de mes tourments, je ne m'étais pas vraiment attendue à ce qu'ils débarquent. Pas ici. Pas devant moi.

Pas du tout.

« Madame Guttshall ? » a dit la femme en s'avançant vers moi.

Elle était étonnamment compacte, telles les catcheuses qu'on voit parfois à la télé.

J'ai pris une profonde inspiration en espérant qu'ils ne remarqueraient rien.

« McElwain », ai-je rectifié.

Elle a consulté des documents sur une planchette à pince.

« Madame McElwain. Nous aurions souhaité nous entretenir avec vous. »

J'ai posé les mains sur le comptoir, comme pour montrer que je n'avais rien à cacher.

« Bien sûr.

— Vous connaissez M. Landis ? Plus haut sur le coteau ? »

Elle parlait de Martin.

« Bien sûr, ai-je répété en esquissant un haussement d'épaules.

— Avez-vous constaté des activités inhabituelles, chez lui, ces derniers temps ? »

J'ai suçoté ma lèvre inférieure, tentant d'afficher une expression perplexe tout en réfléchissant à toute vitesse.

« Des activités inhabituelles ? C'est-à-dire ?

— Quelqu'un qui entre ou sort à des heures décalées, par exemple. Quelqu'un que vous ne connaissez pas.

— Comment vous dire ? ai-je répondu lentement. C'est un gîte d'étape, alors...

— Je pense à quelqu'un qui n'aurait pas l'air d'un client. »

J'ai baissé le regard sur le comptoir, serré fort mes mains avant de les considérer un instant. Puis j'ai relevé les yeux, le sang grondant à mes oreilles.

Il me fallait choisir.

Et j'ai choisi.

« Non, ai-je affirmé. Je ne crois pas.

— Ah bon ? » La femme a haussé les sourcils. « Vous êtes sûre ? Un de mes collègues est passé là-haut il y a quelques jours, mais malheureusement M. Landis n'a pas été très coopératif. Nous espérions que vous pourriez nous aider. »

Je me suis efforcée de la regarder en face.

« Non, madame. Je suis désolée.

— Mentir à la police constitue un délit puni par la loi, madame. » Elle s'exprimait avec fermeté, mais sans colère. « Saviez-vous que M. Landis avait purgé une peine de trois ans à la maison d'arrêt de Lewisburg ? »

Je me suis raidie, tâchant de ne pas montrer la surprise qu'elle cherchait à voir imprégner mon visage. Son équipier m'observait attentivement, comme si mon malaise l'arrachait à son ennui.

« Non, ai-je répondu.

— C'est pourtant vrai. Pour coups et blessures. Un achat d'héroïne qui a dégénéré. » Elle a marqué une pause, comme pour ménager son effet. « La victime a gardé plusieurs lésions à la colonne vertébrale. Elle ne remarchera jamais. »

J'ai croisé les bras.

« Je l'ignorais, lui ai-je indiqué, en conservant une voix égale. Et je me fiche de le savoir, il y a prescription. »

Elle a soupiré.

« Je vous en prie, madame. Ne nous compliquez pas la tâche. Où est votre ami ?

— Pardon ? »

L'homme est intervenu pour la première fois, avec une autorité que je ne lui soupçonnais pas :

« Votre ami, oui, a-t-il dit, d'un ton si détaché que j'en ai presque eu des frissons. Le Russe. Ça fait des semaines que les gardes forestiers l'ont dans le collimateur. »

J'ai les ai regardés l'un et l'autre. Un gouffre vertigineux et tourbillonnant a semblé s'ouvrir dans ma poitrine.

« Je ne connais personne qui vienne de Russie », ai-je affirmé finalement.

J'ai eu l'impression que la femme cherchait à me faire baisser les yeux.

« Savez-vous ce que signifie "Aide à un étranger en situation irrégulière" ?

— Oui, madame. » Je me suis parée d'un masque d'impassibilité. « Et je n'ai jamais rencontré personne qui soit originaire de Russie.

— Ah bon ?

— Non, madame. » Bizarrement, j'avais presque envie de rire. « Jamais.

— Et vous ne voyez pas du tout de qui je pourrais parler ? »

Alors que je m'apprêtais à répondre, l'étranger en personne est apparu derrière la porte-moustiquaire, l'air plein d'espérance mais tourmenté. Ses lèvres dessinant un sourire nerveux, contrit, il jetait des coups d'œil de côté, guettant des visiteurs importuns au mauvais endroit. Horrifiée, je l'ai regardé qui saisissait la poignée.

« Je ne connais aucun Russe », ai-je répété vigoureusement, d'une voix si déformée et stridente que la policière a fait un pas en arrière.

Derrière la moustiquaire, l'étranger a changé de tête quand il a compris ce que je criais, son visage s'est allongé de stupéfaction. Puis il a ouvert.

« Je crois que c'est moi que vous cherchez », a-t-il annoncé.

Les deux agents en uniforme se sont détournés.

« Restez là, vous », m'a aboyé le policier de grande taille tandis que la femme empoignait l'Ouzbek par le coude.

Quand ils sont sortis de mon champ de vision, je me suis précipitée sur la terrasse et penchée par-dessus la balustrade tandis qu'ils montaient la côte. Le pied de l'étranger a glissé, et il est tombé sur un genou dans la boue. L'agent l'a rattrapé par la manche et l'a tiré vers le haut, puis l'a poussé vers l'avant. La porte du refuge s'est refermée derrière eux.

« C'était vraiment imprudent », l'ai-je réprimandé.

Nous nous tenions côte à côte sur la berge de sable pâle et froid du lac Fuller. La pleine lune paraissait si grosse et si proche qu'on avait l'impression de pouvoir la prendre au creux de la main. Les doigts fuselés des pins s'élançaient vers le ciel, se reflétaient dans l'eau parmi les quelques étoiles visibles autour du clair de lune.

L'étranger a soigneusement dévissé le bouchon et bu au goulot de la bouteille qu'il avait à la main – bouteille que j'avais rapportée de la cache que j'avais découverte il y a longtemps au fond de la réserve.

« Je n'avais pas le choix. Si vous vous étiez vue... Vous aviez l'air... » Il s'est essuyé les lèvres dans sa manche avant de secouer la tête et de me tendre la bouteille. « En plus, il valait mieux qu'ils l'entendent de ma bouche. Si je leur montre que je n'ai pas peur d'eux, je pourrai peut-être gagner un petit peu de temps.

— Vous n'avez pas de temps du tout », ai-je rétorqué.

Il a pris la même posture que moi et contemplé le lac sans me répondre.

Nous n'aurions pas dû nous trouver là à la nuit tombée ; c'était interdit. J'ai guetté des bruits de pas derrière nous, le craquement d'une brindille. Mais nous étions seuls.

« Qu'est-ce qu'ils vous ont demandé ? » ai-je fini par m'enquérir, en ouvrant à mon tour la bouteille pour avaler une grande lampée. Le liquide couleur de miel m'a brûlé la gorge, a descendu en coulée chaude et lente jusqu'à mon estomac.

« Oh, tout un tas de choses. Comment je m'appelle, d'où je viens, depuis combien de temps je suis là. Ils ont voulu voir mon passeport, alors je le leur ai montré. Ils ont passé quelques coups de téléphone, puis ils sont repartis.

— Ils ont vu votre passeport ?

— Oui.

— Et ils ne vous ont pas créé de problèmes ?

— Non. »

De petits morceaux de quartz, éclats rectangulaires et rugueux, scintillaient dans le sable. Cela faisait des années que je n'avais pas vu le lac de nuit. J'ai tiré la capuche de mon sweat-shirt par-dessus ma tête jusqu'à ne plus distinguer que l'eau, la berge et les arbres. Il faisait froid, ma peau me picotait, mais l'alcool me réchauffait.

« Ça signifie que plus personne ne vous cherche ? Enfin je veux dire, personne de haut placé ?

— Ça signifie que personne ne recherche la personne sur le passeport », a-t-il précisé après un certain temps en traçant une ligne dans le sable du bout de sa chaussure.

Le silence s'est imposé de nouveau. Je me suis pliée lentement pour m'asseoir.

Le lac n'était plus gelé, plus dans sa totalité. Des îlots de glace subsistaient à sa surface, donnant l'impression d'être en suspens dans l'obscurité.

« Vous vous appelez vraiment Daniil ? »

Le regard perdu dans le lointain par-delà l'eau, il a rouvert la bouteille et pris une autre gorgée. Le whisky m'étourdissait un peu, et tandis que je l'observais, j'ai eu l'impression que le sol s'était mis à tourner doucement autour de moi.

« Non », a-t-il répondu calmement.

J'ai hoché la tête et fermé les yeux.

« Pour le reste, tout ce que je vous ai dit est vrai. Même si ça n'a rien de glorieux. »

J'ai écarté sa remarque d'un revers de la main.

« Ça n'a pas d'importance. »

Un peu après, il s'est assis à côté de moi ; le sable épousait les formes de nos corps. Le rivage s'incurvait devant nous, et je me suis rappelé le jour où je m'étais aventurée sur la glace pour tenter le sort. Ou simplement pour éprouver le danger afin de me sentir vivante, avec le sentiment d'être encore moi-même.

« Combien de temps leur faudra-t-il pour s'en rendre compte ? ai-je repris. Pour comprendre que c'est un faux passeport ?

— C'est un vrai – c'est juste celui de quelqu'un d'autre. Ce sont les gens qui m'ont fait venir ici qui me l'ont procuré. J'ignore comment, mais ils ont réussi à mettre ma photo dedans. » Il a touché son front et tiré sur une mèche de ses cheveux. « Les policiers ont dû reconnaître qu'ils n'avaient pas de raison de m'arrêter. Mais… je n'ai jamais été bon menteur, j'en ai bien peur. Je pense qu'ils s'en sont aperçus. Avec un peu de chance ils m'oublieront, mais j'en doute. Même s'ils sont repartis, ils ne m'ont pas dit qu'ils en avaient terminé avec moi. »

Je lui avais prêté un de mes sweat-shirts, et ses poignets dépassaient des manches. J'ai regardé ses mains, distingué leurs poils noirs et fins. Un sentiment m'assaillait, chaleur désagréable qui semait le trouble en moi, enflait dans ma poitrine. La culpabilité. Je n'aurais jamais dû passer ce coup de téléphone, je n'aurais pas dû chercher à juger ce qu'il ne me revenait pas de juger. Mais pour l'heure c'était une émotion inutile. J'ai tenté de la ravaler.

« Ce que je ne comprends pas, ai-je repris d'un ton prudent, c'est pourquoi vous sembliez croire que quelqu'un était à vos trousses. Depuis le début. Je ne vois pas pourquoi on s'intéresserait autant à vous, surtout si personne n'essaie de... vous arrêter, ou de vous réserver je ne sais quel sort, après votre audience devant le juge. À moins qu'on traque tous ceux qu'on soupçonne d'être sur le territoire illégalement et que je ne sois pas au courant. »

Il a contemplé la bouteille qu'il tenait toujours sur ses cuisses.

« En fait, a-t-il dit avec le même ton doux et teinté de regrets que d'habitude, je m'inquiète des agents de mon pays, en partie. » Il a écarté les mains devant lui. « Pour le reste, la police... je ne sais pas. C'est un mystère pour moi aussi. Je suis Russe, alors ils me soupçonnent peut-être d'être un espion. »

Je savais qu'il plaisantait, mais j'ai été incapable de rire. Je me suis renversée en arrière, les mains sur la poitrine, la tête nichée dans le sable.

L'étranger a pris sa respiration comme s'il s'apprêtait à parler, mais il s'est ravisé.

J'ai attendu. Quand il s'est lancé, il avait la voix nouée.

« J'aurais préféré que ça se passe autrement. Que j'aie agi différemment. Ça, c'est sûr. »

Je suis restée immobile, à observer l'arrière de sa tête.

« Je me sens endeuillé par ce que j'ai fait, vous savez. Ce n'est pas forcément de cette façon que je devrais l'exprimer, mais je n'ai pas de meilleure explication. Je suis en deuil comme quand on perd quelqu'un. C'est… d'une certaine manière, c'est une perte pour moi. Comme si, quand j'ai pris mes décisions, quelqu'un avait arraché de mon corps celui que j'étais jusque-là. Je suis toujours là, mais je ne suis pas moi-même. » Il s'est interrompu, et je l'ai entendu relâcher lentement son souffle. « Je suis un lâche, je sais. Si je n'en étais pas un, je retournerais là-bas pour affronter… ce qui m'y attend. Dans mon pays, les autorités ne sont pas clémentes envers ceux qui ont dénoncé ce qui s'y passe. Si je rentre – si on m'expulse –, je serai condamné. Où qu'on m'emmène, je n'en ressortirai pas vivant. » Il s'est encore tu un instant. « Cela étant, certains avanceront que je mériterais d'être condamné. Et je ne peux pas leur donner tort. »

Il a pris une poignée de sable et l'a laissée ruisseler entre ses doigts.

« Vous allez trouver ça absurde, a-t-il poursuivi, mais parfois j'enrage tellement que... qu'on ne puisse jamais revenir sur aucun de nos actes. Je ne suis pas croyant, mais quelle que soit la force supérieure qui a fait en sorte que le temps s'écoule dans une seule direction, toujours vers l'avant et rien d'autre... ça me paraît profondément injuste. Mais je m'efforce de ne pas m'apitoyer sur mon sort. »

Il a cessé de jouer avec le sable et posé le menton sur ses bras croisés. Puis il s'est étendu lui aussi.

« C'est sans doute à ça que sert le pardon, ai-je suggéré, avançant à tâtons vers une idée qui me semblait ténue mais réelle. C'est une façon de permettre aux autres d'effacer leurs erreurs. Vous ne pensez pas ?

— Je ne vois pas trop qui pourrait me pardonner. Et je ne crois pas que j'oserais le demander à quiconque. Tenez – vous, par exemple, pardonneriez-vous à quelqu'un qui a fait ce que j'ai fait ? »

Mes entrailles se sont nouées. J'ai voulu répondre mais, la gorge asséchée par l'alcool, j'ai toussé. D'un mouvement de bascule, je me suis levée lentement, puis je suis allée au bord du lac en vacillant, mes pieds s'enfonçant dans le sable. À la jonction de l'eau et du rivage, je me suis baissée, j'ai mis les mains en creux et les ai portées à ma bouche. L'eau m'a engourdi les doigts – elle avait un goût de feuilles et de roche. Les yeux dirigés vers le lointain, je me suis revue en train de m'aventurer sur la glace, la tête haute, débordante de colère, pétrie de fierté. Dans un état de détresse plus qu'évident, ainsi que je le comprenais à présent.

« Non, ai-je dit en me rasseyant. Je ne crois pas que je pourrais. À vrai dire, je serais sans doute tentée de vouloir vous en faire baver. » J'ai tiré mes manches par-dessus mes mains mouillées. « Mais d'un autre côté, j'estime que personne ne mérite ça. Toute notre vie, on nous désigne les personnes ou les groupes d'humains qui méritent d'être tués ou d'endurer des souffrances atroces, à cause d'actes qu'ils ont commis, parce qu'ils sont dangereux ou je ne sais quoi. Et certains pensent que d'autres sont simplement… inférieurs. Qu'on a le droit de leur faire du mal, que ce n'est pas grave. » J'ai secoué la tête. « À un moment donné, j'ai vu clair dans tout ça. Ce n'est pas pour dire que je suis super intelligente ni rien. Je ne suis pas plus maligne qu'une autre. Mais les choses se sont agencées de telle façon que tout m'a paru limpide. Et là, ça m'a fichue en boule. J'ai eu le sentiment que… qu'on nous dupait tous. Ou même qu'on nous poussait à ne pas valoir mieux que la cible de notre haine. » J'ai serré plus fort les bras autour de moi. « C'est dur de ne pas perdre ça de vue, parfois. Je vous assure. Mais je le pense pour de bon. »

La froideur du sol se propageait en moi, me donnait l'impression que mon corps se changeait petit à petit en pierre.

« Donc, non, je ne suis pas trop partisane du pardon. Ce qui compte, c'est d'être juste. Mais faire du mal aux autres ça n'a rien de juste. Je suis bien placée pour le savoir. » J'ai haussé les épaules, avant de les laisser retomber. « C'est peut-être ça la signification du pardon – le fait de ne plus vouloir de mal à quelqu'un. Mais je ne suis pas curé. Qu'est-ce que je sais de tout ça ? »

J'ai bu une grande rasade de whisky.

« Je pense que vous en savez beaucoup », a-t-il répondu.

Une petite branche est tombée dans l'eau. Nous avons tous les deux observé les ondulations qu'elle a créées.

« Demain, ai-je alors annoncé, nous partons. Vous pouvez décider de la destination. Mais nous prenons la route. Vous ne pouvez pas rester là. D'ailleurs, vous ne devriez même pas dormir au gîte, cette nuit. » Les environs commençaient à tourbillonner autour de moi, et mes pensées paraissaient s'emmêler, mais j'ai insisté. « Je vais vous emmener le plus loin possible, et ensuite je... J'aviserai. »

Il a ouvert la bouteille et terminé le whisky, avant de s'essuyer la bouche avec la main.

En regardant au loin, on voyait presque les ronds s'étendre.

« D'accord. ».

Nous n'avons pas bougé, côte à côte dans l'obscurité.

« Alléluia, ai-je répondu après un certain temps. J'en avais ma claque de devoir vous tanner. »

Ses lèvres ont tressailli et formé un semblant de sourire. Il a fiché la bouteille vide dans le sable.

Une chouette a ululé doucement dans la forêt, son cri nous parvenant une fois, puis une deuxième.

« Je voudrais vous dire merci, a-t-il dit. Mais ça ne serait vraiment pas suffisant.

— Vous pouvez me remercier en choisissant un endroit où aller. Ça, je ne peux pas le faire à votre place. J'ai essayé, croyez-moi. »

Il a contemplé ses doigts.

« Ce qui vous paraît le mieux, a-t-il répondu finalement. Pas dans une grande ville, c'est tout. Je ne veux pas que – je préférerais éviter que quelqu'un me reconnaisse.

— Vous plaisantez ? » Je l'ai fixé, partagée entre l'envie de rire et celle de hurler. « Je ne sais pas comment vous faire rentrer ça dans le crâne : si vous tenez à rester anonyme, c'est justement une grande ville qu'il vous faut. Surtout pas un endroit comme ici. Vous ne vous rendez pas compte que, dans un trou perdu, on ne remarque que vous ? »

Il a eu un rire discret, empreint de tristesse.

« J'en ai une petite idée, si. Et oui, j'ai bien compris, vous désapprouvez mon choix d'être venu ici. Vous avez peut-être raison. » Il a promené le regard sur le décor silencieux qui nous entourait. « Et pourtant, je n'ai presque aucun regret, moi. Depuis ces quelques semaines, je me sens – je ne sais pas comment l'exprimer. Dans un endroit comme celui-là, on se rappelle qu'on est vivant, d'une manière que j'aurais du mal à expliquer. » Il s'est redressé en poussant sur ses bras. « Et bien sûr, je n'aurais jamais imaginé qu'on me témoignerait autant de gentillesse. »

J'ai secoué la tête.

Il s'est levé, a chassé le sable collé à ses paumes, puis s'est courbé pour épousseter son jean, avant de me tendre la main. Le sol s'est comme incliné sous mes pieds, et quand j'ai chancelé en avant l'étranger m'a rattrapée par le coude.

« Ça va, ça va, ai-je dit.

— Vous ne devriez pas conduire, je pense.

— Il ne vaut mieux pas, non. Ce n'est pas grave – je vais dormir dans la voiture. Je m'occuperai de tout demain matin. »

Nous avons quitté la plage et remonté le chemin jusqu'au parking, sous le couvert des arbres qui nous cachaient le ciel. Je me suis concentrée pour suivre le sentier ténu, levant les pieds pardessus des racines qui me paraissaient soudain se déplacer et se mouvoir pour me tromper. Plusieurs minutes se sont écoulées avant que je m'aperçoive qu'il ralentissait derrière moi.

Finalement, alors que nous atteignions le bout du sentier, il s'est arrêté.

J'ai eu l'impression qu'il se préparait à dire quelque chose, mais pendant un long moment il a gardé le silence. Nous nous trouvions en bordure du parking, petite clairière bordée de pins qui dressaient de toutes parts leur hauteur prodigieuse.

Après avoir enfoncé les mains dans les poches, il a semblé marquer une pause, comme travaillé par une hésitation. Il a fallu que j'entende sa respiration précipitée pour me rendre compte qu'il tremblait.

« Ça va ? ai-je demandé. Qu'est-ce qui se passe ? »

Bien que je l'aie questionné, j'avais compris. Sa peur imprégnait l'atmosphère, nous entourait comme une substance froide et métallique.

« Allez, ai-je dit doucement. C'est bon. Ça va aller. »

Il a eu un brusque hochement de tête, en se mordant la lèvre, mais ses inspirations courtes et saccadées se poursuivaient. Il a porté la main à son visage.

« Je sais. Excusez-moi.

— Vous n'avez pas à vous excuser. C'est à cause du whisky, c'est tout. On va vous faire partir d'ici – vous allez vous en tirer. »

Il baissait le regard vers le sol et se frottait vivement les paupières avec le poignet.

J'ai tendu le bras et touché sa manche.

« Ça va aller », ai-je répété.

Il n'a pas répondu. Lentement, il a relâché le souffle qu'il retenait jusqu'alors, en se passant les doigts sur la figure.

« Allez, venez. » Je lui ai fait signe de me suivre, en me dirigeant vers le chemin qui menait au snack et au refuge. « Vous saurez rentrer ? Sinon je vous raccompagne.

— Je trouverai. Je suis désolé. Merci.

— Vous n'avez aucune raison d'être désolé. Écoutez-moi : nous allons vous faire partir d'ici. Demain, je vous le promets. J'ouvrirai le magasin pour que personne ne se doute de rien, mais aussitôt après nous filons. »

Il a dégluti.

« Oui. D'accord. »

Nous nous sommes regardés. La terreur semblait abandonner son visage, laissant un profond épuisement dans son sillage. Le gravier a crissé sous ses semelles lorsqu'il a remué les pieds.

« Vous savez, a-t-il repris, s'il m'arrive quelque chose, je...

— Il ne va rien vous arriver. Rentrez, ça ira mieux quand vous aurez dormi. »

Nous sommes restés là tous les deux, le regard dirigé vers le chemin, dont l'accès était à peine visible dans les ténèbres. Puis, après m'avoir dit au revoir, il est parti. Je l'ai observé qui s'enfonçait dans la forêt, suivant des yeux sa silhouette chancelante jusqu'à ce qu'elle ait disparu.

Au matin, quand je suis entrée dans la maison, ma grand-mère gisait par terre à côté de l'évier, les lèvres entrouvertes, inconsciente. Un verre brisé scintillait au bout de ses doigts.

« Oh non », ai-je murmuré.

J'ai appelé les secours, puis, assise à côté d'elle, je lui ai tenu la main et j'ai chassé les cheveux qui tombaient devant son visage, et, me balançant d'avant en arrière en la serrant contre moi, je lui ai parlé tout en sachant qu'elle ne m'entendait pas. Elle a ouvert les yeux brièvement, m'a regardée sans me reconnaître, puis les a refermés.

Je me suis adossée au meuble, la tête appuyée contre le bois, priant pour qu'il ne s'agisse pas de la réalité jusqu'à ce que l'ambulance arrive et nous emmène.

3

Les heures ont passé avec une lenteur atroce. À l'hôpital, infirmières et médecins s'affairaient promptement autour du corps immobile de ma grand-mère, tels des insectes s'abattant en essaim sur un objet avant de s'en désintéresser et d'être aussitôt remplacés par d'autres. Elle avait eu un AVC, m'ont-ils dit – ce que je savais déjà sans avoir mis de mots dessus. À toutes mes autres questions, y compris la plus importante, ils ne me répondaient que « peut-être ».

Quand j'ai enfin réussi à m'arracher au gros cube gris qu'était ce bâtiment, le soleil brillait haut dans le ciel. Je me suis arrêtée aux feux et j'ai pris les tournants machinalement, comme un robot, m'efforçant de me vider de toute pensée et de tout sentiment. Quelques crocus passaient la tête hors de la neige, parsemant le bas-côté de taches violettes, mais j'y ai à peine prêté attention. Je ne prêtais attention à presque rien, à vrai dire, y compris aux adeptes de longue randonnée qui s'étaient subitement présentés au refuge, les premiers de la saison.

Ils se prélassaient sur la galerie et admiraient le panorama en buvant la bière tiède dont ils s'étaient encombrés, mais je ne les voyais pas vraiment. Ils constituaient juste un drôle de mobilier humain.

Martin, ai-je appris, avait caché l'étranger dans une sorte d'oubliette au sous-sol du gîte, un vide sanitaire situé sous la salle de jeux. Je ne l'avais jamais vu et n'avais jamais soupçonné son existence ; on ne pouvait y accéder qu'en passant par le dédale de la vieille cave et en écartant des planches vermoulues qui menaient à des marches grinçantes, puis à une pièce sans le moindre souffle d'air. Il y régnait une obscurité totale.

« C'est quoi, cet endroit ? ai-je demandé à Martin en suivant le faisceau de sa lampe torche sur la terre humide au sol, les briques délabrées du mur.

— Underground Railroad, a-t-il répondu, laconique.

— Oh. » J'ai promené le regard sur l'espace exigu, les longues fissures qui lézardaient les briques d'un autre temps. « D'accord.

— Ou alors, une ancienne glacière qui a été comblée. En tout cas, pour le confort on repassera, mais au moins il sera à l'abri en attendant que je trouve un moyen de l'emmener ailleurs. » Il m'a considérée plus attentivement. « Tout va bien ?

— Ouais. Enfin non. Je t'expliquerai plus tard. »

Nous ayant entendus, l'étranger a émergé d'un interstice dans le mur en ôtant de ses cheveux saletés et toiles d'araignée.

« Bienvenue, a-t-il plaisanté timidement en clignant des paupières, ébloui par la lumière. Ce n'est pas le Ritz, comme on dit, mais ça fera bien l'affaire. J'ai pris des goûts de luxe à cause des prestations haut de gamme de l'étage. »

J'ai essayé de rebondir, mais les mots sont restés coincés dans ma gorge. Devant l'ouverture qui menait au réduit, les épaules affaissées et les mains dans les poches, il avait l'air d'un animal traqué.

Sans rien dire, Martin nous a laissés après m'avoir remis la torche électrique.

« Je suis désolée. C'est juste... ce sera...

— Ne vous inquiétez pas pour moi, m'a-t-il interrompue. Je vais bien. »

Une douleur insaisissable m'a gagnée.

« Nous partirons quand même, ai-je repris. Je vous ferai sortir d'ici dès que possible.

— Je vous assure, ça va. »

Je décelais une tension dans sa voix, un écho de sa peur de la veille, mais il s'efforçait de la cacher, de rester souriant. Ça m'a été insupportable tout le temps que j'ai contemplé son visage.

En soirée, il n'y avait pas eu d'amélioration. Ma grand-mère semblait perdre sa consistance, se fondre dans son lit, mais le médecin – un nouveau – me parlait de ses « constantes » et me disait qu'elle s'accrochait, ne fût-ce qu'à un fil. Je l'ai imaginée, inconsciente, qui se prenait dans une toile d'araignée puis s'en décrochait et pendait dans le vide.

Il y avait un restaurant bon marché dans le centre, un grec, où je me suis réfugiée ce soir-là, voûtée sur un sandwich aux huîtres panées et des frites auxquelles j'ai à peine touché. La salle était pleine à craquer, les serveuses couraient presque entre les tables, couples et familles bavardaient dans leurs box tandis que le préposé au gril suait devant des rangées de hot-dogs et de hamburgers. Je les ai observés depuis ma table en coin, médusée ; cela faisait une éternité que je n'avais pas été entourée d'une telle multitude, de gens qui parlaient tous en même temps. Les rires, le bruit, le tumulte m'enveloppaient, si denses que je jetais des regards en tous sens, en clignant des paupières. *On va finir par me trouver bizarre*, ai-je songé, mais je ne pouvais m'empêcher de scruter ces inconnus aux voix et aux gestes qui m'étaient étrangers, stupéfaite que le monde compte toujours autant d'autres êtres humains.

En contemplant les box et le ballet des clients qui entraient et sortaient, j'ai pensé à mon grand-père, à son rire tonitruant qui révélait son dentier. La dernière fois que je l'avais vu, quelques mois après l'accident et quelques semaines à peine avant sa mort, il m'avait emmenée manger une glace dans un restaurant assez semblable à celui-ci. Rester assise me faisait encore souffrir à cette époque, mais j'avais essayé de ne rien montrer, écoutant ses badinages joyeux en m'efforçant de sourire à ses plaisanteries.

Il avait commandé un double cheeseburger et moi une boule vanille. « Vous penserez bien à nous mettre une petite cerise », avait-il dit à la serveuse en m'adressant un clin d'œil.

À la moitié du repas, il avait allongé le bras en travers de la table en Formica pour me tapoter la main. « Tout va s'arranger, ma grande, tu vas voir.

— Merci, papi.

— Je te le garantis. Je le sais. Tu es exactement comme moi, après tout. » J'avais dû lui lancer un regard dubitatif, parce qu'il avait ri. « Pas pour les mauvais côtés. Seulement les bons. Toi et moi – il avait englobé d'un geste les tables alentour – nous ne sommes pas comme tous ces pékins. On a de la jugeote. En tout cas, on en a assez pour savoir qu'il y a autre chose en dehors de notre cambrousse, pas vrai ?

— Tout le monde le sait, à mon avis.

— Non, ma puce. » Il avait secoué la tête d'un air affligé. « Pas du tout. On pourrait le penser, mais c'est faux. »

Après quoi, il avait semblé m'observer longuement.

« Je suis un vieil homme, tu sais, avait-il poursuivi avant de lever vivement les mains en l'air. Regarde-moi ça, bon sang ! Je ressemble à ces vieux croûtons qui passent leur journée à bavasser à la station-service. C'est bête, mais j'aurais jamais cru que ça arriverait. » Il souriait, et j'avais réussi à lui rendre la pareille malgré les élancements douloureux qui irradiaient dans mon flanc gauche. « Et pourtant, j'ai l'impression que c'était hier que t'étais une gamine qui me grimpait sur le dos comme sur un cheval. » Il avait pris une frite froide. « Tu te rappelles ?

— Oui, bien sûr.

— Ta grand-mère détestait ça. On n'arrêtait pas de renverser des trucs dans son salon, ça la mettait en rogne.

— Ouais.

— Ah, là là. On s'est bien amusés, pas vrai ? »

Ayant perçu une drôle d'intonation dans sa voix, j'avais levé les yeux de ma coupe de glace. J'avais trouvé les siens un peu trop brillants, son sourire légèrement hésitant.

« Ben oui, beaucoup », avais-je répondu, désarçonnée.

Il m'avait de nouveau tapoté la main.

« Tu es une chouette fille. »

Il avait alors changé de sujet, s'était étendu sur la voiture qu'il avait achetée la semaine précédente, précisant que pour la première fois de sa vie il s'agissait d'une marque étrangère. Quand nous avions été prêts à partir, il m'avait aidée à enfiler ma veste tandis que je glissais les bras dans les manches avec une infinie précaution.

« Ça va quand même, ma puce ? avait-il demandé en me déposant à la maison où, peu de temps auparavant, je vivais avec Amos, et que je n'avais pas encore abandonnée. Tu veux que je t'accompagne ?

— Non, c'est bon. Merci pour la sortie, papi. »

Il m'avait serrée dans ses bras, me donnant un gros baiser sur la joue comme à son habitude.

« Pas de quoi, ma grande. Comme je te l'ai dit tout à l'heure, tout va s'arranger. Tu verras. »

J'avais poussé la lourde porte à la peinture écaillée, puis j'étais entrée. Tandis que je retirais ma veste avec difficulté, je m'étais aperçue que, dehors, le moteur de la voiture tournait toujours. Par la baie vitrée du salon, j'avais vu mon grand-père avachi dans son siège derrière le volant, les yeux fermés et la main sur la bouche. Il était courbé en avant, ses épaules semblaient trembler. Mais alors que je m'apprêtais à ressortir, il s'était redressé, avait paru se ressaisir, puis était reparti.

Il me manquait. Encore à ce jour, je regrettais de ne pas être retournée le voir, de ne pas lui avoir dit que tout irait bien. Que je l'aimais, car, en dépit de tout, c'était le cas.

Les infirmières m'ont autorisée à passer la nuit dans la chambre de ma grand-mère, blottie dans le fauteuil. À l'aube, son état ne s'était ni aggravé ni amélioré.

« Si elle s'en tire, ce ne sera pas la forme olympique, m'a confié un médecin de service du matin. Il lui faudra une aide vingt-quatre heures sur vingt-quatre. Comment allez-vous vous organiser – vous avez commencé à réfléchir ? »

En remontant dans la montagne, sa voix me revenait sans arrêt. « Si elle s'en tire. » « Vous avez commencé à réfléchir ? » « Vingt-quatre heures sur vingt-quatre. » « Si elle s'en tire. » *Si*.

« Je ne sais pas quoi faire, ai-je finalement dit à l'étranger, devant lui dans l'anfractuosité sombre où je le voyais frissonner même s'il s'efforçait de le cacher. Il faut qu'on vous sorte de là, mais je ne peux pas la laisser. »

Il montrait un grand calme, assez surprenant. J'ignorais où il puisait cette curieuse tranquillité, presque inquiétante. Je ne voulais pas imaginer à quoi il songeait, seul dans l'obscurité des heures durant.

« Ne vous en faites pas », m'a-t-il répondu. Puis, à mon vif étonnement, il a eu un petit rire. « Ainsi va le monde, non ? Rien ne se passe jamais comme prévu. »

Dans l'après-midi, Jerry est venu au magasin. Sans carabine, cette fois, pourtant son expression m'a quand même mise mal à l'aise. J'ai préparé sa commande par gestes machinaux mais méfiants.

« Merci », a-t-il bougonné quand je lui ai donné son burger.

J'ai attendu qu'il pose le sachet de comprimés sur le comptoir, mais il n'en a rien fait. Au lieu de cela, il a soulevé sa casquette puis l'a rajustée en regardant ailleurs. Son visage, ai-je remarqué, semblait avoir vieilli, sillonné de rides profondes que je ne me rappelais pas avoir déjà vues.

« Bon, écoute », a-t-il dit.

Au ton de sa voix, je me suis raidie.

Ah non, tu ne vas pas me refaire le coup, ai-je songé. *Ce n'est pas le moment.*

Il a glissé ses grosses mains dans ses poches.

« Il va me falloir une avance. »

Je l'ai scruté. Sa barbe était plus longue et lui arrivait presque à la poitrine.

« Une avance, ai-je répété.

— Ouais. »

Au mur, le radiateur électrique bourdonnait.

« Je comprends pas.

— Cinq cents dollars », a-t-il annoncé.

Entre nous deux, son café refroidissait.

« Cinq cents ? ai-je répété encore, même si je l'avais très bien entendu.

— Ouais. »

Nous nous sommes fixés dans les yeux.

« Je ne les ai pas.

— Ouais, je sais. » Il s'est redressé, puis a détourné le regard. « Mais va falloir les trouver quand même.

— Eh ben, ai-je repris au bout d'un certain temps, je ne peux pas. »

Il s'est humecté les lèvres, comme s'il se préparait à l'affrontement.

« Va falloir quand même, a-t-il insisté. Sinon je parle à ma nièce. Je lui balance tout. »

L'espace d'un instant, tout s'est figé autour de moi. J'ai imaginé Beth ainsi qu'elle aurait pu être à l'instant même, pinçant sa bouche rose vif en écoutant un client en train de lui faire du gringue. J'ai revu la façon dont elle s'était penchée vers moi dans le canapé lorsque nous nous étions disputées. Comment elle m'avait tenu la main pendant les longs mois de convalescence que j'avais passés dans mon lit d'hôpital sans presque jamais échanger avec personne.

L'espoir dans ses yeux quand elle avait essayé de me convaincre de reprendre les études.

Je l'ai dévisagé, puis j'ai éclaté d'un rire retentissant qui a empli le magasin.

« Fais-toi plaisir. Raconte-lui. D'ailleurs, invite-moi, j'aimerais être là. »

Ses traits se sont crispés.

J'ai continué à m'esclaffer, incapable de m'arrêter malgré mes tentatives. Pendant une seconde, j'ai eu peur de ne plus me maîtriser et de finir en crise de nerfs, mais j'ai fini par me calmer.

Il a attendu que j'aie terminé, puis il a posé les mains sur le bar et approché le visage à quelques centimètres du mien. Sous ses vêtements a retenti un cliquetis métallique sourd. Des odeurs d'huile de moteur, de sueur et de fumée de feu de bois se dégageaient de lui.

Pendant un long moment, il s'est tu. Je n'ai pas bougé, observant la rougeur de ses yeux, une égratignure qui s'étirait au bord de sa bouche.

Il réfléchissait, pensait à autre chose que ce qui se jouait entre nous. Ça se voyait.

Il voulait que je m'en rende compte. Que je devine qu'il savait.

Fini de rire. Il renvoyait l'image de quelqu'un qui, quoi qu'il puisse être d'autre, avait pleinement conscience de sa carrure et de sa force. Qui avait l'avantage.

« Déconne pas, va, a-t-il déclaré calmement. Je connais cet endroit comme ma poche. Tu crois que je sais pas où il est, ton type ? »

Mes bras et mes jambes se sont glacés. Je l'ai fixé droit dans les yeux, mais intérieurement je frémissais.

Il m'a toisée. Puis il s'est écarté du comptoir en haussant les épaules.

« Comme tu veux », a-t-il lancé d'un ton grave et monocorde, avant de se détourner.

Il a fait un pas vers la porte.

« Attends », ai-je dit.

Pendant quelques secondes, je n'ai pas bougé.

Puis j'ai pris les billets de dix et de vingt dans la caisse. Mes doigts m'ont semblé enfler à mesure que je les comptais et les disposais en piles peu épaisses.

Il n'y avait pas assez.

Je suis passée à côté de lui à pas rapides. Je suis allée à la réserve, au coffre encastré dans le mur. J'ai fait tourner le bouton de combinaison, puis je suis revenue.

« Tiens », ai-je fait, en lui tendant l'argent.

Nous sommes restés face à face sur la terrasse, comme deux combattants s'affrontant du regard.

Il a compté la somme, tout en me surveillant du coin de l'œil.

« C'est bon », a-t-il conclu.

Je l'ai observé, puis j'ai contemplé les billets dans sa main. Leur vert me semblait d'une vivacité anormale, comme si on les avait transformés, comme s'ils criaient au monde qu'un évènement venait de se produire, un évènement pour lequel quelqu'un devrait se sentir coupable. J'ai ressenti des fourmillements.

Il a plié la liasse et l'a fourrée dans sa poche.

« La prochaine fois, a-t-il déclaré, ne me dis pas non. Ça te va mal. »

Ses chaussures ont claqué lourdement lorsqu'il a traversé la terrasse. Il m'a lancé un regard en arrière, avant de disparaître à l'angle de la bâtisse.

Je me suis alors rendu compte qu'il n'y avait toujours rien sur le bar. Pas de sac.

J'ai fermé le magasin à clé et gravi le talus abrupt de derrière, puis je me suis assise sur le bas-côté de la départementale, d'où j'ai contemplé le parc. Les arbres ne bourgeonnaient pas encore, mais la neige refluait et je savais que le dégel n'allait pas tarder. J'ai cueilli un crocus, tout en imaginant ma grand-mère dans son lit d'hôpital, la maison vide, ma chambre, le sac en papier sous mon matelas, la terre piétinée par le cheval de John qui me précédait, la vaste étendue de la vallée, les montagnes qui délimitaient le monde.

Il n'y a qu'une seule chose à faire, ai-je médité. En ce qui concernait l'étranger, et tout le reste.

Et je ne reculerais pas, cette fois c'était clair.

J'allais me lancer.

Portant toujours le crocus tel un talisman, je me suis glissée dans le refuge, sans cesser de jeter des coups d'œil alentour pour m'assurer qu'on ne m'observait pas, tout en me doutant que c'était probablement le cas. Je suis descendue au sous-sol, puis dans le réduit, avançant à tâtons dans le noir jusqu'au bas de l'échelle.

« Je suis là, ai-je annoncé, trouvant moi-même un son curieux à ma voix.

— Oh. Je ne m'attendais pas à votre visite. » Il y a eu un déclic, et l'étranger est apparu, muni de la torche électrique que Martin lui avait donnée.

« Nous partirons demain à la première heure. J'ai juste un truc à régler avant. C'est important, mais je... je vais m'en occuper le plus vite possible. »

Une couche de poussière couvrait sa peau, mais ses yeux dirigés vers moi brillaient.

« Vous avez l'air terriblement triste », a-t-il commenté.

J'ai écarté sa remarque d'un revers de la main.

« Je ne veux pas en discuter. J'avais des décisions à prendre et je les ai prises. » J'ai allongé le bras pour toucher une brique descellée. « Je vais sans doute ouvrir le magasin le matin pour que personne n'ait de soupçons, comme nous en avions parlé. » Mon ventre s'est noué ; je ne lui ai pas précisé qui était « personne ». « Je ne sais pas trop comment nous allons vous faire sortir d'ici sans être vus, mais je vais discuter avec Martin, et nous trouverons bien un moyen. »

Il a hésité, puis hoché la tête. Il avait le regard vague et songeur, comme si ses pensées étaient à mille lieues de là. Après avoir considéré les murs lézardés, il a reporté son attention sur moi et paru sur le point de me dire quelque chose, mais il s'est abstenu. S'il n'avait pas opiné du chef, j'aurais pu me demander s'il m'avait entendue.

« C'est quoi, ça ? s'est-il enquis en baissant les yeux vers ma main.

— Quoi donc ? Oh, ça. C'est un crocus. Le premier signe de l'arrivée du printemps. Tenez, prenez-le. »

Ses doigts poussiéreux ont effleuré ma paume quand je le lui ai donné. Il l'a porté à son visage.

« N'ayez pas peur », ai-je dit, autant pour moi-même que pour lui.

Il n'a rien répondu, mais a tenu la fleur devant lui, l'a tournée entre ses doigts, admirant le violet profond qui était encore plus saisissant dans la faible luminosité.

« J'ai descendu votre oiseau avec moi, a-t-il déclaré d'un ton presque timide.

— Hein ? Quel oiseau ? »

Il s'est agenouillé et a tendu le bras derrière lui, puis m'a présenté la figurine en verre. Le bibelot était couvert de poussière mais toujours intact.

« Oh », ai-je fait en le lui prenant des mains. Le verre était froid.

« Ça m'évoque des endroits plus agréables. Si vous voyez ce que je veux dire. » Il a souri en contemplant ses pieds, puis il a relevé la tête. « Vous savez, vous êtes vraiment un ange. Je ne connais pas grand monde qui serait aussi généreux. »

Ma gorge s'est serrée, et j'ai détourné le regard.

« Je suis loin d'être un ange, croyez-moi. Je voudrais bien, pourtant.

— C'est grâce à vous que je tiens le coup. »

J'ai grimacé.

« Non, ai-je rétorqué avec difficulté. J'ai rendu votre vie beaucoup plus compliquée. Vous ne vous en rendez pas compte, mais c'est vrai. »

Il a secoué la tête. Puis, d'un geste hésitant, il a écarté les cheveux de ma figure en prenant soin de ne pas effleurer ma peau, comme s'il craignait que je m'enfuie. Surprise, j'ai levé les yeux vers lui.

Il a alors posé la main sur mon visage, sa paume sous mon menton et le pouce sur ma joue. Ses doigts étaient frais. Voyant que je ne bougeais pas, il s'est avancé et a pressé ses lèvres sur les miennes. J'ai senti les pulsations dans sa gorge, le tissu soyeux de son col, et pris conscience que je connaissais son odeur.

Il m'a lâchée, et j'ai fait un pas en arrière, abasourdie.

J'ai été incapable de le regarder, paralysée par les sentiments qui s'affrontaient en moi. Je suis restée là, immobile, à scruter le disque de lumière au sol.

« J'ai pensé qu'on pourrait tenter le nord de l'État de New York, ai-je suggéré finalement, d'une voix qui, même à moi, paraissait déconnectée. Au bord du fleuve. De là, vous pourrez choisir ce qui vous semble le mieux. Descendre vers la ville ou gagner la frontière. Si c'est ce que vous préférez. »

Le silence a envahi l'espace exigu.

« D'accord », a-t-il approuvé.

Nous sommes restés ainsi quelques instants, la lampe brillant entre nous.

« Il vaudrait mieux que je vous laisse, ai-je repris, en lui tendant la figurine. Il y a des choses dont vous allez – dont nous allons – avoir besoin. Pour le voyage.

— Oui. Bien sûr. Allez-y.

— Très bien. » J'ai mis les mains dans mes poches. « À plus tard. »

Je me suis détournée et me suis éloignée.

« Vous savez... » l'ai-je entendu dire avant de s'interrompre.

Je me suis arrêtée, le pied sur le premier échelon. Mais il n'a pas fini sa phrase.

« Oui, quoi ? »

Malgré la pénombre, je le voyais qui devenait écarlate.

« Eh bien, si vous voulez revenir... Je serai encore là. » Il a eu un petit rire gêné. « Enfin, évidemment que je serai là. Mais... Vous comptez beaucoup pour moi. C'est tout. »

Derrière lui, les ténèbres étaient si noires qu'elles semblaient infinies. J'entendais ma propre respiration.

J'ai posé la main sur l'échelle.

« À demain, ai-je lancé. »

Je suis remontée, préférant ne pas le voir qui restait en bas.

Dans la voiture, je me suis ébrouée, puis j'ai soufflé sur mes doigts froids en observant par le pare-brise la muraille abrupte de forêt qui se dressait devant moi. *Ça ne s'est pas produit*, me suis-je dit. Non, ça ne s'était tout simplement pas produit.

J'ai démarré.

En ville, je suis allée au distributeur, d'où je suis repartie quelques minutes plus tard avec toutes mes économies – une pitoyable liasse de billets verts – pliées dans mon poing. Au Walmart, dans un panier métallique, j'ai mis de l'eau, des sandwichs, deux tenues complètes d'homme qui ne donnaient pas l'impression de sortir d'un magasin de l'Armée du Salut, une paire de baskets de sous-marque, une casquette de base-ball qu'on pouvait enfoncer bas sur le front.

Puis, à l'entrée de service de l'hôpital, je me suis jointe au petit groupe de gens qui semblaient être toujours là, à fumer des cigarettes en admirant le coucher de soleil. J'ai posé la question que j'avais à poser, doucement, et après une brève hésitation, un des types m'a expliqué où aller.

Dans une ruelle qui séparait le tribunal et le bar voisin, près d'un dédale de maisons d'un étage qu'on avait transformées en appartements pour les très jeunes et les très vieux, j'ai trouvé un type hirsute vêtu d'un blouson noir et je lui ai indiqué ce que je désirais.

Il m'a examinée de pied en cap d'un air méfiant. Sa tête me disait quelque chose, comme si j'étais allée en cours avec lui. C'était sans doute le cas.

« J'en veux vingt », ai-je ajouté, en ouvrant doucement la main pour lui montrer les billets.

Il paraissait toujours réticent.

« Vous pouvez me fouiller », lui ai-je dit.

Il s'est éloigné d'une démarche nonchalante mais tout de même vive, avant de revenir peu après accompagné d'un homme plus imposant, qui m'a en effet palpée tandis que je contemplais la pointe de lumière déclinante entre les bâtiments, en m'efforçant de rester impassible.

Quand il a eu terminé, le plus massif des deux m'a observée. Peut-être me reconnaissait-il, ou peut-être décelait-il dans mon regard une expression qu'il avait déjà vue.

« C'est bon, donne-lui », a-t-il ordonné à l'autre.

Je suis repartie avec mon sachet dans ma poche, remontant seule la ruelle.

Dans le hall de l'hôpital, j'ai demandé à la réceptionniste si je pouvais me servir du téléphone, et j'ai appelé Beth. Quand elle a décroché, j'ai soudain eu beaucoup de mal à ne pas pleurer.

« Je suis désolée, ai-je déclaré d'une voix qui menaçait de se briser. Je ne peux pas te parler longtemps, mais je suis désolée. Je voulais juste que tu le saches.

— Oh, ma belle, a-t-elle fait dans un soupir. Il ne faut pas, va. C'est moi qui suis désolée. J'ai été bête de te dire ces choses-là. Tu fais ce qui est le mieux pour toi… j'en ai conscience. »

Mon souffle s'est fait saccadé, et je me suis détournée de la salle d'attente, tâchant de cacher mon visage dans ma manche.

« Ma chérie, a-t-elle repris. Tu as besoin que je vienne te voir ? T'es où ? »

En l'attendant, je suis restée au chevet de ma grand-mère, sa main dans la mienne, à écouter le bruit de sa respiration. Ses cheveux formaient un fouillis vaporeux, aussi les lui ai-je lavés, lui passant soigneusement un gant mouillé sur le visage puis vers l'arrière de la tête. Quand j'ai eu terminé, elle ne paraissait pas davantage elle-même ; elle semblait toujours vide, vieille femme hospitalisée parmi d'autres. Je lui ai quand même parlé et remonté sa blouse sur ses épaules, lui tenant des propos qui m'auraient valu ses sarcasmes si elle avait été réveillée. Pour finir, je me suis faufilée entre les appareils, puis je lui ai déposé un baiser sur la joue avant de presser longtemps sa main.

Au bout d'un moment, il y a eu un bruissement de vêtements dans le couloir, puis le bruit d'un enfant qui s'agite.

« Kathy ? »

Je suis sortie et j'ai fermé la porte.

Beth portait Dylan sur sa hanche, son sac à main suspendu à l'autre bras, le visage marqué par une expression proche de la peur. Elle m'a serrée contre elle.

« Est-ce qu'elle est...

— Non, elle est encore là.

— Oh, Dieu soit loué. » Dylan était tout rouge, comme s'il venait de pleurer, et elle lui a essuyé les joues avec les doigts. « Qu'est-ce qui se passe ?

— Il faut que je m'absente. Quelque temps. Je suis désolée de te demander ça – tu n'es pas obligée, mais est-ce que tu pourrais... »

Elle a posé son fils, qui s'est agrippé à sa jambe.

« Prendre de ses nouvelles ? Pas de problème, quand ça ?

— Je vais... Je suis un peu dans le flou, pour l'instant. Tu pourrais... Tu pourrais peut-être appeler mes parents demain ? Si ça ne t'embête pas trop ?

— Bien sûr, ma chérie.

— T'es géniale. » Ce compliment m'a paru déplacé, mais je n'ai pas trouvé mieux. « Merci. »

Dylan a tiré sur le jean de Beth et s'est mis à geindre légèrement, comme s'il s'apprêtait à pleurer de nouveau. Alors qu'elle repoussait les mains du bambin, la lumière artificielle du couloir a éclairé son visage d'une façon qui m'a fait deviner ce que je n'avais pas décelé jusqu'alors.

« Tu es... »

Elle m'a adressé un long sourire triste.

« Ouais, je suis enceinte. »

Ma bouche s'est ouverte, mais je n'ai été capable que de la regarder fixement.

« Eh oui. » Elle a détourné les yeux. « Quand Mark est revenu pour sa dernière permission – nous ne voulions pas vraiment... moi c'est sûr que non... mais... voilà, quoi. »

Elle s'est passé la main dans les cheveux, avec un haussement d'épaules.

« Il ne sera même pas rentré pour l'accouchement. Je te jure, ça me – bref, c'est dingue. Alors tu vois, notre grand rêve de retour à la fac, je crois bien que ça tombait à l'eau, de toute façon.

— Je suis... » J'étais trop étourdie par la vitesse à laquelle les évènements s'enchaînaient pour savoir quoi répondre. « Je suis désolée. Enfin je veux dire, félicitations. Mais je suis désolée, aussi. »

Elle a eu un rire sans joie.

« Ouais, a-t-elle dit. C'est bien résumé, hein ? »

Je lui ai noté des numéros de téléphone, qu'elle a pris, l'air déjà vieilli et plus fatigué. Elle m'a de nouveau serrée contre elle, ses cheveux plaqués contre ma joue.

« Est-ce que je dois me faire du souci pour toi ? m'a-t-elle demandé. Ne te fâche pas si je pose la question, mais est-ce que tu t'es attiré des ennuis ? Tu vas où au juste ?

— Non, je te promets que je ne crains rien. Je te raconterai tout dans quelques jours.

— Ça marche, ma belle. » Elle m'a frotté le bras. « Va donc profiter de ta liberté. »

À la station-service, j'ai fait le plein, puis j'ai pris la direction de l'ouest pour retourner chez ma grand-mère. Le soleil s'était presque couché, les nuages noirs étaient bas sur l'horizon, ourlés des prémices d'un bleu nuit. Les montagnes se dressaient au loin. J'ai éteint la radio pour regarder défiler la longue chaîne montagneuse en silence. Quand j'ai atteint le carrefour de Centerville, je me suis arrêtée, mes phares projetant des traînées incandescentes en travers de la route.

Une atmosphère particulière, due au changement de saison, faisait naître des pensées qui d'ordinaire auraient paru inconcevables.

J'ai considéré le tableau de bord luisant de jauges, l'horloge. Les champs alentour, vastes et entièrement dégagés, semblaient presque neufs. J'ai inspiré une bouffée d'air nocturne, avant de la relâcher lentement.

Puis j'ai fait demi-tour et continué à rouler, avant de gravir de nouveau la montagne vers le bâtiment de brique tapi dans l'obscurité, perdu parmi les arbres.

4

Le lendemain matin, le téléphone du magasin a sonné.

L'aube avait amené un ciel dégagé, la clarté du jour allongeait ses premières ramures par les fenêtres de la maison, où je m'étais attelée à mettre tranquillement des affaires dans des sacs en plastique, à faire le lit et ranger la vaisselle. Le gravier avait crissé sous mes pas quand j'étais allée chercher le courrier, le soleil illuminant le fanion rouge qui se dressait fièrement au côté de la boîte. J'y avais récupéré un tas de factures et de prospectus. Probablement par superstition, j'avais pensé y trouver peut-être une lettre de mon frère.

De retour dans la maison, j'avais posé les factures sur la table sans les avoir ouvertes. Puis j'étais partie, tournant la clé dans la porte, que je n'avais jamais verrouillée avant.

J'étais calme, bien plus que je ne m'y attendais. En retournant chez ma grand-mère depuis le gîte, très tôt le matin, mes phares balayant les champs baignés de ténèbres, je n'avais pas su quoi penser de tout ça. Par certains côtés, je ne voulais pas songer à ce qui venait de se passer – l'expression sur le visage de l'étranger quand j'avais reparu, les rideaux tirés dans la chambre de l'étage, le silence, la façon dont il avait caressé ma peau, les endroits lisses comme les cicatrices. C'était beaucoup trop étrange, trop incommensurable. Je n'y ai donc pas réfléchi. J'ai tout repoussé dans un coin de ma tête tel un objet mystérieux que j'aurais trouvé dans la rue, pour l'en ressortir et l'examiner plus tard.

Par chance, personne ne m'attendait au magasin ; il était encore tôt. J'avais mis mon sac en bandoulière, poussé la porte et allumé. Il me restait assez de liquide pour deux ou trois pleins et de quoi payer un sandwich par-ci par-là. Je n'ai pas pensé à ce qui adviendrait ensuite.

La sonnerie du téléphone a fendu l'air comme une décharge électrique.

J'ai scruté l'appareil mural à côté de la vitrine à glaces. Depuis combien de temps refonctionnait-il ? Pourquoi ne m'avait-on pas prévenue ?

« Allô ? ai-je dit d'un ton hésitant.

— Kath, c'est Martin. » Il semblait essoufflé. « Tu pourrais monter deux minutes ? »

J'ai raccroché et foncé dehors, laissant la porte claquer derrière moi.

Martin était à la réception, le visage fermé, le dos voûté. Avec lui se trouvaient deux policiers que je n'ai pas reconnus, deux hommes.

« C'est elle ? » a demandé l'un d'eux à Martin.

Il avait les cheveux blond-roux, les traits ciselés et hâlés, un physique d'entraîneur d'athlétisme au lycée. Martin, par contraste, avait l'air émacié et rabougri. Un marteau posé devant lui sur le bureau, il faisait tourner un long clou brillant dans ses mains, sans lever les yeux.

« Qu'est-ce que vous voulez ? ai-je questionné, gagnée par un effroi profond.

— Nous venons de placer votre ami en garde à vue », a annoncé le second agent.

J'ai pivoté vers Martin, qui m'a rendu mon regard, la figure morne, catastrophée. La pièce a paru se refermer sur moi, soudain glaciale.

« Mon ami ? me suis-je forcée à dire, d'une voix qui m'a semblé monocorde et lointaine.

— C'est bon, arrêtez votre cinéma, a rétorqué le blond. L'étranger. »

Je les ai considérés l'un après l'autre, éprouvant toutes les peines du monde à dissimuler mon état de choc.

« Nous connaissons vos liens avec le ministre, a poursuivi le même policier. Nous aimerions vous poser quelques questions à son sujet, si vous êtes d'accord. »

Il m'a fallu quelques instants pour que ses mots me deviennent intelligibles.

« Le ministre ? » ai-je répété, déroutée. Martin a de nouveau baissé la tête.

— Nous aimerions vous poser quelques questions, a répété le blond.

— Non, sans façon. » J'ai fait un pas en arrière. « Je ne sais même pas de qui vous parlez. Je ne connais pas de ministre.

— Je vous parle de votre ami », a-t-il insisté patiemment, comme s'il s'adressait à une enfant. « Le, euh... » Il a sorti un carnet en cuir de sa poche et l'a consulté. « Le ministre délégué de l'Intérieur, ou je ne sais pas trop quoi. Nous l'avons cueilli ici il y a une demi-heure environ. Nous avons reçu un tuyau anonyme tout à l'heure. Apparemment, ça fait un bout de temps qu'il se cache ici.

— Il est dans un sacré pétrin », a enchaîné l'autre. Son chapeau à bord plat était enfoncé bas sur son front ; je ne voyais pas bien son visage, qui semblait toutefois rose et replet. « On a mis le FBI dans la boucle, a-t-il poursuivi. Et même le département d'État. Notre téléphone n'arrête pas de sonner, depuis ce matin. On nous appelle de Washington. Je ne sais pas qui est cet homme et qui le cherche, mais c'est un gros poisson, il y a aucun doute. Alors ce n'est pas en refusant de coopérer que vous arrangerez votre cas. »

Mes jambes ont commencé à flageoler, mais j'ai réussi à faire un pas de côté pour m'asseoir sur une des chaises alignées contre le mur.

« Je ne sais toujours pas de quoi vous parlez. Ministre délégué ? C'est quoi, ça ?

— Ce type-là, chère madame. »

Le même policier, celui qui ressemblait à un jambonneau, a sorti une photocopie d'une enveloppe. La photo en noir et blanc montrait un homme grave aux lèvres fines, au visage bouffi et aux cheveux soignés, qui fixait l'objectif de ses longs yeux étroits. Vêtu d'un costume-cravate, il portait une serviette dans une main et un document dans l'autre. On distinguait des tables à l'arrière-plan, une moquette à motifs, comme s'il se trouvait dans un restaurant chic ou une salle de bal. Une pince brillante maintenait sa cravate sur son ventre rond.

« Je ne sais pas qui c'est, ai-je affirmé en repoussant la photocopie.

— Regardez de plus près. » L'agent l'a levée devant moi. « Il a changé d'apparence physique. Il a visiblement perdu beaucoup de poids. Mais vous le connaissez. Il vit ici depuis des mois.

— Je ne sais pas qui c'est, ai-je persévéré. Je ne vous mens pas.

— Cet homme est coupable de nombreux crimes, madame. En tout cas, c'est ce qu'on nous a dit. Il dirigeait les centres de détention en Ouzbékistan. Il supervisait… »

Je me suis relevée en prenant appui sur le mur.

« Vous ne savez pas de quoi vous parlez, ai-je grincé. Et franchement, moi non plus.

— Allez, arrêtez de nous baratiner », a dit le flic à tête de jambonneau.

J'ai pivoté vivement vers lui.

« Vous ne savez rien du tout, ai-je lâché d'une voix véhémente. Vous ne savez même pas où se trouve l'Ouzbékistan, je parie. J'en mettrais ma main au feu. »

Ils ont échangé un coup d'œil.

« Je serai dans mon magasin. Si vous voulez m'interroger, apportez-moi un document qui stipule que je suis obligée de vous répondre. »

Sans regarder Martin, je suis partie et j'ai redescendu la pente d'un pas rapide. Dans le snack, j'ai fermé la porte à clé et au verrou, tiré les stores, et me suis assise sur le tabouret. Les doigts plaqués sur les lèvres, je suis demeurée immobile.

Les heures se sont écoulées. Quelqu'un a frappé à petits coups hésitants qui semblaient chargés d'espoir, avant de renoncer et de repartir. Je suis restée où j'étais, à contempler la lente progression sur le sol des lamelles de clarté filtrant par les fenêtres, de plus en plus obliques et allongées à mesure que le soleil avançait vers l'ouest.

Après un long moment, la poignée a remué, et Martin a appelé.

« Kathleen. »

Je n'ai pas bougé.

« Allez, m'a-t-il intimé d'une voix plus forte. N'essaie pas de me foutre les jetons. Je sais que tu ne me ferais pas ce coup-là. Ouvre, maintenant. »

Lentement, j'ai descendu une jambe, puis l'autre.

J'ai pensé qu'il aurait peut-être fait demi-tour lorsque je me montrerais, mais il était toujours là.

« Allez, a-t-il répété. Viens me rejoindre. C'est mieux que de te terrer dans le noir. »

J'ai cédé. Il s'est installé sur le banc de la terrasse, et je suis venue m'asseoir à côté de lui.

Les minutes ont passé.

« Tu crois que c'est vrai ? s'est-il enquis, juste quand j'avais conclu que ni lui ni moi n'allions rien dire, que nous allions seulement rester là à tout jamais.

— Que quoi est vrai ?

— Ces histoires de ministre délégué. »

J'ai détourné le regard.

« Ça n'a aucune importance. »

Il a gardé longtemps les yeux fixés sur moi.

« Ça ne lui ressemblait pas beaucoup, a-t-il commenté finalement.

— Qu'est-ce que ça peut me faire, que ce soit lui ou pas ?

— Arrête, Kathleen. Tu crois que je ne suis pas dégoûté, moi aussi ? »

Mes épaules se sont affaissées et j'ai tourné la tête.

« Tu as raison. Excuse-moi. »

Nous avons replongé dans le silence et contemplé la cheminée en ruine de la fonderie.

« Nous avons fait de notre mieux, a-t-il dit au bout d'un moment. Nous avons fait ce qui nous semblait correct. Et ça l'était. Peu importe qui il était. Qui il est. Je n'ai aucun doute là-dessus.

— Mais si, tu en as.

— Non. Je t'assure que non. »

J'ai expédié un coup du bout du pied contre le ciment.

« "Car j'ai eu faim, a-t-il récité doucement, et vous m'avez donné à manger. J'ai eu soif, et vous m'avez donné à boire. J'étais étranger, et vous m'avez recueilli. J'étais nu et vous m'avez habillé. J'étais malade, et vous avez pris soin de moi. J'étais en prison, et vous êtes venus vers moi." Matthieu, chapitre vingt-cinq. » Il a regardé vers la cour, vers le haut fourneau. « C'est un beau passage.

— Je n'ai pas besoin de ces conneries. Ne le prends pas mal. »

Il s'est tu.

« Enfin bon, d'accord, c'est beau. Mais... » J'ai rejeté la tête en arrière. « Bref, en tout cas, pas moi.

— Quoi, pas toi ?

— Je n'ai pas fait ce que j'aurais dû. Ou plutôt j'ai fait un truc que je n'aurais pas dû. » J'ai gratté le bord du banc. « Je pense, quoi. Je ne suis pas sûre.

— Tu l'as aidé, c'est ça ?

— Non. Tout le contraire. » La lassitude me gagnait. « J'étais en colère contre lui. Il m'a raconté... quelque chose sur lui. Pas ce que les policiers nous ont révélé tout à l'heure, encore autre chose. Et moi j'ai... »

Je me suis aperçue que j'étais incapable de finir.

« Au fait, a-t-il dit, avant de me surprendre en posant la main sur la mienne. Le tuyau anonyme. »

Mon ventre s'est noué.

« Oui ?

— C'était pas moi.

— Je le sais bien que c'était pas toi. »

Secouée par un tressaillement, j'ai retiré ma main et promené le regard sur le plafond de la terrasse, les sourcils froncés.

« Ils m'ont expliqué que c'est un homme qui leur a téléphoné ce matin, a-t-il précisé d'une voix douce. Ce n'était pas toi. Ce n'était aucun de nous deux.

— Je n'en serais pas si sûre à ta place, ai-je rétorqué.

— C'était un homme, a-t-il répété. Ils me l'ont dit. »

Ma vue s'est troublée. Je me suis essuyé les yeux d'un geste fatigué, la tête tournée.

« Alors c'est Jerry.

— Qui ça ?

— Jerry Calaman.

— Calaman ? C'est quoi le rapport ?

— Il m'en voulait. Et il savait qu'il se passait un truc. »

Martin s'est passé la main sur le visage, tirant sa peau vers le bas.

« Écoute-moi bien. Quand ils ont arrêté Danya, il était dans sa chambre. Pas au sous-sol. Il était assis là-haut sur son lit, sa valise toute prête.

— Et donc ?

— Je pense que... Ça me paraît très clair, ce qui s'est passé.

— Ouais, il attendait que je passe le chercher.

— Non. » Il a soupiré. « Enfin... Peut-être. Mais je ne crois pas.

— Où tu veux en venir ? »

Il m'a regardée.

« Il s'est livré à la police, à mon avis », a-t-il répondu doucement.

Je l'ai fixé longuement. Une secousse, ou un frisson, m'a traversée.

« Pourquoi il aurait fait ça ?

— Parce qu'il ne supportait pas l'idée que tu prennes certains risques pour lui. »

Je me suis levée d'un bond et suis allée au bord de la terrasse, où j'ai croisé les bras.

« Ou parce que quelque part, c'était son intention depuis le début, a poursuivi Martin derrière moi. Ou les deux.

— Comment ça, c'était son intention depuis le début ? »

Le banc a grincé ; je me représentais Martin penché en avant, en train de contempler le bout de ses pieds.

« Indépendamment de ce qu'il est ou pas, a-t-il déclaré d'un ton posé, je crois que cet homme portait un lourd fardeau. Et même s'il est venu se terrer ici, il ne se cachait pas, en fait. Il fuyait, mais il n'était pas vraiment en fuite. Je pense… » Il a marqué une pause, avant de reprendre : « Je pense que nous avons vu quelqu'un accomplir lentement un cheminement que d'autres font beaucoup plus vite. Des gens rongés par la culpabilité, par la tristesse, et qui ne savent pas comment s'en soulager. Tu ne t'en es pas rendu compte, et moi non plus. » Ses mots se sont faits plus feutrés. « Ou alors je m'en suis aperçu, mais je ne me suis pas assez démené. J'aurais bien voulu. »

J'ai quitté la terrasse et marché sur la pelouse, au bord de la colline, d'où j'ai observé le sentier et le parc. M'entourant le buste des bras, sentant mon propre corps sous mes vêtements, j'ai contemplé l'étendue morne de l'aire de pique-nique.

En pensée, j'ai vu l'étranger comme il s'était tenu devant moi la nuit précédente, la tête tournée timidement, cachant sa nudité derrière sa main. Cette image m'a été insupportable.

Martin m'a rejointe.

La brise de printemps nous a balayés, a soufflé dans les arbres, agitant tout alentour de sa main invisible avant de s'atténuer et de disparaître.

Nous nous sommes tus un certain temps, côte à côte, le soleil déclinant rougeoyant sur nos visages.

« Je m'en vais », ai-je alors annoncé.

Il m'a examinée un instant avant de répondre :

« Ça marche.

— Non, je veux dire : je pars pour de bon. Je quitte la région. »

Il a fermé les yeux et s'est redressé comme pour se tenir prêt.

« D'accord, a-t-il dit finalement. Où ça ?

— Je ne sais pas encore. »

Il a pris une grande inspiration. Puis il a désigné le gîte d'un geste.

« Viens avec moi.

— Non. » Je me sentais tout à coup trop épuisée pour tenir debout. « Ça ira. Une autre fois.

— Allez, te fais pas prier. Il n'y en a pas pour longtemps. »

Il a tourné les talons pour remonter le coteau, et je l'ai suivi.

Je craignais qu'il m'emmène au sous-sol, mais il m'a conduite au dernier étage, où se trouvait le dortoir d'où l'on apercevait le sentier qui s'enfonçait dans la forêt. Là, on avait poussé les lits superposés contre les murs pour dégager un vaste espace, au centre duquel se dressait un étrange engin, pourvu de plusieurs roues et barres, et d'un ensemble de pignons qui en dépassaient. Il y avait une sorte de siège au milieu, incliné, long et noir. Il m'a semblé voir un guidon qui saillait quelque part, mais je n'en étais pas sûre. Le linoléum autour de ce drôle d'appareil était maculé de graisse.

Je me suis arrêtée sur le pas de la porte.

« Je ne comprends pas, ai-je dit après une pause.

— C'était pour toi, m'a-t-il répondu. Si ça te plaisait. Il a fallu que je devine ta taille, mais j'ai fait de mon mieux. »

Il s'est avancé de quelques pas, a posé la main sur ce qui semblait être des pédales.

« Mais... » J'avais le plus grand mal à me départir de l'impression d'être en train de rêver. « Qu'est-ce que c'est ?

— Un vélo couché. » Lentement, il a fait tourner le pédalier, l'air songeur. « J'ai réalisé après coup que tu n'en voudrais pas. Au départ, je me disais – avec ta hanche, tout ça – que ça serait plus facile pour toi qu'un vélo classique. Que ça t'amuserait. » Il m'a lancé un bref coup d'œil. « Mais bon, voilà, je pense... Eh bien, j'aurais dû anticiper que tu ne voudrais pas d'un truc différent de ce que tout le monde utilise. »

J'étais encore hébétée.

« Tu as fabriqué ça pour moi ?

— Ouais. Mais c'est pas grave. Si tu ne t'en sers pas, quelqu'un d'autre le récupérera. Il faut croire que j'ai... » Il a ri à part lui. « Je ne sais pas ce qui m'est passé par la tête, en fait. »

J'ai jeté un coup d'œil à l'engin.

Pénitence, ai-je songé.

« Martin », ai-je dit alors en le regardant, et pour la première fois depuis que je le connaissais – de nombreuses années –, j'ai vu vraiment cet homme à l'intelligence tranquille et à la compassion indéfectible, à la foi ardente et presque ridicule en la bonté de son prochain. « Je suis désolée.

— Pourquoi tu serais désolée ?

— Je ne sais pas trop. Pour tout. Tu es toujours si bon, et nous, nous...

— Oh, m'a-t-il coupée, laisse tomber. » Il a retiré la main de la machine. « Dis-moi, de quoi tu as besoin ? »

L'espace d'un instant, j'ai été incapable de prononcer un mot.

« Eh bien, ai-je bredouillé après m'être ressaisie, si tu pouvais appeler Herman – le proprio du snack – et peut-être trouver quelqu'un pour s'en occuper à ma place...

— Ça marche. J'ai des cousins. C'est à ça que ça sert.

— Et aussi... Dis à Herman que je le rembourserai.

— Tu le rembourseras ?

— Ouais. »

Il a semblé réfléchir, mais il a gardé ses questions pour lui.

« D'accord. Autre chose ? »

J'ai fermé les paupières.

« Non. C'est tout.

— Bon, dans ce cas… Vas-y. File. » On percevait un effort dans sa voix, comme s'il se faisait violence pour encaisser. « Cet endroit sera toujours là quand tu reviendras.

— Je ne crois pas que je reviendrai.

— Je vois. » Il a baissé les yeux vers les traînées noires au sol, avant de les relever. « Si c'est écrit, c'est écrit. »

Nous avons redescendu l'escalier ensemble, et pour la deuxième fois de la journée je me suis trouvée face à quelqu'un sans savoir quoi lui dire.

« Adieu alors, m'a-t-il dit en serrant ma main dans les siennes. Je… Je te souhaite bon vent. Et tu sais, au moindre besoin…

— Oui, l'ai-je interrompu. Je sais. »

Nous nous sommes regardés dans les yeux en nous tenant fermement les mains.

« Allez, vas-y », m'a-t-il enjoint, la gorge nouée.

J'ai filé sans me retourner, consciente que sinon je ne partirai jamais.

Dehors, j'ai remarqué qu'une fenêtre du magasin était ouverte, trou béant aussi obscur qu'une dent manquante. Je l'ai observée un instant, sous la caresse de l'air frais. Puis j'ai quitté le parking à grands pas et gravi le coteau, sans prendre ma voiture. Dans l'ombre qui ourlait les bords de la route, j'ai marché vers le soleil, la main en visière. Un pick-up est passé en trombe juste à côté de moi, son conducteur m'adressant un salut. J'ai tourné la tête et fait mine de ne pas l'avoir vu.

Quinze minutes plus tard, je me suis engagée sur le chemin de terre menant au camp de prisonniers, sans me soucier de la boue qui trempait mes chaussures. Je suis restée à l'entrée, le regard plongé dans la forêt, pour y puiser la dernière bouffée de paix qu'elle me donnerait jamais, en me représentant les herbes et les ruisseaux qui apparaîtraient à l'été et couvriraient lentement les ruines comme pour les protéger, les cacher à ceux qui chercheraient à les cartographier, à extraire un sens de ce qu'elles avaient été jadis. L'incendie avait épargné cet endroit. Seul le temps pourrait en avoir raison, semblait-il, le temps qui continuerait à l'exposer à la vue des autres telle une plaie ouverte, ou qui la laisserait, un jour, se refermer et sombrer dans l'oubli.

Lorsque j'ai regagné le parking, le soleil amorçait sa descente. Un oiseau a chanté dans les arbres, et pour la première fois depuis des mois j'ai vu une colonne de fumée s'élever du terrain de camping. J'ai pris la route, ne ralentissant qu'au moment de passer devant St Eleanor Regina, chapelle nommée en l'honneur d'une reine à qui on avait arraché le cœur pour l'enterrer à des kilomètres de son corps. *Je sais ce qu'elle ressent*, ai-je songé, en imaginant cette femme silencieuse étendue, les mains croisées sur le vide dans sa poitrine, les yeux clos. Oui, je savais ce qu'elle ressentait.

En ville, j'ai roulé prudemment, comme à mon habitude. Je me suis arrêtée à tous les feux rouges, j'ai accéléré doucement au vert, en surveillant les mouvements des piétons. Après les deux zones commerciales et le Joyride – au parking si bondé que des voitures attendaient une place, leurs phares d'une clarté aveuglante –, j'ai pris l'autoroute.

À Harrisburg, j'ai bifurqué sur une bretelle en direction du nord, et suis passée devant Hershey. Depuis la route, on voyait la clinique où l'on m'avait soignée après l'accident, et tandis que je l'observais un hélicoptère s'est posé sur le toit d'un des bâtiments, illuminé par des projecteurs. Quelques instants plus tard il disparaissait, caché par les arbres.

Les yeux braqués sur l'asphalte, je l'ai dépassé et l'ai laissé derrière moi.

La vérité concernant l'accident, évidemment, c'est que ça n'avait pas été un accident. Et à ma connaissance, je n'avais subi aucune blessure lors de la collision. J'étais la seule à le savoir, et je ne l'avais jamais avoué à personne, bien qu'il eût été facile de le déduire. Depuis le début, je m'attendais à ce qu'on me pose des questions à ce sujet, mais ça ne s'était pas produit. *Tout le monde avait trop peur*, supposais-je ; je devais en effet avoir de quoi effrayer, en ces premiers temps, toute brochée, suturée et bourrée de médicaments que j'étais. Pourtant, je m'étais toujours demandé pourquoi chacun semblait se contenter de prendre pour argent comptant ma version des faits, et pourquoi jamais – pas une fois – on ne s'était étonné qu'en ayant été passagère j'aie pu essuyer autant de dégâts du côté gauche.

C'est curieux, la mémoire. Comme je l'avais appris plus tard dans les quelques ouvrages de psychologie que j'avais empruntés à la bibliothèque, on peut subir la torture et ne pas s'en souvenir, être kidnappé et ne pas s'en souvenir, se faire agresser dans la rue et ne pas s'en souvenir. Certains se rappellent bel et bien, mais seulement des détails annexes, comme la chemise qu'ils portaient ou le visage sur le panneau publicitaire de l'autre côté de la chaussée, la chanson qui passait à la radio, la couleur du ciel, les taches sur les murs, le bruit d'un autre sort terrible qui arrivait à quelqu'un à proximité. Moi, je me remémore chaque détail de cet après-midi-là, peut-être parce que ça n'a pas vraiment été une surprise.

C'était un lundi de mars. Amos avait été licencié quelques jours plus tôt après avoir été employé durant tout le long et morne hiver sur un chantier de Carlisle. Depuis l'incident du garage, j'avais été séquestrée à la maison, dans l'impossibilité d'ouvrir ni portes ni fenêtres. Ce jour-là, toutefois, il avait décidé que j'allais l'accompagner à la pêche au lac Possum, situé sur North Mountain, de l'autre côté de la vallée, à l'opposé du parc où je travaillerais plus tard.

Jamais je ne saurai pourquoi il m'avait emmenée ; en cette journée bruineuse, peut-être craignait-il de s'ennuyer, seul au bout du long ponton de bois. J'étais restée à côté de lui, sur une chaise de jardin en plastique, frissonnante. Il ne rapportait plus de provisions à la maison, préférant manger en partant au travail et sur le chemin du retour ; résultat, il s'empâtait alors que je maigrissais à vue d'œil. J'étais résolue à m'échapper de nouveau, entreposant mes maigres affaires personnelles dans un coin du grenier, en attendant une autre occasion, plus clémente, me répétant que je m'y prendrais mieux, que je fuirais dans un endroit où il ne me retrouverait jamais. J'avais conscience que ce n'était plus ou moins qu'un fantasme, mais je me démenais pour l'alimenter, m'y raccrocher dans les mauvais jours, m'efforçant de m'en souvenir dans ceux qui me semblaient bons, m'enjoignant de ne pas lâcher, de ne pas oublier.

Je n'étais pas aussi courageuse que ma grand-mère l'avait été. Ou si j'avais du courage, il était d'une autre nature. Quand Amos me violentait, je ne criais pas, je ne me défendais pas, et, depuis le jour où j'étais allée me réfugier chez le curé pour le résultat qu'on savait, je ne m'enfuyais pas. La guerre que je menais reposait sur une seule tactique : la patience. J'attendais. J'attendais qu'il commette une erreur.

Longtemps, j'ai eu de l'espoir, mais je me suis aperçue qu'il est difficile de l'entretenir quand on a faim. La faim l'emporte sur tout ; elle ne laisse place à nulle autre pensée, nulle véritable envie ou peur. De plus en plus, je passais mes journées à déambuler dans la maison d'un calme absolu, à chercher de quoi m'empêcher de songer à la nourriture, en rêvant aux radios qu'Amos m'avait retirées, me demandant si j'allais sombrer dans la folie à cause du silence. Souvent, je me contentais de dormir, le sommeil étant un lieu où je me coupais du vide tapageur dans mon ventre. Mais en permanence, j'attendais. Prête à l'action.

Ce jour-là, au bout du ponton, sans personne alentour pour nous voir, je m'étais levée d'un mouvement hésitant pour m'étirer, puis m'étais rassise quand Amos m'avait tiré sur le bras. Il était nerveux, je m'en rendais compte. Il ne cessait de relancer sa ligne sans raison, la figure d'une inexpressivité presque sinistre tandis qu'il contemplait l'eau grise.

C'est parce qu'il vient de perdre son travail, pensais-je. Ça allait passer.

Pendant un temps, moi aussi j'avais regardé l'eau. Le ponton s'étendait derrière nous, si long que nous semblions seuls sur une île. Amos s'était donné une claque sur le cou pour tuer un moustique, avant de redevenir immobile. Il n'y avait pas de vent, les hautes herbes et les massettes paraissaient dressées telles des sentinelles chargées de protéger les berges marécageuses hostiles et impénétrables.

Je m'étais assoupie, peut-être quelques minutes, peut-être quelques heures. À mon réveil, rien n'avait changé à part le ciel qui s'était un peu dégagé. Sans que je sache pourquoi, la luminosité, crépusculaire et fluctuante même en pleine journée, me donnait plus que jamais l'impression que nous étions seuls au monde, pris au piège sous une cloche de verre.

Finalement, la canne d'Amos s'était abaissée d'une brusque secousse, avant de danser et osciller entre ses mains. Avec un grognement de satisfaction, il avait repoussé son siège et rembobiné son moulinet de ses doigts épais et rugueux. La ligne tendue par le poisson qui se débattait fendait un chemin dans l'eau. Je l'avais regardée avancer vers nous jusqu'à ce qu'Amos se cambre et sorte sa prise, la ramenant vers lui d'un mouvement de balancier.

C'était une truite arc-en-ciel, longue et argentée, avec une bande rouge sur le côté. Révoltée, elle frétillait au bout de la ligne, la lumière blafarde miroitant sur ses flancs. Elle était jeune mais assez grosse pour que cela vaille la peine de la garder.

Amos était content.

« Passe-moi le couteau », m'avait-il ordonné.

Je m'étais arrachée à ma torpeur et levée, m'appuyant quelques instants au dossier de ma chaise pour me stabiliser. J'avais dénoué les liens du gros sac en toile verte qui contenait son attirail de pêche juste derrière nous. J'avais cherché dedans à tâtons, palpant les boîtes de plombs et d'hameçons, les capes de pluie et les bobines de fil. Mes doigts avaient trouvé le canif compact et lourd au fond, et, les yeux levés, je m'en étais saisie.

Le poisson était en suspens en l'air, tortillant toujours la queue, son ventre lisse tirant sur le vert scintillant à la clarté du jour. Ses yeux étaient ronds et hagards, sa bouche grande ouverte. La pointe de l'hameçon, brillante et acérée, était dardée vers le ciel.

Quand j'avais tourné la tête, le ponton étirait devant moi sa longueur presque surnaturelle, pareil à un mirage. Tout au bout, la camionnette était garée au bord du parking, près du sable. En l'observant, j'avais cru la voir partir en arrière, glisser sur l'asphalte en pente. Je m'étais redressée et l'avais scrutée en clignant vivement des paupières, et l'illusion s'était dissipée. Le pick-up ne se déplaçait pas.

Par contre, avais-je songé avec une brusque décharge d'adrénaline, *il le peut*.

Je m'étais de nouveau penchée sur le sac, et j'avais remis le couteau tout au fond.

« Il n'est pas dedans », avais-je annoncé.

Amos m'avait jeté un coup d'œil.

« Quoi ?

— Le couteau. Il n'est pas là. »

Il s'était renfrogné. Le poisson frétillait et suffoquait sans un bruit.

« Qu'est-ce que tu racontes ? Où tu veux qu'il soit ? »

J'avais haussé les épaules.

« J'en sais rien. Peut-être dans la camionnette. » Alors que je renouais les liens du sac, j'avais puisé en moi le courage d'ajouter : « Je crois l'avoir vu sur le tableau de bord.

— Alors pourquoi t'as rien dit ? T'as rien dans le citron ou quoi ? »

J'avais contemplé le lac sans lui répondre. J'avais dû mobiliser toute ma volonté pour ne pas bouger, ne pas me trahir. J'étais persuadée qu'il allait se rendre compte que je m'armais de courage, que mon cœur battait à se rompre. Mais ça ne s'est pas produit.

« Va le chercher », m'avait-il enjoint avec dégoût, et j'avais fermé les yeux, préparant les mots qui devaient suivre.

Je m'étais tournée face à lui et j'avais attendu.

« Allez, vas-y ! avait-il braillé. C'est quoi le problème ?

— Elle est verrouillée, avais-je dit, luttant pour garder un ton indifférent, une voix égale. J'ai besoin des clés.

— Comment ça, elle est verrouillée ?

— Oui, j'ai enfoncé le verrou. Je suis désolée. »

Il m'avait décoché un regard incrédule et débordant de mépris.

« Ici, en pleine montagne ? T'as pété un câble ? »

J'avais courbé la tête. Il ne pouvait pas voir mon visage, ni entendre les battements sourds dans mes veines, qui atteignaient leur pic et submergeaient mes oreilles.

Il avait sorti les clés de sa poche et me les avait données puis s'était détourné vers le poisson, après quoi il s'était assis et penché en avant pour décrocher l'hameçon.

Les clés brillaient dans ma main. Pendant un très bref instant, j'avais fixé sa nuque, hésitante, comme les treize chevreuils que je compterais un jour futur dans les ténèbres, figés par la peur alors qu'ils auraient dû s'enfuir.

Puis j'avais perçu le changement chez lui : son cou s'était crispé, il avait levé la tête. Il venait de s'apercevoir de son erreur.

J'étais partie à toutes jambes.

Mes pieds martelaient les planches, chacun de mes pas claquant comme un coup de feu, un-deux un-deux un-deux. J'avais entendu un fracas derrière moi lorsque Amos avait bondi, trébuchant sur son siège et criant tandis que celui-ci tombait à l'eau. J'avais couru droit devant moi, plus vite que je ne m'en serais jamais crue capable, mes jambes faibles propulsées par ma seule volonté, par une peur profonde et absolue. Les lacs et les arbres alentour étaient devenus flous, traînée irréelle de gris et de marron. Je ne distinguais que les planches devant moi, les roseaux le long du rivage, la camionnette. Dans mon dos, les grandes foulées d'Amos matraquaient le bois. Je l'imaginais qui tendait le bras, tentant de m'attraper en beuglant. La berge approchait, se soulevant et s'abaissant au rythme de mes enjambées affolées, et j'avais volé, je m'étais élancée du bout du ponton avant d'atterrir dans le sable en hurlant, les bras allongés vers le pick-up, mon corps plongé en avant, mon être tout entier s'étirant vers la poignée de la portière, l'esprit chauffé à blanc, tout en moi se concentrant sur la clé, la clé, la clé.

J'avais glissé le bout des doigts sous la poignée. Par la vitre, je voyais le contact.

J'avais tiré, et la portière s'était ouverte. Haletante, je m'étais jetée sur le siège et, les mains agitées de violents tremblements, j'avais avancé la clé vers le démarreur.

Et elle m'avait échappé.

Amos m'avait attrapée et hissée à bras-le-corps, avant de me projeter si fort que j'étais retombée trois mètres plus loin, dans le gravier, soulevant un nuage de poussière.

D'un bond, il m'avait rejointe, dressé de toute sa hauteur au-dessus de moi. Le souffle court, j'avais levé les yeux vers lui et tenté de me protéger avec la main.

« Tu te crois super futée ? » avait-il braillé.

C'était là parmi les derniers mots que je l'entendrais jamais prononcer.

Après avoir armé une jambe, il m'avait asséné un grand coup de pied dans le ventre cependant que je me recroquevillais sur le flanc. Puis il avait recommencé, sans discontinuer. J'avais griffé le gravier, cherché à m'éloigner en rampant, mais il m'avait simplement suivie, sa chaussure percutant ma chair à coups étouffés. Par quelque volonté insensée, je continuais à tendre le bras vers la camionnette, à essayer de me glisser vers elle, mais ça n'avait pas duré. Je n'avais pas senti mes os se briser, pas senti se fracturer mes côtes, ni rompre ma hanche. Ce que je sentais, c'était les arêtes des cailloux contre ma joue tandis que je restais étendue, le bras posé mollement, inutile, devant moi. J'avais cru que je ne bougerais plus jamais.

Nos monstres ordinaires. Que sommes-nous censés voir quand nous les regardons – leur monstruosité ou leur banalité ?

Par chance, il ne m'avait pas frappée à la tête – sinon, j'aurais sûrement eu besoin de nouveaux yeux, d'un nouveau visage. Quand il en avait eu terminé, il m'avait attrapée sous les bras, avant de me traîner jusqu'à la camionnette, apparemment sans prêter attention aux traces que mes talons laissaient au sol. Il avait attaché ma ceinture, ce qui avec le recul m'avait paru étrange ; peut-être, au départ, avait-il eu l'intention de me conduire à l'hôpital, comme après l'épisode du garage. Plus tard, je n'avais pu qu'extrapoler quel récit il aurait pu inventer cette fois-là pour expliquer ce qui s'était passé, mais en définitive il avait réussi à raconter une histoire tout à fait convaincante sans avoir prononcé un seul mot.

J'avais forcément fait des bruits, poussé des gémissements, mais il avait pris place au volant et fermé sa portière sans un regard pour moi. Le moteur avait démarré, puis nous avions quitté le parking avant de nous engager sur la route sinueuse.

Après quelques minutes de calme, il avait accéléré, prenant les virages par à-coups, donnant un vif coup de volant à droite puis à gauche. Tout d'abord, j'avais pensé qu'il fonçait chez le médecin, mais alors que les pneus crissaient à chaque tournant, expédiant des gravillons par-dessus les raidillons abrupts qui bordaient la route, j'avais compris qu'il n'en était rien.

J'avais prononcé son prénom, et il m'avait jeté un coup d'œil.

« T'as du sang sur le menton, a-t-il déclaré. Tu te baves dessus. Essuie-toi. »

J'avais obéi lentement, porté la main à mon visage puis l'avais glissée le long de la portière, m'agrippant à l'accoudoir, avachie vers l'avant, contrainte à respirer par la bouche. La mâchoire crispée, il ne quittait pas la route des yeux. L'aiguille du compteur grimpait ; arbres et rochers défilaient à toute vitesse. L'observant à travers la pellicule étrange qui voilait ma vision, j'avais soudain deviné ce qui se préparait. Il ne disait rien, se contentant de regarder fixement devant lui avec une détermination sévère, bondissant dans son siège chaque fois que nous heurtions un trou dans la chaussée. Je me taisais moi aussi, parce que je ne savais pas quoi dire, parce que j'avais mal en respirant, et parce que si je ne pouvais pas m'échapper, je préférais mourir. Puis, alors que la voiture roulait toujours plus vite et que le moteur rugissait toujours plus fort, j'ai pensé tenter de parler, prendre ce risque, même si ça allait le mettre en colère, même s'il allait me frapper, mais alors que je venais de pivoter vers lui il avait braqué et, d'un coup de poignet, nous avait précipités contre un poteau téléphonique en bordure d'un jardin.

L'explosion de poussière et la déflagration avaient été si puissantes que j'avais cru qu'une grenade avait détoné sur mes genoux. Puis ça avait été fini.

Il m'avait attachée, mais lui n'avait pas bouclé sa ceinture. Il était passé par-dessus le volant, droit dans le verre.

Terminé.

Plus tard, je lui en avais voulu pour ça, cet acte prémédité, mais c'était alors trop tard. Les mots que j'avais pour lui, quels qu'ils soient, n'étaient que des sons sans substance. Que peut-on dire à un mort, a fortiori quand il a déjà été enterré lorsque vous pouvez de nouveau tenir assise, de nouveau prononcer votre prénom ?

J'étais allée à la chapelle, une fois, celle de l'hôpital, alors que j'étais encore en fauteuil. C'était bientôt Pâques. La majorité de mes sutures s'étaient résorbées, même s'il allait falloir beaucoup plus de temps à mes os pour se ressouder. On y tenait un office protestant, et le pasteur livrait un sermon sur l'Évangile selon Matthieu, le passage de la Cène. « Et Jésus leur dit, avait-il déclamé comme quelqu'un qui cherche à se donner l'air important : "Ceci est mon sang, le sang de l'Alliance, versé pour la multitude, pour le pardon des péchés." » Je m'étais mise à glousser, puis j'avais ri si fort qu'on avait dû me faire sortir. Le sang versé, ainsi que j'aurais pu le lui expliquer, n'avait absolument rien à voir avec le pardon. Le sang, c'était le sang, et la souffrance seulement la souffrance. Ça ne rachetait personne. C'était impossible. Le monde poursuivait sa marche sans le moindre égard envers ceux dont le sang avait été versé pour quelque raison que ce soit. *Jésus*, pensais-je, *savait ce qui l'attendait et a juste essayé d'y conférer un sens, d'en faire autre chose que le simple acte de barbarie routinière et inutile de la crucifixion*.

Le psychologue de l'hôpital m'avait dit que je m'exprimais très bien.

J'ai continué à rouler, à avaler les kilomètres. Très tôt le matin j'ai atteint New York, traversant un tunnel avant d'émerger dans un lacis étourdissant de rues, étroites et plongées dans l'obscurité à l'exception des quelques bars encore ouverts. Je me suis garée près d'un parc et j'ai verrouillé les portières, puis je suis passée à l'arrière, où j'ai tiré sur moi une couverture pour me dérober aux regards, tel un lapin dans son terrier. Quand je me suis réveillée, souffrant d'un mal de tête, le soleil venait de se lever, et j'ai constaté qu'on m'avait dressé une contravention. Je me suis brossé les dents, rincé la bouche au-dessus du caniveau avec une bouteille d'eau que j'avais prise dans le coffre, puis j'ai fourré le papier peu accueillant dans ma poche. Au moins, on n'avait pas embarqué la voiture à la fourrière et moi avec.

Quelques badauds sont apparus, la plupart donnant l'impression d'être sortis toute la nuit, les hommes chiffonnés, les femmes d'un négligé scintillant. L'un d'entre eux m'a indiqué le chemin d'une supérette, où j'ai acheté un plan de New York, mais j'étais déjà tellement perdue que le quadrillage urbain aurait tout aussi bien pu être un alphabet étranger. À mesure que je roulais, les rues sont devenues des canyons bordés d'immeubles sans âme, la pierre et le verre mornes entrecoupés seulement d'un parc minuscule çà et là.

J'ai fini par tomber sur un pont d'aspect étonnamment ornementé, et je l'ai franchi en espérant presque qu'il me ramènerait hors de la ville, mais aussi qu'il me montrerait pourquoi j'étais là, pourquoi j'avais cru que le fait de me perdre ici, d'y disparaître, pourrait être la première étape vers une nouvelle vie, me permettrait d'effacer les vingt-quatre heures qui venaient de s'écouler. Pour le moment, la vie semblait la même, hormis le fait que je suivais à la trace un taxi – le premier que j'avais jamais vu – sans avoir la moindre d'idée d'où j'étais.

De l'autre côté du pont, les bâtiments paraissaient plus bas, plus ouverts. J'ai levé les yeux et distingué des oiseaux qui tournoyaient en décrivant de larges cercles : des mouettes. À Centerville, on n'en voyait que rarement, lorsqu'une tempête les repoussait dans les terres. Pourtant, j'étais certaine que c'en était.

Évidemment, ai-je songé.

La mer.

Je me suis arrêtée pour acheter un beignet, et j'ai commencé à me sentir non pas mieux, mais un peu plus moi-même. J'ai consulté de nouveau mon plan et emprunté ce qui semblait être la route principale, même si elle m'emmenait dans la direction opposée à celle que j'avais prévue au départ. Je me plaisais plus ici qu'à l'endroit où les autoroutes et les tunnels m'avaient recrachée. Les bâtiments étaient toujours serrés les uns contre les autres, mais d'une façon naturelle, désinvolte, qui d'une certaine manière me rappelait la maison, bien qu'il n'y eût pas de véritable ressemblance.

Enfin, la route a touché à sa fin et je me suis retrouvée à contempler le sable, la promenade en bois. Au-delà, j'en étais sûre, ce devait être l'océan.

Je me suis garée et extirpée de la voiture avec raideur avant de me frotter le visage. L'air avait une odeur, une texture qui m'étaient nouvelles. Je suis restée immobile un certain temps, puis j'ai marché.

Le rivage, quand je l'ai atteint, était étroit et sale, son sable brun parsemé de cailloux, de verre et de capsules de bouteilles. Les lieux étaient déserts ; il faisait presque encore trop froid pour s'y promener, et encore moins y nager. Mais l'eau était là, sombre, ridée, et s'étendait à perte de vue. Le vent m'a soufflé les cheveux dans le visage lorsque je me suis baissée pour toucher une vague qui s'était approchée de moi. L'eau m'a semblé plus douce que celle du lac, plus chaude, plus foncée, plus tendre. En refluant, elle a déposé une écume blanche, très vite recouverte par le rouleau suivant.

Accroupie là, j'ai levé la figure vers le soleil. J'ai imaginé l'étranger assis à côté de moi.

Des pulsations sèches cognaient dans ma poitrine, et j'ai serré mes mains l'une dans l'autre, plaquées contre moi, en fermant fort les paupières.

Des grains de sable râpeux m'ont piquée le visage.

J'aurais voulu que tu sois différent. Oh, comme j'aurais voulu que tu sois différent.

Les vagues se traînaient jusqu'à moi, touchaient mes chaussures, puis se retiraient lentement. Mes mains ont remonté le long de mes bras et j'ai agrippé mes coudes, ramassée sur moi-même, me balançant d'avant en arrière, puis j'ai senti quelque chose se crever en moi. Telle une éruption de lave surgissant du centre de la terre, une émotion a déferlé jusqu'au bout de mes doigts, jusqu'à la pointe de mes cheveux.

Le cœur brisé, ai-je songé. C'était une expression à laquelle je n'avais pas beaucoup réfléchi. Mais c'était la plus juste, je le sentais au plus profond de moi, comme jamais ça ne m'était arrivé. Comme jamais je ne m'y étais autorisée.

J'avais l'impression d'être brisée, oui, c'était cela. D'être fendue en deux. Comme si j'allais me déverser hors de moi-même et me répandre dans l'eau, former une pellicule de douleur à la surface.

J'ai ouvert les lèvres, émis un son indistinct.

Les vagues s'approchaient et s'éloignaient, sculptant petit à petit des creux autour de mes pieds. Je suis restée là longtemps, méditant ce que je savais, ce que j'ignorais. Ce que, plus exactement, je pouvais choisir d'ignorer.

Au bout d'un certain temps, j'ai relevé la tête. Mes yeux étaient secs, même si j'avais l'impression d'avoir pleuré pendant des jours.

Lentement, je me suis redressée.

Je ne savais pas ce qu'il était, qui il était ; je ne le saurais jamais.

Et ça, je l'ai choisi, ai-je songé. J'ai choisi de ne pas savoir. De ne pas porter ce fardeau, de ne pas le laisser m'entraver, m'enchaîner, m'entraîner par le fond et m'y retenir à mesure que les années s'écouleraient, tous ces moments qui m'échapperaient à jamais une fois passés. J'ai choisi de ne pas lui accorder mon pardon, et choisi de ne pas le lui refuser. J'ai choisi de ne pas me pencher sur les décisions que j'avais prises. Elles étaient révolues. Il était parti. Aucune action de ma part n'y pourrait rien changer, me permettre de le revoir, de poser les questions qui combleraient ce vide, ce terrible abîme en mon sein. Ce n'était pas la vérité qui comptait. Dans une heure, je serais toujours là. J'allais me réveiller le lendemain, et le surlendemain. Voilà ce sur quoi je devais me focaliser.

Une bouteille en plastique flottait sur l'eau, et j'ai attendu qu'une vague la ramène. Je me suis courbée pour la repêcher, puis je suis revenue vers la ville.

Près de la promenade, où le sable était plus sec, j'ai rempli la bouteille et l'ai fourrée dans mon sweat-shirt. Brièvement, je me suis de nouveau tournée vers l'océan.

Il me manquait, Daniil. L'homme que j'avais connu me manquait. Ça, je pouvais l'admettre. Alors oui, je l'avouais. Je souffrais de son absence.

Et s'il n'avait été qu'une illusion, cette illusion me manquait.

J'ai quitté la plage.

Dans les rues près de la promenade, des habitants émergeaient des immeubles, se rendaient au travail d'un pas rapide, ouvraient leur commerce dans un concert de cliquetis et de grincements métalliques, trimbalaient des sacs de provisions. Dans un magasin de souvenirs, j'ai acheté une carte postale à envoyer à Beth et, après un temps de réflexion, une autre pour John. Puis j'ai regagné la Jeep – où j'ai retiré un deuxième PV du pare-brise, qui a rejoint le premier dans ma poche – et suis repartie par où j'étais arrivée. En contemplant le monde de mes propres yeux, me mouvant dans mon propre corps. Concret et réel.

En pensée, j'ai vu se relever une femme qui s'était recroquevillée sur le sol de la forêt, chasser les feuilles de sa robe, se frotter les yeux pour en évacuer des décennies de sommeil, lacer ses souliers au cuir craquelé, et balayer les environs du regard. Voir la route. Marcher dans sa direction.

Finalement, je me suis engagée sur une autoroute qui allait vers le nord, m'arrachant à la ville et filant parmi les banlieues comme une feuille propulsée par une brise vigoureuse. Je n'étais pas à ma place, ici ; il se pouvait que je ne le sois nulle part, mais j'allais continuer à chercher. Je gardais mon volant bien stable, suivant au son de la radio la route qui se déroulait à travers les arbres.

Tandis que le soleil s'élevait dans le ciel et réchauffait doucement l'habitacle, je me suis rappelé un jour d'été, de nombreuses années par le passé, quand mon frère et moi étions enfants. Nous jouions dans les bois sur le domaine de chasse et de pêche de l'État, où les gens du coin venaient se débarrasser de leurs déchets – pas leurs ordures ménagères ordinaires mais leurs encombrants, canapés, barriques en métal, machines à laver et sèche-linge. Nous sautions sur ces rebuts, les assemblions pour en faire des châteaux et des cabanes, nous cacher dessous. Ce jour-là, nous étions en train de nous pourchasser quand mon frère s'était arrêté brusquement, frappé de stupeur, pour examiner sa chaussure. Un long clou, acéré et rouillé, avait transpercé sa semelle pour s'enfoncer profondément sous sa peau. Effrayée, je l'avais soulevé, mon grand frère, et porté avec peine sur mon dos jusqu'au petit jardin dégarni d'un voisin que nous n'avions jamais rencontré. Un drapeau américain était peint au côté de la boîte aux lettres, et sur la terrasse était entreposé un cerf factice qui avait servi de cible de tir. Un chien à l'air méchant m'avait regardée par la fenêtre alors que je frappais à la porte.

Quelques instants après, le voisin était apparu, homme massif arborant des lunettes épaisses et une barbe. Il lui manquait ses deux incisives du haut, et j'avais appris plus tard que si je ne le connaissais pas, c'était parce qu'il avait passé dix ans en prison à cause d'une bagarre ayant mal fini. Trop jeune pour penser une seule seconde que j'aurais dû avoir peur, j'étais restée là, les yeux levés vers lui. Avant que j'aie pu m'expliquer, il avait vu le sang sur la chaussure de mon frère et fermé la porte. D'un mouvement fluide, il m'avait déchargée de mon frère et l'avait calé dans ses bras, s'exprimant par murmures bourrus cependant qu'il l'emportait dans l'allée. Au bout du petit chemin j'avais pris sa main – énorme, rugueuse, à la peau incrustée de graisse noire – et l'avais tiré vers l'ouest, en direction de chez nous. Ensemble, nous avions suivi la route tranquille, accompli le long trajet, nos trois silhouettes projetant des ombres jointes. J'avais touché une cicatrice qui barrait ses doigts. Le soleil nous parvenait à travers les arbres, comme toujours, clarté entrecoupée de ténèbres, ténèbres entrecoupées de clarté.

CAMP D'INTERROGATOIRE
DE PRISONNIERS DE GUERRE
DE PINE GROVE FURNACE

Durant la Seconde Guerre mondiale, le ministère de la Guerre a dirigé ce camp secret situé deux kilomètres au nord de Michaux Road, les États-Unis comptant alors trois installations de ce type. Des renseignements militaires ayant trait à la mise au point de nouvelles armes et aux opérations des forces de l'Axe y ont été obtenus auprès de milliers de prisonniers allemands et japonais. Ce site, qui fut d'abord une ferme au service de l'industrie métallurgique de 1785 à 1919, a été transformé en camp S-51-PA du Corps civil de Protection de l'environnement, actif entre 1933 et 1942. Après la guerre, il est devenu le camp de scouts Michaux, de 1946 à 1972.

Panneau commémoratif
Gardners, Pennsylvanie

ICI FURENT RETROUVÉES
TROIS FILLETTES DANS LA FORÊT
24 novembre 1934

Pancarte en bord de route
Gardners, Pennsylvanie

Remerciements

Ce roman plonge ses racines dans de nombreux moments, mais le plus fondateur d'entre eux reste sans doute cette soirée de 2004, dans les locaux de l'association Women in Transition de Philadelphie, où j'ai suivi la formation requise pour devenir bénévole d'un numéro d'écoute destiné aux femmes victimes de violences domestiques. La formatrice nous a distribué une feuille répertoriant de nombreuses formes de violences conjugales – les agressions physiques (coups de poing, coups de pied, bousculades), mais aussi les violences psychologiques, sexuelles et financières. Ce document a bouleversé mon regard sur la question. Comme beaucoup d'entre nous, et probablement la majorité, les « violences conjugales » ne représentaient pour moi que ce qu'on en montre à la télévision et l'illustration réductrice qu'on en donne dans les journaux : le poing serré, la femme recroquevillée. Mais la violence familiale ne se limite pas à ça, et cette révélation aura au moins profité à ma vie personnelle.

Sept ans plus tard, j'ai commencé à écrire l'histoire d'une jeune femme – laquelle avait subi de graves blessures – qui se tenait au bord d'un lac gelé, vêtue d'un manteau gris usé jusqu'à la corde. J'ai décidé qu'il s'agirait d'un roman traitant des violences conjugales, mais sans poing serré ni femme qu'on figurerait seulement en train de se recroqueviller sous les coups. J'espère que ce but a été atteint.

Le fait que ce livre ait pu être publié est dû à la patience, à la perspicacité et à l'implication exceptionnelle de Taylor Sperry, mon éditrice chez Melville House (qui a cru à mon manuscrit et m'a aussi aidée à en trouver le titre), et à Stacia Decker, ma formidable agente, qui me conseillait déjà quand mon texte n'était encore qu'à l'état d'ébauche. Ce roman doit aussi son existence à tous ceux qui très tôt m'ont encouragée et livré leurs retours : l'éditrice indépendante Lauren Jolie LeBlanc, Amelia Keene, Rikin Shah, Jessica Howley, Tori Roth, Emily Marr, Elinathan Ohiomoba, Merryl Lawry-White, Brooke Dunbar, Gautam Hans, et Stephen St Vincent, bien que toute imperfection dans ce récit soit de mon seul fait. Un grand nombre de mes collègues de l'AIRE Center, du Center for Democracy & Technology, et de Human Rights Watch m'ont eux aussi exprimé leurs mots de soutien durant les affres de la rédaction et des révisions, tout comme Eli James. Mes grands-parents, mes parents et tous mes proches m'ont comme tant d'autres vivement encouragée tout au long de ce projet.

Les détails concernant le camp de prisonniers sont dans leur majeure partie tirés des travaux d'historiens locaux que je n'ai pas eu le plaisir de rencontrer mais que je remercie infiniment pour leurs recherches approfondies. Certaines des informations que j'ai glanées sont disponibles sur le site www.schaeffersite.com/michaux/

M'atteler à l'écriture d'un roman sur mon temps libre alors que j'exerçais un métier à plein temps m'a coupée du monde de bien des façons, mais des amies telles que Rachael Barza, Lauren Rogal et Katie Ishibashi m'ont permis de tenir le coup. Alison Stigora, consœur artiste, amoureuse de la nature et adepte des questions existentielles, m'a aussi apporté chaleur et soutien à maints moments critiques. Il y a de nombreuses années de cela, elle a aussi exploré la forêt du parc naturel de Pine Grove Furnace avec moi lorsque j'ai brièvement travaillé au snack.

Enfin, ce roman doit énormément à mes amies animées d'une profonde réflexion sur leur foi et sa signification pour leur vie personnelle. Elles resteront toujours pour moi des modèles de bonté.

13410

Composition
NORD COMPO

Achevé d'imprimer à Barcelone
par CPI Black Print
le 3 octobre 2021.

Dépôt légal octobre 2021.
EAN 9782290254332
OTP L1EPLN002889N001

ÉDITIONS J'AI LU
87, quai Panhard-et-Levassor, 75013 Paris

Diffusion France et étranger : Flammarion